CHAÎNE DE CRIMES

Du même auteur

Romans policiers
sous le nom de Chris Costantini

La Note noire, Éditions du Masque, Prix du premier roman du Festival de Beaune 2009

À pas comptés, Michel Lafon/J'ai Lu, finaliste de la Plume de Cristal

Lames de fond, Éditions Glyphe, Prix du Centaure noir

Il n'est jamais trop tard, Versilio

Développement personnel
sous le nom de Bourgois Costantini

Vous êtes 10 fois plus intelligent que vous ne l'imaginez, First/Pocket

Les Secrets de vos 10 intelligences, First/Pocket

Les 100 Meilleurs Exercices d'autocoaching, Diateino

Le Cahier d'exercices des 10 intelligences, Diateino

Ces 10 intelligences qui changent tout, Diateino

CHRIS COSTANTINI

CHAÎNE DE CRIMES

Istya & Cie

ISBN : 978-2-88944-319-2

509672

Note de l'éditeur : les auteures et l'éditeur déclinent toute responsabilité provenant directement ou indirectement de l'utilisation de ce livre. Les déclarations faites par les auteures concernant les produits, les processus, méthodes de traitements ne sauraient se soustraire à un avis médical.

www.editions-tredaniel.com
info@guytredaniel.fr

« Quelque part au-delà du bien et du mal, il y a un jardin. Je te rencontrerai là-bas. »

Jalal ad-Din Rumi, philosophe et poète persan

Chapitre 1

Ce devait être un magnifique 10 juillet aux dires des météorologistes. Pourtant des nuages menaçants s'amoncelaient au-dessus de Manhattan. C'était souvent le cas lorsqu'un vent frais venu des Appalaches se fracassait sur les courants plus chauds en provenance du golfe du Mexique.

Le visage collé à la vitre de mon loft de Brooklyn, j'admirais la puissance des éléments qui permettait de mieux comprendre pourquoi nos ancêtres *Homo sapiens* s'en étaient remis aux dieux.

Une gerbe d'éclairs et des vrombissements de tonnerre déchirèrent soudain l'horizon. Puis ce fut une déferlante de trombes d'eau.

À force de les avoir ratissés pendant trois décennies comme flic au NYPD, aucun recoin de ma ville d'adoption ne m'était inconnu. Des années intenses à pourchasser le crime au point de ne plus pouvoir me souvenir du nombre de cas d'homicides auxquels j'avais été confronté. Si l'on m'avait demandé de planter un petit drapeau pour chacun sur une carte de Big Apple, il n'y aurait pas eu beaucoup d'espaces libres, même pour un acupuncteur de talent.

J'en avais résolu un certain nombre, ce qui m'avait valu le surnom The Finest chez les flics ou Sniky Bastard dans le milieu. Tout cela était bien loin et une autre motivation m'animait. Les souvenirs agissent comme des gueuses le long d'un fil d'apnée qui vous tirent vers le fond. Quant aux échecs, j'avais appris qu'il ne servait à rien de les ressasser. Seul comptait le présent.

À une exception près, laquelle demeurait gravée à jamais dans ma mémoire.

Tous les détectives sur Terre ont un jour connu une affaire qui leur a échappé pour une raison ou une autre, qui les hante et les dévore au point de devenir l'obsession de leur carrière. En ce qui me concernait, il s'agissait d'un assassinat commis bien des années auparavant, en 1968, un 10 juillet justement.

Un *cold case* auquel j'avais attribué l'humeur maussade qui m'avait saisi dès le réveil. Un ressenti inconfortable, impalpable et diffus, annonciateur d'un changement de situation à venir. Une de ces intuitions quasi reptiliennes propres à tout enquêteur et particulièrement développées chez moi.

Les heures suivantes s'écoulèrent pourtant sereinement, ce malaise s'étant dissipé au fur et à mesure qu'approchait le dîner avec Samantha Livingstone, une amie de toujours.

Il n'y avait pas de meilleur antidote pour retrouver mon énergie positive habituelle.

Il était temps de me préparer. Quelques gouttes d'un subtil mélange de bergamote, d'épices et de bois me revigorèrent. J'ajustai dans le miroir ma chevelure dans laquelle le gris argent prenait inexorablement le pas sur le brun.

J'envoyai ensuite un texto à Samantha pour la prévenir de mon départ et attrapai la bouteille de vin fin recommandée par un ami caviste de Brooklyn, mon chapeau et un imperméable, et mis le cap vers le 420 East 72nd Street où elle résidait.

Au volant de ma vieille Mustang Fastback, je quittai le quartier de Gowanus et filai ensuite vers le pont de Brooklyn pour traverser l'East River.

J'effectuais ce trajet pratiquement tous les vendredis soir. Il était synonyme d'explosions de papilles, d'échanges de qualité, sur fond d'une complicité simplement amicale avec Samantha qui nous menait habituellement assez tard dans la nuit. Cela ne clouait pas le bec de toutes ces bonnes âmes qui refusaient d'admettre la possibilité d'une amitié entre un homme et une femme. Bref, une forme de vénération à son endroit m'habitait. On ne sait souvent pas pourquoi on aime, mais on sait toujours pourquoi on admire.

Samantha Livingstone était l'une des têtes pensantes du nouveau plan global de la ville de New York appelé

« OneNYC » et y agissait de façon militante. Le Green New Deal new-yorkais, axé sur le développement durable et la réduction des inégalités, comportait quelque vingt-sept objectifs de croissance à court terme, incluant le soin à apporter aux populations les plus vulnérables. C'était un plan à large spectre couvrant les problèmes relatifs aux déchets, à la réduction des gaz à effet de serre, à la délocalisation des zones inondables, à la qualité de l'air entre autres. Une véritable révolution, remettant en cause les usages et les techniques des promoteurs immobiliers et industriels, désormais contraints de repenser toutes leurs pratiques de production. Adieu ces marges mirifiques que rognaient tant l'application stricte des principes permettant une meilleure justice sociale que le respect des normes environnementales, et cela ne plaisait pas à tout le monde, loin de là. Travailleuse acharnée, Samantha était une experte de la mise en œuvre de ces idées novatrices. Elle était ainsi devenue une personnalité connue, généreuse et appréciée pour son implication pleine d'humanité.

Alors que je traversais le Lower East Side, je branchai l'autoradio sur une fréquence jazz, une alchimie musicale qui me calmait toujours, et me préparai au plaisir toujours renouvelé que me procuraient ces moments précieux avec cette amie, de dix ans mon aînée.

La nuit tomba au moment de franchir Midtown. J'allumai les phares et m'engageai vers l'Upper East Side. Je levai le pied lorsque j'aperçus au loin les élégants immeubles résidentiels, dont celui où vivait Samantha.

L'horloge du tableau de bord affichait 18 h 45. J'avais un bon quart d'heure d'avance. La pluie ayant cessé, je décidai de finir à pied. Je trouvai une place libre à trois blocs de son domicile. Je sortis de ma voiture et me mis en route d'un pas lent.

Quand j'approchai, mon attention fut attirée par des reflets stroboscopiques de lumières bleues sur le sol pavé de flaques. Des véhicules siglés NYPD. À coup sûr, une escouade du dix-neuvième commissariat, en charge de l'Upper East Side, situé à quelques blocs de là. Aucun membre des forces de l'ordre n'était visible, à part un flic de faction. L'événement devait être suffisamment important pour que tous les gars soient déjà en train de s'affairer dans l'immeuble.

Le quartier était pourtant sans histoire, les malfrats contemporains se concentraient désormais autour des mares de Times Square, de Meatpacking District, de Koreatown, ou de Hunts Point et Port Morris dans le Bronx. Il n'y avait aucun passant et de rares voitures étiraient leurs ombres dans un chuintement de pneus. Le vent était tombé et les arbres épuisés par leur lutte reprenaient leur souffle.

Les traits du policier de faction, planté devant l'entrée de marbre blanc, se firent plus précis. C'était un agent en uniforme, dans les 25-30 ans, le visage poupon sous sa casquette réglementaire, téléphone en main, calibre .38 et matraque préventive à la ceinture. Sa présence ne me surprit pas car il s'agissait de la procédure normale.

J'accélérai le pas pour franchir les derniers mètres puis je m'immobilisai. Trois camionnettes de chaînes de télévision venaient de surgir du coin de la rue, probablement à l'écoute de la fréquence des policiers ou prévenues par un indic du commissariat. Une horde de journalistes, caméra à l'épaule, micro à bout de bras, se précipitèrent, indiquant qu'il devait s'agir de quelqu'un d'important. Samantha m'avait dit que l'immeuble était habité par quelques célébrités dont une ancienne présentatrice vedette de NBC, un homme d'affaires, un chirurgien esthétique qui avait défrayé la chronique à la suite d'une liaison sulfureuse avec une star d'Hollywood, quelques avocats réputés et des familles fortunées.

Le policier tendit un bras pour s'interposer et essayer de les contenir, tout en éructant dans son téléphone pour demander de l'aide à ses collègues. Après m'être présenté en précisant mon ancienne appartenance à la « maison », je tentai de l'aider à les contenir tout en me renseignant.

— Que se passe-t-il ?

— Un décès. On vient d'être prévenus. La brigade est sur place.

— Quelqu'un de l'immeuble ?

— Oui, et de connu apparemment.

Mon attention fut alors attirée par deux autres véhicules qui stationnaient derrière les voitures de patrouille. Celle du légiste mais surtout la camionnette « Crime Lab » de la police scientifique qui n'aurait pas été présente si les circonstances n'avaient été qu'accidentelles.

— Que foutent ici les gars du labo ?

— C'est un assassinat.

— Comment le savez-vous ?

Il pointa un doigt vers le micro accroché au revers de sa veste et relié à un talkie accroché à sa ceinture.

— Et apparemment, ce n'est pas beau à voir, ajouta-t-il.

— À quel étage ?

— Huitième.

L'étage de Samantha. Mon corps se raidit. Je me retournai vers la façade et levai instinctivement les yeux vers le haut de l'immeuble.

— Je vous laisse gérer les médias, dis-je en démarrant en trombe.

— Attendez ! Vous ne pouvez pas y aller comme ça ! Vous devez…

— … J'ai rendez-vous, criai-je à la volée tandis que je m'engouffrai précipitamment dans l'entrée.

Chapitre 2

Le couloir me sembla interminable. Arrivé sur le palier, j'aperçus deux policiers de faction encadrant la porte du domicile de Samantha. Mon cœur se serra et mon pas ralentit. Arrivé à leur hauteur, ils me firent signe de m'arrêter et me demandèrent la raison de ma présence. Je déclinai mon identité et mon ancienne appartenance au NYPD.

— Laissez-le entrer !

Je reconnus au loin la voix grave d'Alex Leonard s'adressant aux deux flics. Alex avait été l'un de mes nombreux coéquipiers. Nous avions contribué ensemble à mettre sous les verrous tout un tas de névrosés, notamment un tueur en série qui avait en son temps défrayé la chronique[1].

Je franchis alors le pas de la porte et, arrivé dans le couloir faisant office de vestibule, j'aperçus les lumières crues des projecteurs sur pied qui éclairaient une zone occupée par des hommes en tenue blanche. Partout, des flics du NYPD inspectaient les lieux de leurs lampes-torches dans

---

1. Cf. *La Note noire*, Éditions du Masque, 2009.

un ballet macabre. Il régnait dans le salon une atmosphère studieuse, presque respectueuse.

Alex vint à ma rencontre. Il tenait un calepin et un stylo. D'une voix pas très assurée, je lui demandai :

— Salut Kid, qu... qu'est-ce qui se passe ?

— Attends un peu. D'abord qu'est-ce que tu fous ici ?

— Je viens voir Samantha Livingstone qui est une amie ! Nous devons dîner ensemble.

Il me saisit par l'épaule dans un geste de compassion.

— Thel, elle n'est plus. C'est un homicide. À l'arme blanche.

Mes neurones s'emballèrent. Ma bouche devint si sèche que je pouvais à peine articuler.

— Répète !

— Samantha Livingstone est morte.

Pétrifié par ce que je venais d'entendre sans arriver à y croire, je voulus faire un pas en direction de la scène de crime. Alex se plaça entre elle et moi pour m'empêcher d'y entrer.

— Quand ça s'est passé ?

— Ça remonte à une heure tout au plus selon les premières constatations du légiste, précisa Alex en pointant du menton un médecin agenouillé à proximité du corps.

— La réanimation n'a rien donné ?

— Thel, quand nous sommes arrivés, c'était trop tard. Il n'y avait plus rien à faire.

L'émotion m'empêchait de prendre toute la mesure du drame. Tout me semblait irréel. J'avais beau en avoir vu d'autres, je me sentais perdu, heurté. Je n'arrivais pas à intégrer que Samantha n'était plus. J'étais totalement déstabilisé.

Alex me laissa le temps d'intégrer la réalité, de reprendre mes esprits.

— Tu as une idée de ce qui s'est passé ? Comment êtes-vous entrés ? Je peux la voir ?

— Le gardien de l'immeuble avait les doubles.

— Je peux la voir ? insistai-je.

— Viens avec moi mais je n'ai pas besoin de te rappeler de ne toucher à rien et de ne pas t'approcher de la scène de crime.

Je le suivis. Il me fit signe de m'arrêter et s'écarta pour aller murmurer à l'oreille d'un grand échalas qui avait tout l'air d'être la plus haute autorité des lieux. Je ne le reconnus pas sur l'instant et supposai qu'il devait interroger Alex sur les raisons de ma présence. Pendant que celui-ci lui détaillait probablement mon pedigree, je me dirigeai à pas lents vers le vaste salon et déposai machinalement mon imperméable sur le dossier d'un des deux canapés de velours orangés.

Le premier mouvement de stupéfaction passé, je réussis à me ressaisir en me forçant à garder la tête froide. J'utilisais pour cela de profondes respirations pour calmer mon cœur, refroidir mon cerveau et rester focus sur la scène de crime. Il n'y a que trois comportements face à la peur : la fuite, l'immobilisme ou l'attaque, et le mien était invariablement le dernier. Le temps était venu de comprendre et d'agir. De vieux réflexes programmés et la qualité de ma mémoire visuelle se mirent en branle, en mode pilotage automatique. D'abord, passer les lieux en revue puis examiner le cadavre. Jamais l'inverse, afin de ne pas se laisser polluer par l'émotion que provoquait la découverte d'un cadavre, *a fortiori* lorsqu'il s'agit de quelqu'un que l'on a connu.

J'aperçus furtivement le corps gisant au sol et je me forçai à détourner le regard pour ne pas être distrait. Connaissant parfaitement les lieux, je jetai un regard circulaire pour voir si tout était à sa place. Sans me préoccuper des professionnels qui s'affairaient autour du corps, je m'attachai ensuite à noter chaque détail, dans l'espoir d'y trouver un indice.

Le lieu résumait à lui seul la vie de Samantha. Anthropologue réputée, elle avait rapporté des souvenirs des quatre coins du globe. Une véritable histoire de ses explorations. Chaque objet racontait un voyage. Cela allait de la table en bois sculptée d'Indonésie aux masques de tribus africaines en passant par une étonnante série de cartes anciennes ou un ensemble d'instruments de musique primitifs. Rien ne jurait dans ce décor hétéroclite qu'éclairait une rarissime paire de luminaires suédois. Tout semblait à sa place. Même ses collections de pièces anciennes en argent et de boucles d'oreilles tribales en or ramenées du Pays Dogon. Tout en m'approchant de sa chaîne stéréo et de sa collection de trente-trois tours consacrés à l'opéra, j'acquis la conviction que l'assassinat n'avait rien de crapuleux, d'autant qu'à ma connaissance si Samantha était aisée, elle n'était pas riche et elle détenait très peu de bijoux et encore moins d'argent liquide.

J'ignorai sur ma droite la perspective sur Lenox Hill, l'East River et Roosevelt Island qu'offrait la large fenêtre, et m'approchai de son bureau en chêne clair légèrement veiné, fruit de l'imagination féconde d'un designer danois. Sur celui-ci se trouvaient une lampe contemporaine, un ordinateur portable, une pile de papiers parfaitement rangée, un bol en céramique japonaise contenant de nombreux stylos, et un petit carnet d'adresses relié en cuir cognac.

Je m'apprêtai à le consulter quand j'entendis une remarque sèche et peu amène.

— Pow pow pow, on s'arrête là, monsieur Thelonious Avogaddro ! Pas touche ! C'est une scène de crime et vous n'êtes pas habilité.

Le nom du grand échalas qui m'interpellait ainsi me revint en mémoire. Cette voix de crécelle qui passait régulièrement sur les médias pour s'enorgueillir de ses succès était reconnaissable entre toutes. Sherman Selfridge, le procureur général qui dirigeait le département de la Justice de l'État de New York. C'était lui le « comptable » des bonnes statistiques sur le combat mené contre la criminalité, lui le roi de l'accusation dans les prétoires et lui enfin l'autorité incarnée de la ville. Certains se demandaient comment il obtenait d'aussi bons résultats. Sa réputation était celle d'un requin habitué à nager dans les eaux troubles des hautes sphères de la politique comme du milieu.

Mon père me disait qu'il y avait deux sortes de types. Ceux avec lesquels on pouvait aller à la guerre, et les autres qui vous tiraient dans le dos pour sauver leur peau. Indiscutablement, Sherman Selfridge faisait partie de la deuxième catégorie.

— D'ailleurs, qu'est-ce que foutez-vous là ? demanda-t-il.

Il posait ses questions le coude droit replié soutenu par l'autre main, l'extrémité de l'index posée sur sa lèvre inférieure. Il devait penser que cette posture lui conférait de la prestance et donnait l'image de quelqu'un plongé dans une profonde réflexion. Je l'observai un peu mieux. Un mètre quatre-vingt-dix d'os et de muscles filiformes renfermant une énergie contenue prête à tout aimanter, la barbe scrupuleusement taillée, les cheveux courts, des lunettes de vue cerclées, une montre-bracelet en acier, un costume sur une chemise blanche, des boutons de manchette argentés, la voix aiguë : tout était gris et métallique chez lui, à l'exception de ses mocassins en daim. Il enchaîna d'un air qui se voulait intimidant :

— On m'a dit que c'était l'une de vos relations, non ?

— Si vos collaborateurs ont bien fait leur job, il ne leur aura pas échappé que j'ai envoyé à Samantha Livingstone un texto vers 18 heures pour préciser que je partais. Vous ne pouvez pas l'ignorer puisque vous avez déjà probablement épluché son portable, lui dis-je sèchement.

Il balaya l'argument d'un revers de main en précisant que le téléphone était introuvable. Derrière lui, me protégeant malgré eux de la vue du corps de Samantha, deux gars de la scientifique en combinaison blanche, gantés, masque sur le visage, s'affairaient aux côtés du légiste, à la recherche d'indices et de traces d'ADN. À leurs côtés, deux valises de kits de prélèvement. L'un d'entre eux prenait des clichés avec un Scene View, appareil conçu pour visualiser rapidement les traces de sang grâce à ses caméras multispectrales. Les vidéos étaient transmises en temps réel par Wi-Fi. Deux inspecteurs récoltaient des indices dans la cuisine, ainsi qu'un autre au bout du couloir où se trouvaient la salle de bains et sa chambre à coucher.

Selfridge continua à déverser son fiel avec une arrogance froide. Je mis cette attitude et cette manière de s'adresser aux autres avec distance sur un besoin d'affirmer son statut. Tout cela m'indiquait chez lui un besoin insatiable et féroce de réussite.

— Votre proximité avec la victime pourrait être gênante dans d'autres circonstances. Alors considérez déjà votre présence comme une faveur que je vous accorde.

Il s'adressa à Alex et lui demanda d'un ton sec :

— Récupérez l'ordi et le carnet. Je veux votre rapport demain matin avec les premières constatations et hypothèses. Et prenez sa déposition, dit-il d'un ton sans appel en se tournant vers moi.

Puis il nous tourna le dos. Je décidai de rester zen face à son pouvoir de nuisances. Alex vint vers moi en agitant des mains tendues vers le bas en signe d'apaisement.

— Quel connard ! marmonnai-je. Je suis en plein cauchemar. Qui vous a prévenus ?

Il hésita avant de répondre :

— Un appel anonyme au 911. Le dispatcheur nous l'a immédiatement relayé.

— La fille de Samantha Livingstone est-elle au courant ?

— Non. Comment l'aurais-je pu ? Je n'ai pas encore toutes les informations concernant ton amie.

— Elle s'appelle Deborah. C'est sa seule enfant. Ce que je peux te dire sur elle, c'est qu'elle suit les sillons tracés par sa mère. Elle doit se trouver à l'étranger. Le père n'a pour ainsi dire jamais existé puisqu'il l'a abandonnée dès sa naissance. Tu veux que je la prévienne ?

La pire partie de ce métier était d'annoncer la mort aux proches et je n'avais jamais croisé un collègue qui n'appréhendait pas ce moment, même chez les plus aguerris.

— Laisse-moi faire, je m'en occuperai à la première heure demain.

Je lui passai le numéro.

— Je suis vraiment navré pour toi, Thel. Et pour Selfridge, laisse tomber. N'oublie jamais que c'est le type le plus puissant après le maire et…

— OK, Kid, allons-y. Qu'est-ce que tu veux savoir ?

Il brancha l'enregistreur de son portable tout en prenant des notes au fur et à mesure que je détaillais mon emploi du temps, le cerveau pollué de questions sans réponses, car Samantha était pour moi la bonté incarnée et je n'arrivais pas à comprendre que quelqu'un puisse lui en vouloir au point de la tuer. Je repris le fil de l'échange avec Alex.

— C'est quoi cette histoire de verres ?

— On en a retrouvé deux ainsi que deux bouteilles de vin rouge ouvertes.

— Normal. Elle aimait bien boire et avait pris l'habitude de tester les vins dans des verres différents avant de les servir. Vous n'y trouverez que ses empreintes. À moins que l'assassin n'ait bu, ce dont je doute, affirmai-je, persuadé que le criminel était quelqu'un de méticuleux. En revanche, comme je viens ici presque tous les vendredis soir, il y a toutes les chances qu'on y retrouve les miennes un peu partout.

Alex coupa l'enregistrement.

— Hum. Selfridge risque de t'emmerder avec ça, précisa-t-il à voix basse.

— Tu vois mon imper sur le canapé, indiquai-je d'un geste du menton. Il a forcément dispersé un peu de mon

ADN. Ce que vous trouveriez sur les lieux me concernant n'aura donc plus de valeur, d'autant que je viens ici régulièrement.

Il changea d'angle et relança l'enregistrement.

— Quels étaient vos liens ?

— On était très proches. Des confidents réciproques si tu préfères. Nous allions évoquer notre prochain voyage en Inde.

— Rien de sexuel ? fit-il en réalisant l'incongruité de la question au moment où il la posait.

— Si, bien sûr ! Tendance partouze, rétorquai-je, cinglant, pour libérer de la pression.

— Désolé, Thel, dit-il en baissant la tête.

Je pris un peu de recul et inspirai un grand coup.

— Non, c'est moi. Navré mais je ne suis pas dans mon état normal. Rien de sexuel, je te le confirme.

Alex y mettait vraiment de l'application. Il n'avait pas le choix car Selfridge lirait forcément ma déposition. Alex était un chouette gars lorsque je l'avais pris sous mon aile. Il n'avait pas véritablement changé physiquement avec la cinquantaine. Toujours cette dégaine tout en muscles, son jean rapiécé, ses chemises à gros carreaux, ses santiags, le visage anguleux, le nez légèrement crochu encadré par deux yeux noirs intelligents, sous une chevelure de jais gominée. À part quelques rides en plus.

— Tu connais les gens qu'elle côtoyait ? Ses amis ?

— Non. Samantha était une solitaire et elle n'évoquait ses relations que très rarement. En tout cas, si, comme je l'ai remarqué, la porte ne montre pas de traces d'effraction, cela m'amène à considérer qu'elle connaissait probablement son meurtrier. Je ne vois pas d'autre explication.

— Il semblerait que ce soit le cas en effet. Tu vois autre chose qui pourrait nous aider ?

— En ce qui concerne Samantha, non. En revanche, en ce qui me concerne, il te sera facile de vérifier l'heure et le chemin parcouru par ma Mustang grâce aux caméras installées sur le chemin entre chez moi et ici.

— As-tu l'intention de partir dans les jours qui viennent ?

— Je reste à la disposition de la police, ajoutai-je, perfide.

Il réfléchit quelques instants. Puis n'ayant pas d'autres questions, il coupa l'enregistrement. Je décidai de détendre l'atmosphère en lui demandant quand il avait rejoint le dix-neuvième commissariat. Il bomba légèrement le torse.

— Depuis trois ans. Je suis passé lieutenant.

— Bravo ! Ça ne m'étonne pas.

J'étais sincère. Il avait toujours fait preuve d'un grand professionnalisme. Dès qu'il avait planté ses crocs dans une affaire, il ne lâchait pas. Seul bémol, il aurait tué père et mère pour grimper rapidement les échelons. Il m'avait fallu pas mal de diplomatie pour réfréner ses ardeurs.

— J'ai été à bonne école avec toi, Thel. Je finirai peut-être un jour comme toi, commandant puis détective privé.

Sherman Selfridge étant sur le point de quitter les lieux, j'attendis quelques secondes qu'il disparaisse de l'appartement pour lui demander :

— Qu'est-ce qu'il foutait là, le proc gé ? Il n'a pas mieux à faire avec tous les procs qu'il a sous ses ordres ?

— Il y a bientôt une nouvelle élection. Il faut qu'il montre son implication. Résoudre ce cas serait pour lui une sacrée victoire, surtout avec le profil de la victime.

Alex ralluma son enregistreur et planta son regard dans le mien.

— Sais-tu si elle craignait quelque chose ou quelqu'un ? Se sentait-elle menacée ?

À cette question logique, je lui répondis par la négative. En effet, je n'avais pas le souvenir que Samantha m'ait parlé de quoi que ce soit qui implique l'existence d'une menace directe ou indirecte. En réalité, elle ne cessait de me rappeler que nos rencontres étaient uniquement fondées sur ce qu'elle appelait « le partage de la crème », à savoir que les discussions professionnelles trop sérieuses n'étaient pas de mise. J'eus soudain une idée et lui fis signe d'arrêter l'enregistrement car je trouvai le moment opportun pour lui proposer un accord secret de coopération.

Il s'exécuta.

— Passons un deal…

Son regard se détourna du mien. J'insistai à voix basse mais ferme :

— C'est devenu une affaire personnelle tu comprends.

Il ne dit rien mais il me connaissait par cœur. Il savait ce qui allait suivre : que je pèserais mes mots, les martèlerais même comme une promesse que je me faisais à moi-même, qui m'engagerait jusqu'à la fin de l'enquête et même au-delà.

— Je vais bosser perso sur ce dossier. Personne ne pourra m'empêcher de découvrir le salopard qui a fait cela. Même si je dois y laisser la peau. Pour vous, il s'agit juste d'un crime de plus. Pas pour moi. Le monde va cesser de tourner jusqu'à ce que je retrouve l'assassin. En revanche, si tu acceptes de m'informer, je te promets de t'envoyer tout ce qui permettra de faire avancer l'enquête. Tu ne me verras pas. Je n'existerai pas. Je te laisse réfléchir quelques minutes à ma proposition.

Je me retournai sans attendre sa réponse. Tout en évitant soigneusement de regarder le corps, je me rendis d'abord dans la cuisine. Nous avions l'habitude de nous retrouver là, debout, à trinquer, heureux. Elle était moderne et spacieuse, avec de l'électroménager en acier inoxydable, un plan de travail en ardoise, des ustensiles des quatre coins du monde comme un pilon d'Afrique, plusieurs woks, des cuillères primitives. Quelques herbes aromatiques étaient plantées dans un verre d'eau à côté d'une pile de cahiers dans lesquels elle recopiait des recettes de cuisine. Une odeur agréable flottait dans l'air. De l'espadon au gingembre et citron confit attendait sagement d'être saisi sur le vaste piano à feux multiples. À côté, un saladier en grès peint du sud de la France contenait une salade d'épinards.

J'ouvris le frigo à double porte en me munissant d'un torchon. Il était plein, comme toujours. Une soupe de fraises à la badiane attendait en guise de dessert. C'était vraiment une passionnée de cuisine du monde. Elle m'avait du reste confié suivre des cours avec un chef. Face à la triste réalité, je poussai un juron en refermant violemment la porte du frigidaire. J'inspectai son armoire à pharmacie. Rien à signaler. Je me passai de l'eau sur la nuque, le visage et les cheveux. Je me posai sans arrêt la question lancinante de savoir si, au lieu de flâner, j'aurais pu modifier le cours des choses, ou croiser le coupable, tout en sachant que le meurtre avait eu lieu probablement avant que je ne parte de chez moi.

Je me dirigeai vers le couloir qui menait à la chambre. J'ouvris un placard sur la gauche, encastré dans le mur, là où Samantha rangeait tout ce qui avait trait au ménage. Il ne me fallut pas longtemps pour repérer ce qui clochait.

— Alex, viens voir !

Il me rejoignit à grands pas.

— Tu vois l'aspirateur ? Il est rangé, avec la poignée du manche tournée à gauche. Elle devrait être à droite.

— Comment tu le sais ?

— Un jour qu'elle s'était blessée à la main en cuisinant, je l'avais passé et elle avait insisté pour que je le range de cette façon. Elle estimait que c'était plus pratique pour elle.

Il pigea au quart de tour. Il interpella un des types de la scientifique et lui demanda de l'ouvrir pour analyse. Le sac de récupération et le balai avaient disparu. Nous avions affaire à un pro qui veillait à ne pas laisser de traces. Les gars du labo allaient avoir du pain sur la planche. Alex se dirigea vers le salon, s'accroupit à l'endroit où se trouvait le corps et brancha la lampe-torche de son portable.

— Il y a des reflets sur les poils du tapis là où l'on voit le passage de l'aspirateur. Tu as raison, le gars l'a passé plusieurs fois. Merci pour l'info. J'espère qu'on trouvera quand même quelque chose.

Il communiqua l'information aux gars du labo tout en enlevant ses gants, puis se releva. Il tendit la main.

— OK, deal. Mais ne fais jamais rien sans me tenir informé. Et le proc ne doit rien savoir. OK ?

J'acquiesçai. Je fis un rapide tour dans la chambre. Le lit était fait avec un drap de lin et des oreillers aux motifs ethniques. Tout semblait normal dans les tiroirs de la jolie commode anglaise. Je revins vers mon ex-coéquipier.

— Peux-tu m'en dire plus sur la scène de crime ?

Il parcourut ses notes pour ne rien oublier. Des types arrivèrent avec un brancard à roulettes. J'observai le corps de Samantha. Je n'arrivais toujours pas à réaliser. Les gars du labo et le légiste en avaient terminé. Elle gisait sur le dos, sa jupe remontée sur ses cuisses. Sa chevelure aux reflets roux était rabattue vers l'avant de sa tête. Les deux bras tendus dans le prolongement du corps, paumes contre la moquette. La jambe gauche était repliée et son pied était nu. La droite portait toujours un escarpin bleu marine. La chaussure manquante avait basculé sur le côté, entre l'endroit où se trouvait le corps et la cuisine. Soit environ deux mètres. Peut-être un peu plus. Elle baignait dans une mare de sang qui allait du tapis jusqu'aux lattes du parquet brun. L'image de Samantha en train de courir affolée de la cuisine au salon pour échapper à son meurtrier me percuta comme si j'avais reçu un coup de poing. Elle avait forcément hurlé, fait du bruit.

— Personne n'a rien entendu, précisa Alex, précédant la question que j'avais sur le bout des lèvres. Ni le gardien ni les voisins. Le corps est tombé sur le tapis, ce qui a probablement étouffé le bruit de sa chute. Pas d'effraction à la porte comme tu as pu le constater. Aucun individu n'a été aperçu, que ce soit dans le hall ou à l'étage. On est déjà en train d'éplucher les caméras dans la rue. Mais on n'a pas retrouvé son portable comme te l'a dit Selfridge. Les verres et d'autres éléments vont partir au labo. On a relevé des empreintes un peu partout, depuis la cage d'escalier jusque sur sa porte d'entrée, et dans sa chambre et sa salle de bains. Ça nous fait une cinquantaine de scellés au total. Dans un sens, c'est une bonne nouvelle que Selfridge prenne ça en main et, d'ailleurs, il a mis une grosse pression sur la scientifique, ce qui devrait accélérer l'obtention des résultats.

— Et que donnent les prélèvements sous ses ongles ?

— Selon les premières constatations, le gars est un méticuleux et il semblerait qu'il y ait peu de chances de trouver des éléments.

Je réalisai alors que j'avais omis de lui demander son avis sur le mode opératoire. Probablement parce que la nouvelle de la mort de Samantha m'avait tellement déstabilisé que peu importait la manière. Là aussi, il anticipa ma question.

— Il s'agirait d'une arme blanche, de coups de couteau, précisa Alex. Le premier a été fatal selon le légiste. Elle… elle n'a pas souffert. Nous avons cherché et vérifié tous les instruments tranchants, l'arme est introuvable.

Le corps de Samantha était désormais caché dans une housse noire zippée, sanglé à deux endroits, prêt à être embarqué pour l'autopsie.

— Bon, j'y vais. Merci de ta confiance. Préviens-moi dès que tu as les résultats de la scientifique et de l'autopsie.

Je pris l'imperméable et quittai les lieux, non sans avoir jeté un dernier regard à ce qui avait été l'oasis de mes fins de semaine. Une page venait de se tourner, comme tant d'autres à chaque fois que je tenais un ersatz de bonheur. Le résumé parfait de mon karma.

Les journalistes étaient toujours présents à la sortie et flashaient la housse mortuaire qui disparut par le hayon arrière de la fourgonnette. Il y avait fort à parier qu'on l'emmenait au bureau du médecin légiste en chef, situé à quelques blocs de là.

Je rejoignis ma voiture et m'engouffrai à l'intérieur. Là, dans mon caisson de décompression, je me laissai aller à la douleur. Je cherchai frénétiquement une clope, alors que cela faisait bientôt cinq ans que j'avais jeté mon dernier paquet. L'envie de vomir me saisit d'un coup. Je baissai la vitre et penchai la tête dehors. Un filet de bile coula le long de la portière. Je crachai le reste puis trouvai un vieux kleenex dans la boîte à gants pour m'essuyer la bouche.

Mes mains serrèrent le volant à en faire blanchir les jointures. La nuit enveloppait la Mustang. Un air chaud et humide remontait désormais depuis le golfe du Mexique. Je branchai la lumière de bord et orientai le rétroviseur dans ma direction. Mon regard bleu était dans le vague. Je fermai les paupières après avoir éteint. Le film de mon arrivée dans le vestibule passa. Il procéda à un arrêt sur image au moment de l'annonce du décès de Samantha.

Mon amie de cœur venait d'être assassinée.

Un 10 juillet.

Chapitre 3

J'ouvris brusquement l'œil vers 6 heures du matin après une nuit d'un sommeil chaotique. Je demeurai immobile sur mon lit quelques instants. Puis les événements de la veille s'imposèrent de façon tenace et brutale, et une colère sourde et lancinante me saisit. La bouteille de bourbon à laquelle j'avais jeté un sort afin de trouver le sommeil trônait sur ma table de nuit à côté d'un paquet de cigarettes à moitié vide acheté en revenant de chez Samantha. La vue de ces poisons me ramena de nouveau aux dures réalités de la veille.

Alex devait déjà être sur la brèche. J'attrapai mon portable pour le joindre avant que Joséphine ne se lève. Ma messagerie était saturée de demandes d'interviews de journalistes, ce qui me laissa penser que quelqu'un m'avait reconnu lors de mon arrivée ou départ de chez Samantha. Alex me devança :

— Encore toutes mes condoléances. J'ai bossé une bonne partie de la nuit et j'attends les résultats.

Son équipe et lui allaient devoir passer en revue l'emploi du temps de Samantha, étudier ses mails et ses appels, interroger les proches, voisins et collègues, comprendre les dernières heures de sa vie, lancer des appels à témoin, dérouler les vidéos prises par les caméras urbaines, récolter un maximum d'indices, identifier les ADN présents, trouver des correspondances dans les bases de données, procéder à divers recoupements, effectuer des recherches et définir un profil type, établir le mode opératoire.

— Toujours pas de rapport d'autopsie ?

— Non. Le coroner a fini ce matin à 6 heures. Nous attendons son rapport.

Il revenait au légiste et à lui seul d'établir officiellement la cause du décès en cochant une croix parmi quatre choix : homicide, suicide, accident naturel ou d'origine inconnue.

— Vous avez pu joindre sa fille ?

— Oui, elle était au Pérou. Je lui ai laissé un message neutre demandant qu'elle rappelle et j'ai contacté notre ambassade à Lima. Le consul va la prévenir dès qu'il l'aura localisée.

J'ouvris les fenêtres. À l'horizon, le soleil affirmait sa gloire matinale. Il fallait que je m'occupe l'esprit pour atténuer la tension qui m'habitait. Je pris une douche rapide, puis, Joséphine n'allant pas tarder à surgir, je nous préparai un solide petit déjeuner. Je pressai trois oranges dans deux verres, grillai quelques toasts, sortis les céréales et le lait d'avoine pour Joséphine.

La télévision déroulait la *Breaking News* du meurtre et une interview de Selfridge devant l'immeuble de Samantha. Je n'arrivais toujours pas à réaliser l'horreur. Je tendais l'oreille à l'affût d'éventuels rebondissements durant la nuit. Tout ce que Selfridge se borna à préciser était que ses équipes avaient déjà dressé une liste réduite de suspects et que justice serait rendue rapidement.

Le cliquetis dans les canalisations indiqua qu'elle prenait sa douche à son tour. Je coupai l'écran et hésitai sur l'attitude à suivre. Joséphine connaissait très bien Samantha. Devais-je lui annoncer la nouvelle ou pas ? Elle était dans sa dernière ligne droite d'examens. Le mieux était de ne rien dire.

Je l'entendis à peine arriver. Elle m'embrassa sur le front.

— Je ne t'ai pas vu hier soir. Alors, bien dormi ? demanda-t-elle tout en se jetant sur le bol de céréales qu'elle noya de lait d'avoine.

Je la détaillai. Au menu du jour : baggy large, piercing dans l'oreille, cheveux décolorés tendant vers un blond indéfinissable, deux traits d'eye-liner à la Amy Winehouse, tatouage arc-en-ciel sur le dos de la main droite, trois bagues gothiques, de grosses chaussures en cuir noir à lacets, et un tee-shirt d'homme avec le portrait des Stones. Cette génération née dans les années 2000 respectait tout de même nos héros.

Je toussotai pour m'éclaircir la voix :

— Je suis rentré tard. Tu dormais déjà.

— Alors c'était comment ? Samantha va bien ?

Plutôt que de mentir, je marmonnai une réponse inintelligible. Heureusement, Joséphine était à la bourre, comme tous les matins.

— Tu bosses aujourd'hui ? Nous sommes samedi...

J'avais oublié qu'il n'y avait pas vraiment d'horaires pour les étudiants, et pour les geeks en particulier.

— Oui. Je pars réviser chez un pote. Plus que trois jours avant le concours. Je rentrerai vers 19 heures, mais il se pourrait que je reste dîner là-bas. Je t'enverrai un texto depuis le portable de Pablo. Je laisse le mien ici pour ne pas être tentée. Mais dis-moi, ça sent le tabac, non ? Tu t'es remis à fumer ! C'est nul !

Elle en rajouta une couche :

— Thel, c'est grave nul ! Tant pour toi que pour la planète. Non seulement tu encrasses tes poumons, mais tu engraisses aussi les multinationales du tabac qui exploitent des enfants aux quatre coins du monde lors de la cueillette des feuilles.

Prenez un shaker. Ajoutez dedans des doses égales de défense des LGBT, de proavortement, de wokisme, des droits des femmes, de militantisme écolo. Ajoutez un zeste d'antisystème. Secouez bien pendant quelques minutes et vous dégustez du Joséphine !

C'était une chouette gamine de 22 ans, aux cheveux mi-longs, aux yeux verts, bourrée de charme. Elle était la fille d'un de mes anciens coéquipiers qui vivait désormais dans le sud de la France. Il m'avait demandé si je pouvais la loger pendant sa dernière année d'études à l'AI Now, un institut de recherche sur l'intelligence artificielle et la robotique situé dans l'École polytechnique de New York. Je n'avais pas hésité une seconde. Depuis son arrivée, nous avions développé une relation saine et franche, d'autant qu'elle n'avait pas sa langue dans sa poche et moi non plus. Son autonomie, tant de caractère que financière, me convenait parfaitement.

Nous nous croisions aux repas et je mesurais à chaque fois l'abysse qui séparait nos deux générations. Une tectonique en mouvement. Il n'était plus question d'hommes et de femmes qui venaient de Mars ou de Vénus, mais bien de deux générations qui habitaient deux univers interstellaires très éloignés.

— Il te reste quoi à réviser ?

— Des livres chiants mais j'ai une bonne mémoire. J'ai presque fini mon sujet de fin d'études. Il faut juste que je reste concentrée. Bon, j'y vais. Merci pour le petit déj' !

Elle se leva, déposa son bol et sa cuillère dans l'évier. Elle attrapa alors un sac qu'elle mit en bandoulière, m'embrassa de nouveau et disparut.

J'allumai une cigarette, ne lui en déplaise, branchai ma stéréo et mis un disque de Scott Hamilton. Le phrasé mélodieux de son saxophone me redonna du punch.

J'avais commencé à faire de la place sur mon bureau lorsque je reçus un appel de Deborah qui venait de se poser à Newark.

— Debbie. Je… je ne sais pas quoi te dire… si ce n'est que je suis de tout cœur avec toi.

Elle partagea sa douleur entre deux sanglots.

— Veux-tu passer à la maison ?

— Non, pas aujourd'hui, merci. J'ai rendez-vous au commissariat. Ils veulent me poser des questions. Et puis il faut que j'organise l'enterrement. Que je classe les papiers, etc.

— Tu as besoin d'un coup de main ?

— Non, ça ira. Je… je ne sais pas si je peux t'en parler mais je… je préférerais que…

— J'en fais une affaire personnelle, Debbie, coupai-je. Je choperai le salopard qui a fait ça, tu as ma parole.

— Je n'osais pas te le demander. Merci ! Ah, juste un truc si ça peut t'aider…

Je tendis l'oreille comme un chien à l'arrêt. Tout était bon à prendre.

— … J'ai essayé de l'appeler hier. Elle n'a pas décroché. En revanche, elle m'a répondu par texto juste après.

— Vers quelle heure ?

— Pour vous, il était 17 heures. Elle m'écrivait, je cite de mémoire, « ma chérie, j'attends d'un instant à l'autre un rendez-vous important. Puis Thel vient dîner. Je te rappelle demain ».

C'était à la fois clair et énigmatique, mais au moins un petit fil sur lequel éventuellement tirer. Avant de raccrocher, je lui déconseillai de répondre aux journalistes et lui rappelai de me prévenir de la date et du lieu des obsèques.

Je me remémorai alors que, pris par ces dernières heures, j'avais oublié de tenir informée ma dernière cliente, une femme en plein divorce qui voulait prouver que son mari lui mentait sur son patrimoine. Je rassemblai les éléments et tapai un compte-rendu sous forme de mail avec diverses pièces jointes obtenues grâce à un ancien copain du fisc qui m'avait tuyauté. Puis je l'appelai au moment où Joséphine rentrait de son bachotage. Ma cliente raccrocha rassérénée et me promit un bonus pour cette découverte que je déclinai.

— Excuse-moi, Thel, fit Joséphine. Il y a un truc que je ne comprends pas. Je suis désolée mais tu parlais fort et je n'ai entendu que quelques bribes. Ça ne t'emmerde pas, toi qui as bossé plus de trente ans sur les pires homicides, de te retrouver à t'occuper d'affaires de divorce pour des femmes en mal d'argent ?

— C'est toi une féministe qui dis ça ?

Elle s'enflamma.

— Mais c'est pas du féminisme ! Ce que j'essaie de te dire, c'est que ce n'est pas normal qu'une femme après x années de mariage doive se battre, prendre un détective privé pour faire valoir ses droits ! Parlons plutôt d'équité.

Je souris intérieurement à l'idée que, quelque part dans le monde, il y avait un homme qui ne savait pas encore ce qui l'attendait s'il lui prenait l'envie de passer sa vie avec cette pasionaria.

— D'accord avec toi. Cette femme en mal d'argent comme tu dis, c'est… Taylor Swift !

Elle se figea de stupeur. Il y avait quelque chose de rassurant de constater que ce qui brillait fonctionnait toujours, même avec les jeunes femmes de cette génération.

— Mais non, je blague ! Tu vois, elle m'a engagé car elle veut récupérer cet argent non pas pour elle, mais pour un orphelinat qu'elle finance à Madagascar. Alors…

— C'est de pouvoir choisir tes clients qui fait la différence entre être flic et détective ?

— Entre autres. J'ai aussi plus de liberté. Mes affaires sont plus variées : des entreprises pour des vols de secrets ou de clientèles, la recherche de débiteurs… Avec beaucoup de points communs : l'écoute, l'intuition, l'observation des signaux faibles, les techniques de filature, l'imagination des scénarios, les motivations et le goût de ce que cache la réalité.

— Ce n'est pas borderline ?

— Pour certains confrères, oui. La célèbre agence Pinkerton a commencé en infiltrant une rébellion de mineurs en Pennsylvanie pour briser la grève au profit de capitalistes, ce qui n'est pas très glorieux. Il faut une éthique, comme collecter des preuves qui seront recevables par la justice et défendre ce qui te semble juste. Bon, j'ai du boulot.

Joséphine partit dans sa chambre. J'allumai la télévision. La *Breaking News* du jour s'étalait sur toutes les chaînes : un reportage de l'assassinat de Samantha, avec un contenu enrichi par rapport aux précédents. Apparaissaient pêle-mêle la housse sur le brancard à roulettes, une photo d'elle, des prises de vue de l'immeuble de son bureau, de son domicile, des témoignages de voisins. Sherman Selfridge, en gros plan, sûr de lui, promettait que le coupable serait bientôt sous les verrous et que ce n'était qu'une question d'heures. L'information devait passer en boucle depuis hier soir et être reprise sur tous les réseaux.

Tous les réseaux… Je me ruai vers la chambre de Joséphine et tambourinai à sa porte.

— Je peux rentrer ?

— Oui, qu'est-ce qui se passe ?

Elle était allongée sur son lit, son téléphone en main.

— Pose-le, dis-je doucement en m'asseyant sur son lit près d'elle. J'ai quelque chose à t'annoncer. Rien à voir avec tes parents. C'est juste que… enfin… Samantha a été assassinée hier soir.

Elle eut un cri d'effroi et fondit en larmes. Je la pris dans mes bras pour la réconforter. Je lui expliquai la raison pour laquelle j'avais essayé de la préserver, ayant oublié que nous vivions dans un monde où l'information se répandait à la vitesse de la lumière. Joséphine finit par se calmer. Elle essuya ses larmes d'un revers de manche.

— Elle t'appréciait beaucoup. Si tu veux lui rendre un hommage, réussis ton examen !

Joséphine acquiesça d'un hochement de tête déterminé. Je la laissai seule avec son chagrin puis, incapable de me pencher sur l'enquête en cours, je décidai de mettre un peu de pression sur Alex en le rappelant.

— Donne-moi de bonnes nouvelles, Kid.

— Je n'ai pas encore le rapport du légiste mais on a retrouvé deux cheveux. Ils sont en cours d'analyse. Les premières constatations montrent qu'il n'y a ni traces de lutte ni griffures. Rien de tangible si ce n'est que l'arme du crime est bien une arme blanche du genre couteau ou poignard. On avance sur cette piste.

— N'oublie pas qu'il s'est peut-être blessé avec la lame. Si vous avez un suspect, vérifiez ses mains.

Je me souvenais avoir constaté une fois ou deux que lorsque l'agresseur frappait sa victime, la force des coups pouvait soit lui faire glisser les mains sur le tranchant de l'arme utilisée et provoquer des coupures, soit projeter des traces de son sang dont l'analyse s'avérait essentielle dans la résolution de l'enquête.

— OK, c'est noté. Mais côté suspect, on tient une piste.

Mon corps se raidit. Alex précisa :

— Sur les caméras de surveillance, il y a la présence d'un type qui semble observer l'entrée de l'immeuble de la victime la veille de l'assassinat. Quelques allers-retours, comme un repérage. C'est le même individu qui est ressorti du parking de l'immeuble aux alentours de l'heure du meurtre, mais on ne le voit pas y rentrer. Puis il s'est tranquillement dirigé vers un centre commercial voisin aux multiples accès et on perd sa trace. Mais on a un plan sur lequel son visage est assez distinct.

— Quel âge ? demandai-je alors à Alex.

Depuis la veille, j'avais échafaudé plusieurs hypothèses en me fondant sur mes souvenirs des assassins que j'avais identifiés et coffrés. La base de mes raisonnements s'appuyait sur la certitude que Samantha connaissait son agresseur et qu'il pouvait peut-être s'agir de quelqu'un de son âge comme je l'avais indiqué à Alex sur les lieux du crime. Le SMS parlant d'un visiteur « important » me confortait dans cette intuition dans la mesure où, de façon un peu simpliste, peut-être, je considérais maintenant qu'à l'importance du personnage correspondait un âge mûr. Sa réponse me fit donc l'effet d'une douche froide.

— Écoute, ce n'est pas très net. Je dirais dans les 35-40 ans. Alors c'était quoi ton intuition d'hier ? Tu avais promis de m'en parler…

Mes neurones carburaient à toute vitesse. Je décidai de me donner le temps de la réflexion en lui indiquant ce qu'il apprendrait de toute façon en étudiant les relevés téléphoniques et en interrogeant Deborah.

— Samantha avait un rendez-vous avec quelqu'un chez elle à 17 heures. Je m'étais imaginé qu'il était plus âgé, comme quoi les intuitions doivent être sujettes à caution. Impossible de savoir avec qui pour l'instant. Probablement le gars sur les vidéos.

Je raccrochai. Le désespoir me gagna. Dans mon métier, le résultat n'est pas toujours celui que l'on espère et il n'y a pas toujours de la lumière au bout du tunnel.

Chapitre 4

Alors que je déambulais sans but dans l'appartement en repensant de façon confuse à ce que m'avait exposé Alex, celui-ci me rappela. Je respirai un grand coup avant de décrocher.

— Tu es assis ? On a récolté des informations intéressantes et je te garde le meilleur pour la fin.

— Attends, je prends des notes.

J'attrapai fébrilement mon carnet et un stylo.

— Je commence par l'heure du décès. Le légiste la situe entre 17 h 30 et 18 h 15. Il a statué officiellement pour un homicide. Je t'avais dit que l'on avait trouvé deux cheveux, n'est-ce pas ? Eh bien, ils étaient entrelacés et posés sur le front de la victime : l'un est court et teint en jaune. L'autre, beaucoup plus long et gris. Les deux ont leur bulbe.

Cette information essentielle m'avait beaucoup servi dans mes dernières années au NYPD. Si le cheveu a encore son bulbe, cette extrémité de peau qui le relie au cuir chevelu, on procède à une recherche d'ADN nucléaire sur le bulbe. S'il en est dépourvu, les analyses se concentrent sur la kératine qui est une protéine dont la séquence d'acides aminés est spécifique à chaque personne. On parle alors d'ADN mitochondrial.

— Je n'ai pas encore le retour de l'analyse, poursuivit Alex. Ça va prendre quelques jours. En ce qui concerne le *modus operandi* du crime : elle a reçu un premier coup de couteau par-derrière qui lui a sectionné la carotide. Elle est morte pratiquement sur le coup. Puis l'agresseur lui a porté trois autres coups, au niveau de la cage thoracique dont l'un a perforé le cœur, sans toucher la colonne vertébrale, les deux autres ont laissé des traces sur deux côtes, la troisième et la cinquième gauche en partant du haut.

Je tâchai d'effacer les images de l'assassinat qui me parvenaient au fur et à mesure qu'il décrivait le meurtre. Dans 80 % des cas, le couteau est dissimulé et l'agression est déclenchée à une distance de moins d'un mètre pour éviter que la victime ne puisse réagir. Violentes et rapides, ces attaques se déroulent souvent en moins de trente secondes avec une moyenne de trois à sept coups, sous différents angles.

— Comme tu le sais, il n'est pas facile de connaître la taille de la lame…

Il ne m'apprenait rien de nouveau. Lorsqu'une lame pénètre au niveau du thorax, il est très compliqué d'en connaître sa longueur car elle traverse généralement des tissus mous. Cependant, elle laisse toujours des microtraces de sa composition en frottant une ou plusieurs côtes sur son passage. Suffisant pour en connaître l'origine.

— Il s'agit de façon quasi certaine d'un Matsushita, ajouta Alex. Un couteau japonais très utilisé dans les arts martiaux et la découpe de poissons.

Je pris l'information de plein fouet. Alex venait de me lancer un uppercut.

— Un Matsushita ? Tu en es sûr ?

— C'est ce que dit le labo, Thel.

— Je te rappelle ! Il faut absolument que je vérifie quelque chose.

Je restai quelques secondes avec le téléphone toujours dans la main, car ce qu'il venait de m'apprendre me ramenait au *cold case* du 10 juillet 1968 gravé dans ma mémoire, que je n'avais jamais pu résoudre et qui me hantait toujours : celui d'un assassinat avec une arme similaire.

Je me précipitai pour descendre à la cave. Il me fallut peu de temps pour repérer au milieu du capharnaüm de souvenirs les trois cartons que je recherchais emballés dans des sacs étanches, chacun marqué d'un « Laura » au feutre. Je les remontai et les posai près du bureau. Je redescendis chercher des punaises et un tableau d'affichage de liège que j'utilisais pour mes enquêtes de détective privé. J'ouvris les cartons. À l'intérieur se trouvaient les dossiers de l'affaire.

Je m'installai face à cette montagne de paperasse, ne sachant pas par où commencer. Finalement, je retirai trois beaux clichés encadrés de jazzmen du mur pour y installer le panneau de liège. Comme d'habitude, je commençai par accrocher ce que j'appelais mes « outils » permettant d'isoler les informations recueillies lors de mes enquêtes. Je pris des punaises afin d'afficher les documents, photos, stickers, ou toute autre information considérée comme « pouvant m'aider » à voir plus clair dans le puzzle que constituaient les éléments et indices ayant trait à un crime. Je fonctionnais toujours comme ça. En fixant les éléments importants après un premier tri et en prenant régulièrement du recul. Ma mémoire fonctionnait comme un classeur. Je sortis toutes les chemises du premier dossier et, tandis que je les organisais, le déroulé des événements de cette période et les souvenirs relatifs à ce cas non résolu refirent surface avec une assez grande précision et beaucoup de nostalgie.

J'allai dans ma chambre récupérer une photo dans son cadre orné d'une fine ciselure argentée des années 1930 et je l'accrochai tout en haut du panneau de liège. Les couleurs avaient perdu de leurs éclats. Je me frottai les yeux. Elle nous représentait tous les quatre en pied avec, en arrière-plan, les armatures métalliques caractéristiques du Golden Gate.

De gauche à droite, il y avait ma sœur aînée Laura, 15 ans à l'époque, en robe à fleurs, qui me tenait, le bras gauche passé sur mon épaule. Je portais une chemise, un short et des sandalettes blanches. À mes côtés, mon père, sur son trente et un, tout sourire, se tenant fièrement du haut de son mètre soixante-dix dans son costume croisé à fines rayures, heureux de présenter notre famille. Ma mère collée à lui, son éternelle moue énigmatique aux lèvres, la chevelure blonde ramenée en chignon, la jambe droite légèrement décalée vers l'avant, dans une robe bleu marine cintrée, le buste bien droit.

Je me souvins avoir montré la photo à Samantha, qui avait remarqué que j'avais l'air inquiet. Étais-je né ainsi ou l'étais-je devenu ? Seule certitude, je n'avais pour ainsi dire jamais connu la félicité insouciante de l'enfance.

Mon père, journaliste de renom au *Chronicle* de San Francisco et passionné de jazz, écumait les clubs de la côte Ouest. Il fit même la connaissance de Monk, cet immense pianiste, et lui consacra de nombreux articles. De fil en aiguille, ils devinrent proches au point qu'il me donna son prénom, Thelonious, Thel pour les intimes. Ma sœur n'y avait pas échappé non plus puisque « Laura » était un standard de jazz très en vogue à l'époque. Ma mère ne se contentait pas d'être une femme au foyer. Elle avait des facilités artistiques qu'elle développait à ses heures perdues. Laura était leur première enfant. Ma naissance n'arriva que onze années après, en 1961, sans que je sache réellement si elle était désirée ou s'il s'agissait d'un accident. J'avais résolu la question en me disant que c'étaient les enfants qui choisissaient de venir au monde et non l'inverse.

Laura était, et aussi loin que je m'en souvenais, une rebelle. Elle s'engageait dans tous les combats : contre la guerre du Vietnam, contre le racisme, pour les droits des femmes. Elle avait l'injustice et l'autorité en horreur. Autant de grains à moudre qui provoquaient des engueulades répétées avec mon père, au caractère rigoriste et patriarcal. Elle prit progressivement ses distances avec eux. Ma mère s'en plaignait. Laura changea alors d'apparence : cheveux courts teints, en lieu et place de sa longue chevelure auburn, robes hippies, larges colliers ethniques… Le jour de ses 18 ans, elle décida de plaquer ses études et le domicile familial. Direction New York où elle s'estimait plus utile pour lutter en faveur de causes légitimes qui ne manquaient pas à l'époque.

Elle s'était déniché un petit studio à Brooklyn qu'elle louait. Elle travaillait le jour pour une association qui tentait de défendre les droits et la protection des prostituées exploitées du côté du Times Square de l'époque, lequel n'avait rien à voir avec ce qu'il était devenu. Le soir, elle était serveuse dans un restaurant.

Laura refusa de nous voir malgré les demandes répétées des parents. Finalement, elle changea d'avis. Ma mère la rejoignit début juillet, quelques jours avant la date fatidique du 10 où elle avait été assassinée. Elle logeait dans un hôtel voisin et passait avec elle plusieurs heures jusqu'au jour où, alors qu'elle attendait Laura dans son petit studio, la police frappa à la porte et lui apprit que Laura avait été trouvée morte assassinée près du monte-charge de son immeuble.

Nous étions venus de San Francisco en catastrophe, mon père et moi, et nous restâmes un bon mois le temps de l'enquête. Pour des raisons essentiellement pratiques et après de longues discussions, mes parents décidèrent de l'enterrer à Brooklyn, dans le cimetière de Green-Wood avant de retourner en Californie. Tout alla en fait si vite que, le jour de son inhumation, une âme d'adulte vint planter d'un seul coup ses crocs sur mes frêles épaules d'enfant.

Les flics de la fin des années 1960 étaient comme des lions en cage. Le crime était partout. Il n'y avait ni ADN, ni profilage, ni base de données informatique, encore moins de surveillances vidéo dans les rues et d'échanges entre les différentes juridictions. Seules les prises d'empreintes existaient sous forme de fichiers où il fallait, à la loupe, identifier les dermatoglyphes dans l'espoir de confondre les coupables. Les comptes-rendus étaient tapés à la machine, les commissariats travaillaient isolément, sans concertation. La notion de *cold case* était inconnue. Un travail quasi artisanal, face à une criminalité qui atteignait à New York son paroxysme dans ces années-là. C'était l'*open bar* des prédateurs, où le choix des activités criminelles était ouvert à tous.

En ce qui concernait le cas de « Laura », les flics néanmoins consultèrent les casiers judiciaires, interrogèrent ses amies, établirent un portrait-robot, nous mirent sous les yeux des albums de photos de mines patibulaires dans des feuilles plastifiées dans l'espoir que nous reconnaîtrions quelqu'un. En vain. Au bout de quelques semaines, nous comprîmes que les flics avaient classé l'affaire. Leurs conclusions étaient limpides : Laura avait fait une mauvaise rencontre et son assassin était probablement un tueur occasionnel. Un de plus. Dans notre jargon, le crime parfait.

Jusqu'au jour où ils arrêtèrent en 1981 Richard Cottingham, dit le Torso Killer ou encore le tueur de Times Square. Entre quatre-vingts et cent meurtres à son tableau de chasse entre 1967 et 1980, aux *modus operandi* très différents. Ses victimes étaient à quelques exceptions près des prostituées travaillant dans ce qu'on a fini par appeler le « triangle de la mort de Sex Square », entre les 42e et 50e, et les 8e et 6e avenues.

Times Square de ces années ressemblait à l'enfer de Dante pavé de prédateurs qui frayaient au milieu d'un monde de névrosés, de junkies, de travailleuses du sexe, de porno hard, de drogues dures. Un égout de clandestins, de transgressifs, de proxénètes, de mafieux, qui se sentaient intouchables car les autorités laissaient faire. Non seulement cinq mille policiers avaient été retirés de la rue à cause de la grave crise que traversait l'État, mais ceux qui étaient restés fermaient les yeux, voire trempaient dans diverses combines pour certains d'entre eux. La vermine élimine la vermine, se disaient-ils. Et, comble du comble, chaque fois qu'une prostituée venait se plaindre ou donner un tuyau, la police en profitait pour l'arrêter pour activité illégale.

Sous la pression d'un mouvement féministe qui prenait de plus en plus d'ampleur et manifestait régulièrement, une task force fut créée avec des flics de choc. Elle connut certains succès avec la fermeture de plusieurs antres de débauche, l'arrestation de proxénètes, et surtout celle de Cottingham. Une aubaine pour la cellule du FBI montée pour étudier le phénomène *serial killer* qui prenait naissance, dans la mouvance des Charles Manson, John Wayne Gacy et Ted Bundy.

Le cas de Laura fut rouvert, parce qu'elle avait joué un rôle actif dans le mouvement de défense des droits de ces femmes, comme l'apprit mon père par les inspecteurs. Malheureusement, la date de son homicide ne cadrait pas avec l'emploi du temps de Cottingham qui était le jour même, pratiquement à la même heure, fâcheuse coïncidence, en train d'assouvir un fantasme macabre dans un motel du New Jersey.

Ma mère sombra dans une dépression silencieuse. Mon père dans l'alcool. Malgré leurs tentatives de donner le change, j'assistai à leur chute, la rage au cœur. Il n'y a pas pire sentiment que de se sentir ignoré et impuissant dans un monde d'adultes. De plus, les gens pensent qu'on ne peut pas rester en deuil toute sa vie, qu'il faut tourner la page. Mais ça ne fonctionne pas ainsi. La mort de Laura m'avait camé pour toujours à l'adrénaline et il en résulta un besoin impérieux d'en découdre pour défendre des causes justes et venger ma sœur. J'en fis donc ma croisade.

J'intégrai donc en 1979, à l'âge de 18 ans, l'académie de San Francisco. À la sortie, je fus affecté à divers commissariats en commençant par les patrouilles. Il y avait de quoi être impressionné à mes débuts par ces types aux gros ego qui enquêtaient sur des homicides, et cela cadrait bien avec mon envie de venger ma sœur. Je n'étais mû que par la volonté toute-puissante de rendre justice moi-même. Je montai en grade rapidement jusqu'au titre d'inspecteur tout en gardant le contact avec les détectives new-yorkais de l'époque.

Des études plus abouties sur les *serial killers* démontraient qu'ils se déplaçaient souvent de ville en ville et je tentais toujours d'établir pour chaque cas que j'avais à résoudre une possible corrélation avec le meurtre de Laura.

Rosemary débarqua dans ma vie, un beau jour de 1989. Elle débutait en tant que galeriste et une formidable opportunité s'offrit à elle à New York. C'est à cette période que mes parents tombèrent gravement malades. Deux cancers simultanés. Le côlon pour mon père, le poumon pour ma mère. Ils quittèrent ce monde à deux mois d'écart.

Je demandais alors mon affectation. Je me retrouvais au Midtown Precinct South New York, la crème des commissariats. Ma première décision fut de me rendre au quartier général du NYPD, situé dans Lower Manhattan, où étaient conservées les archives des dossiers criminels. L'une des gestionnaires m'opposa un refus prétextant qu'un autre policier était récemment venu étudier l'affaire. Face à mon entêtement poli et après avoir exigé que je signe de nombreuses décharges, elle consentit à me laisser partir avec une copie des dossiers d'enquête du meurtre de Laura. En parallèle, il me fallait faire rapidement mes preuves.

Les homicides s'enchaînèrent, les années de succès professionnels défilèrent ponctuées de deux événements sans rapport : notre séparation, Rosemary et moi, car nous ne formions réellement pas un couple tant nous étions concentrés sur nos propres trajectoires, et autour des années 2000 les progrès de la science criminelle qui simplifièrent grandement notre tâche : profilage, ADN, sciences comportementales, laboratoires balistiques, produits chimiques pour révéler les traces invisibles à l'œil nu, fichier national et international des empreintes criminelles, bornage, surveillance de toutes les formes de réseaux…

Alors que je luttais avec acharnement contre le crime, la volonté de venger Laura ne me quittait pas et je n'arrivais pas à m'en détacher. Je pris alors l'initiative de consulter régulièrement une psychologue. Elle me donna une grille de lecture pratique et efficace pour comprendre mon fonctionnement et appréhender les personnes en face de moi : j'appartenais à la catégorie minoritaire des « arborescents », qui œuvraient tel un électron libre pour aller au fond des choses et régler des problèmes, qui recherchaient une stimulation intellectuelle holistique en étudiant un sujet sous tous ses angles, émotionnel, artistique, spirituel, philosophique, qui étaient attachés au respect de la loi sauf dans les cas où elle pouvait s'avérer injuste, qui créaient du lien avec les autres pour plus de fluidité et aimaient les faits qui avaient du sens. Elle me permit ensuite de mettre des mots sur mes maux, sur mes peurs inconscientes, en m'ouvrant les yeux sur mes blessures de l'enfance, à savoir l'abandon et le rejet que j'avais ressentis de la part de mes parents après la mort de Laura. Chaque situation stressante n'était finalement que le reflet d'une blessure qui se réveillait. En prenant ce recul salutaire, je réalisais que l'obsession de l'envie de se faire justice était illusoire et qu'aucun apaisement à ce drame ne serait possible tant que je continuerais à chercher la solution. La psy me détailla quelques clés pour accueillir la douleur lorsqu'elle apparaissait au lieu de mettre un couvercle dessus. Pour ma part, j'adoptais une succession de petites habitudes et routines qui m'ancraient dans le présent comme me raser quotidiennement, et en développant d'autres sensorialités comme le chant, en m'ouvrant à la psychologie, aux *soft skills*, à la méditation et aux sciences du comportement.

Je lâchais prise en quelque sorte, persuadé que c'était la seule façon que cette expérience traumatique tourne un jour en ma faveur. Et puis on pouvait devenir fou à force de vouloir élucider un mystère, pensai-je en allumant une autre cigarette.

Il ne restait plus qu'un carton à ouvrir, portant la date « 1990 », et je n'avais pas vu le temps passer. Il renfermait tout un tas de documents traitant d'un rebondissement qu'il y avait eu cette année-là, un an après ma mutation. Un inspecteur m'avait contacté car ils venaient d'arrêter après une longue enquête un individu qui avait poignardé trois jeunes malheureuses entre 16 et 20 ans. Son mode opératoire était simple : l'homme vagabondait en fin de soirée autour de la gare de Fordham, puis suivait ses proies jusqu'à leurs domiciles et, une fois dans l'entrée, apparemment sans raison et mû par des pulsions démoniaques, il les assassinait. Un triste sire du nom de Cole Johnson, 42 ans, qui nia farouchement les faits en dépit de la présence du couteau. Les autopsies révélèrent que le nombre de coups portés variait selon la victime. Face à la pression des habitants du quartier, le procureur de l'époque demanda l'aide du FBI qui était l'un des premiers à avoir mis au point les premières techniques infaillibles de tests salivaires d'ADN et de traçabilité d'armes blanches.

Cole Johnson fut ainsi confondu par son ADN qui était présent sur deux des victimes. Il portait en effet des gants noirs pour commettre ses meurtres, mais l'un d'eux était légèrement déchiré, ce qu'il ignorait. Suffisamment cependant pour laisser une trace d'ADN qu'un test salivaire prouva être le sien.

Il avait fini par avouer le troisième homicide. À la suite de la découverte à son domicile de nombreux habits féminins tachés de sang conservés comme fétiches par Johnson, les flics le suspectèrent d'en avoir commis d'autres. Mis au courant de l'évolution de leurs recherches et sachant que de plus en plus de connaissances sur le mode opératoire des *serial killers* avaient mis en évidence le « cool off », cette période qu'ils s'accordaient entre deux meurtres, laquelle pouvait durer plusieurs dizaines d'années, j'usais de mon influence et de ma notoriété pour demander que les enquêteurs retiennent le nom de Laura dans le champ de leurs recherches. Les vingt-deux ans d'écart entre ces trois meurtres et celui de Laura ainsi que d'autres restés eux aussi insolubles ne les rebutèrent pas.

Une exhumation du corps de Laura avait été effectuée ainsi qu'une autopsie beaucoup plus précise qu'en 1968 grâce aux progrès de la science criminelle. Ses habits tachés de sang avaient été sortis des scellés pour analyse. Ils avaient permis de recueillir plusieurs informations capitales : l'ADN de Laura, prélevé dans l'un de ses fémurs, là où on retrouve toujours de la matière même des siècles après le décès, pour qu'il puisse être ensuite comparé à différentes traces présentes sur des habits retrouvés au domicile du tueur. La lame utilisée fut identifiée par la présence de résidus laissés sur les côtes de Laura. Figurait également un rapport précisant la découverte d'une minuscule tache de sang à l'ADN inconnu, « l'ADN-INC68 ». Je me souvenais alors l'avoir rentré dans notre fichier criminel de l'époque, sans trouver de correspondance.

L'autopsie révéla aussi que son assassin était gaucher et mesurait approximativement un mètre soixante-quinze et, pour mon plus grand dépit, l'enquête avait fait ressortir que Johnson utilisait un couteau standard, commettait ses meurtres dans le même quartier, mesurait un mètre quatre-vingt-quatre et était droitier. L'ADN de Laura ne correspondait pas non plus avec aucun de ceux présents sur les vêtements retrouvés chez lui.

Le téléphone se mit à sonner et, occupé à consulter les éléments du rapport, je ne répondis pas tout de suite. Au bout du troisième essai, je décrochai au moment où j'étais en train d'ouvrir la chemise du dossier contenant les conclusions du légiste et le descriptif de l'arme utilisée. Je la feuilletai rapidement et vis passer un mot. Bingo ! Je me mis à trembler, m'appuyai sur le mur, glissai le long de celui-ci et finis assis, incrédule et chamboulé nerveusement.

— Allô Thel, allô…

— Écoute, Alex, donne-moi cinq minutes, soufflai-je.

J'arrivai à me ressaisir et, au bout de quelques minutes, me redressai au moment où Alex me rappela.

— Alex, je viens de découvrir quelque chose d'incroyable : c'est la même arme. Tu te souviens de l'assassinat de ma sœur ? Il a été perpétré de quatre coups de couteau. Un par-derrière pour l'égorger, puis trois coups au niveau des côtes. Avec un Matsushita, la même arme que celle utilisée pour tuer Samantha, martelai-je. Et un 10 juillet ! Si je te dis que l'assassin de Samantha mesure dans les un mètre soixante-quinze et qu'il est gaucher, tu me dis quoi ?…

Il y eut un long silence à l'autre bout du fil. Il devait consulter le rapport. Son mutisme valait validation.

— C'est le même gars, Kid. À plus de cinquante ans d'écart. Mais c'est lui ! Le même mode opératoire ! Un couteau identique ! Il faut rapidement qu'on compare les traces. Laisse-moi du temps pour bien réétudier le dossier de Laura pour trouver des correspondances.

Le souffle d'Alex, calme et régulier, m'indiquait que cela ne le frappait pas tant que ça. Je le sentis chercher ses mots.

— Thel, calme-toi et écoute bien. Je reconnais que les coïncidences sont troublantes mais ce n'est pas lui ! Et j'allais t'expliquer pourquoi avant que tu ne me balances cette histoire de couteau.

Ce qu'il annonça me laissa interdit.

Chapitre 5

— On a fait une autre découverte. Super déterminante. Le gars qu'on voit repérer les lieux et ressortir de l'immeuble le jour du meurtre est connu de nos services. Dimitri Gregor, un Russe de Little Odessa. On vient de le choper ce matin et Selfridge a exigé de l'interroger personnellement dans ses bureaux. Son casier est long comme le bras : menaces, extorsion, trafics en tout genre avec la spécialité de virer de force avec ses copains mafieux les derniers propriétaires récalcitrants qui bloquent les opérations immobilières de Jimmy O'Sullivan.

Plusieurs vagues d'immigration nées de l'effondrement soviétique avaient peuplé ce quartier du sud-est de Brooklyn qui s'étendait jusqu'à Brighton Beach. À l'époque, j'avais eu maille à partir avec ceux qu'on surnommait « les bandits devant la loi », l'équivalent russe des parrains de la mafia italienne. Vols de voitures, drogue, prostitution, il y avait le choix. Depuis quelques années, ils s'étaient spécialisés dans le blanchiment. Je venais du reste d'apprendre qu'une brigade spéciale avait été créée pour s'occuper spécifiquement d'eux.

— Qui ça ?

— O'Sullivan, Jimmy O'Sullivan. Le magnat de l'immobilier de Lower East Side. Sur les vidéos, on a repéré une Bentley avec une plaque d'immatriculation qui correspond à son véhicule de société. Elle arrive à 16 h 48 dans le parking de ton amie et en ressort à 18 h 05. On n'a pas de certitude sur l'identité du conducteur car les vitres sont teintées, mais on suppose que c'est lui. J'ai auditionné ce matin la fille de Samantha. Le texto de sa mère confirme ce rendez-vous avec O'Sullivan. On a également retrouvé sur l'ordinateur de ton amie plusieurs mails d'échanges virulents, de menaces à peine voilées. Ils concernent un gros projet immobilier d'O'Sullivan sur Hudson Yards, qu'elle a fait stopper par une mesure administrative, puisqu'il ne respectait aucune des nouvelles normes exigées par le nouveau plan de New York. La société d'O'Sullivan pisse le sang à cause de cela. Je ne te dis pas la masse de pognon qu'il est en train de perdre à cause de cet arrêt !

Je ne voulais pas le croire. Ma découverte m'empêchait d'accepter ce qui semblait être la réalité. J'en voulus un instant à Samantha. Elle aurait pu me demander de l'aide… à moins qu'elle n'ait ressenti aucun danger. Après tout, c'était une légaliste qui croyait au seul pouvoir de la justice.

— Mais O'Sullivan, on ne le voit pas sur les vidéos ?

— Non, il n'y a pas de caméras dans les couloirs ni au niveau de l'ascenseur du parking qui dessert directement les étages. Il fonctionne avec un code de sécurité que Samantha lui a envoyé par texto à midi trente et une et qui apparaît sur les fadettes récupérées *via* l'opérateur. D'autres échanges indiquent que le rendez-vous a été pris jeudi dernier, à la demande d'O'Sullivan qui insistait pour la voir en privé. Les mots d'O'Sullivan sont menaçants, ton amie gardant toujours son calme dans ses réponses.

J'avais la désagréable impression d'être sur un terrain de volley et de voir constamment la balle passer au-dessus sans jamais la toucher. Ce qu'il me disait tenait debout mais je ne parvenais simplement pas à l'accepter.

— Selfridge est comme un fou. Il a obtenu des aveux du russkof qui précise en substance qu'il était chauffeur occasionnel d'O'Sullivan, que ce dernier lui a d'abord demandé de repérer les lieux puis a cherché à le soudoyer pour assassiner ton amie. Il lui a fait acheter l'arme du crime chez *Korin*, sur Warren Street. Gregor a réglé en cash. Il a conduit O'Sullivan sur les lieux mais en arrivant il s'est rétracté. Il a déposé son patron dans le parking et s'en est allé à pied vers 17 heures, comme le confirment les vidéos qui le voient ensuite rentrer dans le centre commercial. Il témoigne aussi du fait qu'O'Sullivan était très énervé et a prononcé plusieurs fois, je cite, « cette salope, je vais la trucider », et que le Matsushita était présent dans le véhicule. Jimmy O'Sullivan a été arrêté ce midi. Tu pourras suivre la conférence de presse de Selfridge à 18 h 30, tout à l'heure.

Je me laissai choir dans un fauteuil face à cette avalanche d'informations, tentant de les analyser placidement.

— OK, ça se tient, soufflai-je. Je n'ai pas grand-chose à faire en ce moment. Pourrais-tu m'envoyer confidentiellement l'acte d'accusation et les différents éléments, juste pour que je m'informe ? Ça me permettrait de me changer les idées. J'ai pris un gros coup dans la gueule avec la mort de Samantha.

Il y eut un long silence à l'autre bout du fil.

— Hum ! finit-il par répondre en s'éclaircissant la gorge. Thel, on avait passé un deal, mais il ne tient plus. Je t'ai tenu informé par respect pour notre passé commun et je pensais en te mettant au courant que tu comprendrais ton erreur… C'est Jimmy O'Sullivan le coupable. Et on a reçu des ordres du proc. Désolé. J'ai bien voulu t'aider mais la correspondance des armes, la similitude des coups portés, tout cela aurait été de nature à ce que l'on se pose des questions sur cette coïncidence mais, au vu des faits constatés, nous pensons avec Selfridge que les éléments constitutifs de la preuve de la culpabilité d'O'Sullivan sont imparables. Alors ton histoire ne tient pas la route. Tu es aveuglé par ton désir de vengeance. Le gars qui a tué ta sœur est certainement mort depuis longtemps. Et puis il aurait quoi aujourd'hui… 75 ans, voire plus…

Il raccrocha. Son attitude me décontenança. Je ressentais une colère noire et devins fébrile. Mon premier réflexe consista à réfléchir à des solutions à mettre en œuvre immédiatement, puis je me remémorai les échanges avec ma psy. Il fallait avant tout que j'accueille ce qu'il se passait et que j'accepte ma vulnérabilité. Je m'allongeai à même le sol et respirai calmement pour assumer cette peur et cette angoisse qui m'étreignaient et je tentai de faire le lien. Il me fallut un long moment pour comprendre qu'Alex venait de réveiller mes blessures d'enfance. J'enchaînai avec un exercice comme elle me l'avait conseillé : je localisai l'émotion dans mon corps, me connectai à elle pour comprendre ce qui se passait, et laissai venir. Les indices étaient dans le ressenti et plus ils étaient précis, plus le corps donnait la réponse, et mieux le cerveau corrigeait. C'était clairement la peur de l'abandon et du rejet qu'Alex venait de me renvoyer, mais dont il n'était pas conscient, et encore moins responsable. Lui en vouloir revenait à me focaliser sur lui, à lui accorder un pouvoir sur moi qu'il n'avait pas, et à ne pas m'occuper de moi. Comme me l'avait conseillé ma psy, je parlai alors à l'enfant que j'avais été et lui dis que c'était normal de ressentir ces blessures après ce qu'il avait vécu, mais qu'elles appartenaient au passé et qu'en réalité il n'y avait pas de danger. Petit à petit, à force de respiration calme et de cette prise de conscience, le stress laissa place à la joie de comprendre ce qu'il se passait en moi et ma confiance revint au grand galop.

Je me relevai au bout d'une vingtaine de minutes et j'eus alors une idée, au feeling. Il était midi et demi, nous étions dimanche, la circulation était fluide et, avec un peu de chance, je pourrais choper Dewayne, Barry the Bass pour les intimes.

Je laissai un mot sur la table de la cuisine à l'attention de Joséphine et sortis précipitamment.

La traversée d'Harlem fut rapide. J'arrivai juste à temps à l'église baptiste Abyssinian. Je me garai non loin de l'édifice, impressionnant exemple d'architecture néogothique édifié dans les années 1920. Il y avait plusieurs attroupements avec des pancartes électorales. Sans y prêter grande attention, je grimpai les marches quatre à quatre jusqu'à entendre l'écho d'un gospel à travers la lourde porte en bois.

J'entrai sans bruit sur le sol pavé de deux teintes de gris en losange. L'église était emplie d'une ferveur communicative. Les fidèles battaient des mains et tapaient des pieds. Une irrésistible émotion m'enveloppa. Je ne sus ce qui me saisit le plus, la majesté des vitraux, les hauts plafonds voûtés, les détails architecturaux très élaborés, l'énergie spirituelle, la chorale d'une vingtaine de chanteurs habillés de robes rouges aux liserés noirs qui dansaient et chantaient en frappant dans leurs mains à l'unisson, ou Dewayne Brown, droit comme s'il allait fendre les eaux, micro en main tendu en l'air comme une star de rock et haranguant la foule d'une voix de basse envoûtante. Il était comme un géant sorti de la Bible et on ne voyait que lui dans son magnifique costume blanc.

Je ne suis pas croyant dans le sens où on l'entend habituellement. Plutôt un agnostique à l'affût du sublime, quelle qu'en soit la forme : musique, peinture, paysage… Dans cette église, j'y étais plongé. Des picotements de bonheur m'envahirent. Surgit alors au plus profond de moi un sentiment de légitimité dans la croisade que je menais. Je demeurai là, ému, au fond de l'église, jusqu'à la fin de la messe.

Les fidèles quittèrent progressivement les lieux. Je m'approchai du chœur. Tout en s'épongeant le cou avec un mouchoir en tissu, Dewayne était en train d'échanger avec une Afro-Américaine, la cinquantaine élégante.

— Il faudrait vraiment que tu t'enregistres. Si tu cherches un producteur…

Son visage pivota dans ma direction et se fendit d'un large sourire. Dewayne me fit signe de patienter quelques secondes. Je le vis finir son échange avec cette femme qui dégageait un certain charisme, puis il vint vers moi tout en se débarrassant de l'étole dorée et brodée qu'il avait portée pendant son prêche. C'était une masse d'un mètre quatre-vingt-dix. Il avait le crâne rasé, des yeux noirs pétillants de malice et d'intelligence. Un nœud papillon beige venait comprimer son cou de taureau. Ses mains auraient pu assommer un bœuf, avec ses doigts immenses cerclés de bagues, dont celle d'Harvard en or et rubis ovale sur fond noir sur le petit doigt gauche. Je l'avais rencontré au *Zinc Bar*, une boîte de jazz dans Greenwich Village. Alors que je chantais une ballade avec un groupe, il était monté sur scène spontanément. Nous avions improvisé un duo. Avec mon niveau, c'était comme être porté et une longue amitié nous unissait depuis.

— *Hey*, Thel ! Quel plaisir de te voir ! Tu viens te confesser ?

— En quelque sorte. Jolie femme, dis donc…, fis-je en montrant discrètement l'Afro-Américaine qu'il venait de quitter.

— Ah, Rachel ? C'est une amie de promo. Elle se lance en politique et brigue le mandat de procureur général.

— Laisse-moi déjà te féliciter pour Lebron Brooks !

Dewayne était un Afro-Américain devenu avocat après un parcours sans fautes qui l'avait conduit jusqu'à la prestigieuse faculté d'Harvard. Il avait un jour plaqué le célèbre cabinet d'avocat où il brillait, tant par ses connaissances juridiques que par sa maîtrise de la plaidoirie, pour rejoindre l'aventure « Innocence Project », fondée par deux avocats, Barry Scheck et Peter Neufeld. Une association à but non lucratif qui luttait pied à pied pour faire acquitter des prisonniers enfermés par erreur. C'est ainsi que Lebron Brooks avait été condamné pour le viol et le meurtre d'une jeune fille, sur la foi d'une trace de morsure retrouvée sur la victime. L'avis du spécialiste en odontologie avait pesé lourd puisqu'il affirma, après recueil des empreintes dentaires de Brooks, qu'il était le coupable. Brooks croupissait depuis trente ans dans la prison de Parchman, dans le Mississippi. C'était loin d'être un cas isolé. La justice de l'époque ne se gênait pas pour expédier les procès souvent d'hommes noirs d'origine modeste, en se basant sur de pseudo-experts en recherche d'une gloire locale et d'une rente à vie, spécialistes tantôt d'empreintes de pieds, tantôt de cheveux, de témoignages oculaires imprécis, le tout sous la conduite de procureurs peu scrupuleux, voire corrompus, qui se régalaient face à des avocats commis d'office. Homme cultivé, Brooks lisait beaucoup en prison. Il tomba un jour sur un article qui vantait la démarche d'Innocence Project. Il leur écrivit une lettre bien tournée qui attira leur attention. Dewayne s'était saisi de son cas il y a trois ans. Un test ADN sur un échantillon de sperme qui avait heureusement été conservé avait permis de confondre le vrai coupable. Lebron Brooks avait été libéré la semaine dernière et cela avait fait la une des journaux. Ne restait plus qu'à fixer le montant de la réparation pour le préjudice qui pouvait atteindre plusieurs millions de dollars.

— Ce n'est pas « Dee » NA mais « Free » NA, Thel ! C'est le trois cent et unième innocenté. On devrait ériger une statue pour son découvreur, à côté de la statue de la Liberté.

— Il est probable que le tien corresponde avec celui de Barry White !

Il explosa de rire puis demanda ce qui m'amenait.

Je lui fis un résumé succinct des deux derniers jours. Dewayne m'informa qu'il en avait entendu parler dans les médias. Il me présenta ses condoléances et croisa ses mains qu'il leva vers le ciel en geste de prière.

— Selfridge ne nous a vraiment pas à la bonne chez Innocence Project. Le fait qu'on rouvre des dossiers, qu'on mette la pression sur les juges…

— Le seul hic, c'est que désormais je n'ai plus aucun accès à l'enquête, lui confiai-je.

Il secoua la tête, signe qu'il réfléchissait. Dewayne avait un carnet d'adresses long comme le bras.

— J'ai un gars qui peut t'aider. En plus, ça tombe bien, il adore le jazz. Il me doit un sacré service. Ruben Palacios. C'est l'un des enquêteurs du procureur du New Jersey. Je vais organiser une rencontre. Je te tiens au courant.

Ce n'était pas le plus bel air que j'avais entendu aujourd'hui, mais ça y ressemblait sacrément.

Chapitre 6

Le soleil avait du mal à percer en ce début d'après-midi et le ciel avait tout d'un monochrome jaune pâle de Rothko. J'y vis un signe adressé à Samantha qui adorait la peinture contemporaine. Du reste, elle avait souhaité une messe dans la plus stricte intimité dans l'église romaine Saint Malachy, située à proximité du musée d'Art moderne. Le légiste avait autorisé la sortie du corps et Deborah voulait en finir rapidement.

En ce jour de reprise, le Long Island Expressway était bondé. Je suivais le corbillard sans grande difficulté. Deborah était assise à mes côtés. Elle avait des cernes sous les yeux, mais sa respiration était paisible. Je brisai le silence :

— Ça ne te dérange pas si j'allume une clope en laissant la fenêtre ouverte ?

— Non. Tu sais, maman était une grosse fumeuse. T'a-t-elle parlé de ses expériences chamaniques avec des champignons hallucinogènes ?

— Bien sûr. C'était sacrément gonflé, à cette époque, qu'une femme parte seule pour des périples de ce type. Je préférais les cèpes et les girolles qu'elle me cuisinait.

— Ses talents culinaires vont me manquer. Ça la détendait de prendre de temps en temps des cours avec un chef.

— Comment ça s'est passé avec les enquêteurs ?

— Très rapide. Ils m'ont posé deux, trois questions, c'est tout. J'ai même eu l'impression qu'ils prenaient ce que je disais à la légère.

Comme si elle devinait mes pensées, Deborah demanda ce que je pensais de l'arrestation. Je répondis que je mettrais tout en œuvre pour m'assurer qu'O'Sullivan était bien le coupable.

— Penses-tu que je devrais prendre un avocat ?

— Tu n'es en rien suspecte. Mais consultes-en quelques-uns pour d'éventuels préjudices à faire valoir.

Le silence s'installa à nouveau. Je jetai tantôt un œil sur la cendre qui filait entre mes doigts, tantôt sur le convoi funéraire, et tantôt sur Debbie. Elle était plongée dans un mutisme plein de tristesse. Elle tenait beaucoup de sa mère. Le menton énergique, les attaches graciles, de longs cheveux blond vénitien qu'elle avait ramenés en un chignon classique pour ce jour particulier, la même grâce.

Nous prîmes par le Queens puis le comté de Nassau, et nous sortîmes à la bretelle Manorville-Calverton. Je repensai à la déclaration de Sherman Selfridge devant les médias la veille expliquant qu'il tenait l'assassin, que la rapidité avec laquelle il avait confondu O'Sullivan n'était que le fruit du professionnalisme de ses équipes dont la priorité était la sécurité et le bien-être de leurs concitoyens.

On voyait O'Sullivan menotté qui levait les mains pour se protéger des flashes des journalistes. Une stratégie cousue de fil blanc pour mettre la pression sur le grand public et un futur jury. Nombre d'erreurs judiciaires reposaient sur une vindicte populaire qui gobait la mise en pâture servie par des journalistes peu scrupuleux à la botte des procureurs.

Je me garai à proximité du mur beige qui délimitait le cimetière. Deborah s'avança à côté de moi dans une robe noire stricte et élégante. Elle me prit la main tandis que nous marchions vers l'entrée principale, marquée d'un spectaculaire portail gothique.

— Tu n'es pas sans ignorer qu'il y aura beaucoup de femmes à son enterrement… Peut-être même Daniela…

Après la fuite du géniteur de Deborah, Samantha s'était tournée vers les femmes et avait fait le choix d'une vie homosexuelle. Elle m'avait confié avoir été une collectionneuse.

— Qui ?

— Daniela, avec qui elle a partagé sa vie pendant plus de vingt ans.

— Qu'est-elle devenue ?

— J'ai parfois de ses nouvelles. Elle vit seule désormais du côté de Miami. Elle continue de peindre et d'exposer. Dommage que leur histoire ait pris fin. Peut-être sera-t-elle à l'enterrement… Elle n'était pas à la messe en tout cas.

Samantha n'avait pas un caractère facile, ce qui faisait son charme. J'admirais son courage. Elle était une activiste de la cause gay. Bien que New York fût considérée comme une ville progressiste, les lesbiennes devaient encore faire face à de nombreuses discriminations et à de nombreux préjugés. Forte de sa notoriété et de son statut social, elle était devenue l'un des porte-drapeaux de la cause en s'impliquant dans le centre communautaire LGBT de Manhattan. Il était fréquent de la voir monter au créneau en soutien d'événements du type NYC Pride ou Dyke March.

Nous traversâmes de magnifiques paysages naturels, comprenant des lacs, des arbres centenaires et des jardins fleuris. Une agréable odeur de gazon fraîchement tondu parvint à mes narines. Tout était harmonieux et serein. J'aurais aimé ressentir cette paix, ce repos éternel que l'on voyait gravé sur certains tombeaux, loin du sentiment de simple survie qui m'habitait depuis des années et qui venait de s'amplifier. Nous arrivâmes devant sa tombe, contiguë à celle du peintre Jean-Michel Basquiat. Tout un symbole. Une foule, à grande majorité féminine, composée d'au moins une centaine de personnes, se regroupa peu à peu, équipée de parapluies et d'imperméables. Je guettai le ciel. J'en conclus que nous avions un répit devant nous.

Il y avait là de nombreuses personnalités : les deux adjoints au maire en charge de l'urbanisme et des transports, une kyrielle d'artistes, les collaborateurs de son bureau, des architectes renommés, des donateurs du fonds de défense de l'environnement, des représentants d'associations écologistes, des icônes LGBT, le patron du musée d'Histoire naturelle, des membres du département de la Protection environnementale…

L'inhumation se déroula dans un silence recueilli, à l'exception de quelques sanglots étouffés. Une profonde tristesse m'enveloppait. Deborah était drapée dans une dignité inspirant le respect. Je m'étais toujours interrogé sur les différences de comportements des peuples face à la mort. Certains enterraient les leurs dans la douleur et les cris, d'autres dans une grande ferveur, d'autres enfin dans un silence respectueux comme celui d'aujourd'hui, et je me surpris à regretter de ne pas avoir échangé sur le sujet avec Samantha.

Une fois le corps enseveli, les derniers sacrements prononcés et après les premiers départs de ceux venus témoigner leur affection, je m'approchai de Deborah.

— Debbie, je dois y aller. Tu rentres avec moi ?

— Non, il faut que je reste pour discuter avec tous ces gens qui ont pris la peine de venir. Quelqu'un me raccompagnera. Au fait, c'est elle Daniela, précisa-t-elle d'un mouvement du menton.

Une petite femme blonde énergique dans ses mouvements et qui portait avec panache ses 70 ans, les cheveux blonds bouclés jusqu'aux épaules, remarquablement proportionnée dans une tenue noire avec un chapeau à voilette de la même couleur, échangeait à l'écart avec trois personnes.

— OK, vu. Elle avait bon goût, ta maman !

— Elle est encore une très belle femme.

— Ta mère doit être contente d'être ainsi entourée. Et puis c'était un beau moment sobre et respectueux.

— Merci ! répondit-elle en m'embrassant tendrement. Ah, avant que je ne l'oublie…

Elle fouilla dans son sac noir et en ressortit une petite boîte.

— Maman m'avait souvent parlé de cette pierre. C'est un fragment de météorite qu'elle avait retrouvé dans le Kalahari, auquel elle tenait énormément. Il est vieux de plus de quatre milliards d'années, soit la formation de notre monde. Je pense qu'elle aurait souhaité te le donner en souvenir.

Je la recueillis précautionneusement dans ma main droite. Une pierre dense, brute, de la taille d'un œuf. L'émotion m'étreignit. Je l'enlaçai à mon tour avant de lui tendre un bout de papier.

— C'est mon adresse mail. Vois ce que tu peux trouver dans ses dossiers. Mieux, maintenant que les flics ont un coupable, demande-leur de récupérer son ordinateur. Ils ont copié le disque dur, donc ça ne devrait pas poser de problèmes.

L'après-midi me parut interminable. Je tournai comme un lion en cage car je ne voyais plus comment avancer.

Je jetai des regards fréquents sur les dossiers amoncelés sur mon bureau, mais je ne me sentais pas le courage de les redescendre à la cave.

La mort de Samantha était venue réveiller une colère qui ne devait en aucun cas guider mes futures démarches. Pour me calmer, je procédai à mon exercice de relaxation favori. Après avoir allumé quelques bougies et mis une musique de relaxation, je m'allongeai sur un tapis et fermai les yeux en respirant profondément. Je détendis chaque partie de mon corps en imaginant une lumière qui balayait en conscience chaque contour. Et, comme à chaque fois, des images libératrices et apaisantes vinrent se fixer dans mon esprit. Une heure après, le stress et l'anxiété avaient disparu. Une sérénité profonde m'envahissait de nouveau.

Je m'offris ensuite un petit plaisir en allant me faire couper les cheveux et raser la barbe chez mon coiffeur. Un ancien des Hells Angels tatoué comme un yakusa, qui était donc passé de la bielle aux ciseaux et qui ne fermait jamais le lundi. J'aimais ses discussions légères, parfois incongrues, pendant qu'il s'affairait, presque autant que le cappuccino qu'il servait et qu'il faisait venir d'Italie. Il se répandait en commentaires et avis sur ce qu'il convenait de faire sur différentes problématiques concernant la politique, l'économie ou autres, qui, s'il les avait mis en pratique, auraient probablement précipité le monde dans un chaos généralisé. Le sujet du jour concernait la mainmise des gouvernements sur les pôles Sud et Nord afin d'exploiter les ressources minières, mais je n'étais pas d'humeur à me régaler de l'absurdité de ce monde.

Je repassai à la maison. Joséphine avait laissé un petit mot expliquant qu'elle rentrerait tard. Je pris une douche, enfilai un jean et une jolie chemise à motifs cashmere sur laquelle Joséphine lorgnait et me mis en route.

L'atmosphère du *Zinc Bar* ressemblait beaucoup à celle des clubs de jazz européens. La décoration était soignée, presque sophistiquée. Les luminaires tamisés créaient une ambiance feutrée, conviviale. De nombreuses œuvres d'art étaient accrochées. Certains pans de murs étaient ornés de miroirs. Il y avait quatre espaces distincts : la scène, modeste mais bien équipée qui offrait une excellente acoustique, la salle agencée de façon à offrir une proximité avec les artistes avec des tables et des chaises disposées autour de la scène, le bar avec un large choix de cocktails et de vieux whiskeys, et enfin l'espace lounge, adjacent au bar, qui proposait des fauteuils plus confortables pour se détendre avant ou après les concerts.

Je me sentais chez moi. Un refuge. Il me semblait que j'en avais toujours cherché un et peut-être était-ce encore ma quête d'aujourd'hui. Le souvenir de la première fois où je m'étais produit sur cette scène me revint. J'avais rameuté le ban et l'arrière-ban en soutien. Le premier morceau que j'avais chanté accompagné d'un pianiste, dans le style piano-bar typique de New York, fut une catastrophe.

Mais je m'étais accroché. Une fois la confiance venue, j'y avais joué de plus en plus régulièrement, au point d'être souvent convié à des jam-sessions.

Il y avait pas mal de monde. Beaucoup de touristes en villégiature à New York, mais aussi des habitués, passionnés de blues et de jazz. Je saluai Mario, le propriétaire des lieux, puis cherchai Dewayne du regard. Il n'était pas encore arrivé. J'avais un quart d'heure d'avance de toute façon. Je m'installai au bar sur le dernier tabouret vacant, tourné de façon à apercevoir l'entrée. Pour combler l'attente, je supprimai de mon portable la litanie de demandes d'interviews de journalistes.

Le jazz était mon mur porteur. La seule musique qui transmutait les affres du racisme, du déracinement, des miasmes des bas-fonds, de la mélancolie, pour les élever à des altitudes inégalées. Une métaphore de vie, chaque morceau possédant un début et une fin codés, le reste n'étant que de l'improvisation. J'aimais particulièrement la période des années 1940-1950 qui alliait l'esthétique vestimentaire de ces musiciens et une virtuosité sans égale, avec une prédilection pour les saxophonistes.

Je me laissai peu à peu envelopper par l'ambiance dépourvue du bleu des volutes de la fumée de cigarettes. Il n'y avait rien à redire sur leur interdiction, mais elles apportaient un supplément d'âme. J'y voyais même une réincarnation des fantômes des champs de coton qui avaient inspiré le blues.

Une jolie fille était assise à côté de moi. Une touriste sans aucun doute, d'à peu près dix ans de moins que moi, avec à ses pieds un sac en cuir brun plutôt volumineux.

— Vous connaissez le programme de ce soir ? demanda-t-elle avec un accent que je devinais australien.

J'eus un instant l'impression qu'elle s'adressait à quelqu'un d'autre mais c'était bien avec moi qu'elle engageait une conversation. Je me montrai avenant.

— Il est effectivement affiché en trop petit à l'entrée, lui répondis-je. Ce soir c'est le Freedom Quintet. Vous verrez, ils jouent très bien et mettent beaucoup d'ambiance.

— Vous venez souvent ici ?

Je lui répondis que j'étais un habitué. Je la détaillai un peu mieux. Une jolie rousse aux lèvres pâles, le petit nez retroussé, le menton volontaire, de fines lunettes en écaille, les cheveux mi-longs, pas de maquillage, pieds nus dans d'élégantes sandalettes et habillée d'un chemisier rose et d'un pantalon de lin blanc. Elle portait un parfum aux notes de jasmin qui chatouillait agréablement mes narines.

Je lui proposai un verre, elle prit un manhattan. Je trinquai avec un vieux bourbon Old Crow qui m'avait été servi d'office par Mario.

Elle s'appelait Ruth et était originaire de Perth. Elle exerçait le métier de journaliste-photographe. Elle répondait à une commande du *West Australian* qui lui avait demandé des clichés originaux de Big Apple. Je lui trouvais beaucoup de charme et d'humour. À son contact, la pression accumulée ces derniers jours se relâchait. J'en étais presque à regretter l'arrivée de Dewayne lorsqu'il se présenta à l'entrée avec toute sa prestance. Je m'excusai auprès de Ruth puis je me levai pour le rejoindre.

Dewayne apparut alors sapé comme un milord dans un costume prince-de-galles coupé sur mesure, rehaussé par une pochette et une chemise de soie un peu clinquante et portant des chaussures en cuir cirées dont le reflet était éclatant. En fait, il était l'illustration parfaite du dandysme noir dont l'émergence était apparue à Harlem dans les années 1920 pour défier la société ségrégationniste de l'époque comme l'avaient fait les cousins européens vis-à-vis de l'aristocratie.

Il était accompagné d'un homme de petite taille, la cinquantaine, le teint hâlé ponctué de stigmates d'une méchante varicelle, les cheveux gris, des yeux noirs intenses enfoncés sous des arcades très marquées que d'épais sourcils noirs soulignaient, deux rides profondes de la base du nez à la commissure des lèvres. Il portait une paire de baskets marron et un pantalon kaki de type militaire avec des poches latérales. Il avait mis par-dessus une chemise en coton beige très déboutonnée, dévoilant une longue chaîne plaquée or qui pendait à son cou. Ruben Palacios, enquêteur libéral.

Un type fringant, à l'assurance paisible. Il en fallait pour exercer ce métier qui consistait à littéralement fouiller dans les poubelles afin de trouver le moindre indice, à charge ou à décharge, en fonction du commanditaire, qu'il fût avocat de la défense ou procureur. Comptes bancaires offshore, liaisons ou enfants cachés, activités passées, emploi du temps, recoupements en tout genre, filatures constituaient son pain quotidien. Ce métier requérait une bonne dose de patience, une disponibilité H24, un instinct redoutable et souvent beaucoup de chance.

Je donnai une accolade à Dewayne puis serrai la main de Palacios. Il jetait de fréquents regards aux alentours. Un signe d'inquiétude qui venait contredire ma première impression, comme s'il craignait que quelqu'un nous observe. Nous nous installâmes à notre table et commandâmes à boire. Le groupe se mit en place au moment où nos verres arrivèrent. Ils commencèrent par un funk jazzy qui embarqua instantanément la salle par la qualité de leur groove. Les musiciens donnaient tout sur scène comme si leur vie en dépendait. Je m'étais un temps demandé si les plus belles pages musicales s'écrivaient en live ou en studio. J'étais désormais de ceux qui estimaient que l'attention et la pression d'un public encourageaient les solistes à se sublimer comme l'illustrait ce que nous étions en train de vivre.

J'observai Ruth du coin de l'œil. Elle se déplaçait au milieu des tables, son sac en bandoulière, un appareil photo en main, avec la grâce d'un félin. Ruben jetait toujours des regards aux alentours. Je fis un signe discret à Dewayne et, à la fin du quatrième morceau, ce dernier se pencha vers nous pour nous proposer de poursuivre dans le lounge.

Nous nous levâmes avec nos verres. Ruth me fit en chemin un petit signe amical qui titilla ma libido. Nous nous installâmes dans trois confortables fauteuils clubs. La tension chez Ruben s'envola d'un coup.

— Montrons-nous plutôt discrets car le procureur général a des antennes un peu partout, précisa-t-il avec une pointe hispanique dans son accent.

— Il a l'air coriace, embrayai-je.

— Selfridge ? C'est le moins qu'on puisse dire.

— Pourquoi ne laisse-t-il pas le proc du comté s'en occuper ?

C'était la première fois dans ma carrière que je voyais un procureur général aussi impliqué. La norme, celle que j'avais connue toute ma vie de flic, consistait en un rapport strictement professionnel entre les commissariats et les procureurs en charge du comté dans l'établissement des preuves à charge ou à décharge. Bien qu'ils fussent nombreux à se succéder, je n'avais jamais dévié de cette ligne. Du reste, aucun n'avait tenté de me mettre la pression. Probablement du fait de mes bons résultats et de l'impression que je dégageais qu'il valait mieux ne pas empiéter sur mes plates-bandes.

— L'approche des élections du procureur général le rend un peu nerveux.

Je repensai aux différents attroupements et pancartes électorales et fis le lien. Les procureurs généraux étaient élus au suffrage universel pour un mandat de quatre ans reconductible.

— J'imagine qu'elles ont lieu bientôt ?

— Dans trois semaines. Il prend la main pour se montrer. Le gars contrôle tout : les procs des comtés, les commissariats… Si vous allez dans son sens, vous êtes récompensé par des promotions rapides. Sinon…

— Il a des concurrents ?

— Vous n'écoutez pas les infos ?

— Mon esprit est occupé par autre chose.

— Il a face à lui Richard Pendleworth, précisa Dewayne. Un avocat d'affaires richissime que je connais de loin et qui a toutes ses chances. Mais avec l'arrestation d'O'Sullivan qui est son principal soutien, il vient de perdre trois points dans les sondages. Tu te souviens de la femme que tu avais remarquée à l'église ? C'est Rachel Washington, mon amie d'Harvard. Elle a décidé de se présenter aussi. Elle est avocate et je lui donne un coup de main en participant à une commission stratégique qu'elle a montée pour l'élection. Mais elle ne part pas gagnante, loin de là. Elle est pour l'instant en troisième position, loin des deux autres. C'est bien dommage car elle veut donner un vrai coup de balai au système.

— Vous travaillez avec Selfridge ? demandai-je à Ruben.

— Avec certains de ses procs seulement. Mais j'ai mes entrées dans le bâtiment du Capitol Albany.

— Que pensez-vous de l'arrestation de Jimmy O'Sullivan ?

— Ils ont du lourd ! Il faut dire qu'il les a bien emmerdés pendant des années avec ses passages en force et ses trafics.

Il tendit un à un les doigts de sa main gauche en appuyant de l'autre index tandis qu'il énumérait les preuves.

— De un, O'Sullivan était présent sur les lieux, ce que confirment les bornages téléphoniques et ses empreintes retrouvées sur place. De deux, les flics ont le témoignage du chauffeur russe qui confirme que l'arme du crime était dans la voiture. De trois, il y a ces mails et ces textos de menaces sur le programme que votre amie a stoppé. C'est un sacré mobile. De quatre, lors de la perquisition au domicile d'O'Sullivan, le flic qui dirige les opérations vient de trouver l'arme du crime planquée dans un sac de golf d'O'Sullivan avec du sang dessus. De cinq, O'Sullivan mesure un mètre soixante-quinze et est ambidextre.

Ça collait avec les coups portés même s'il fallait rester prudent en la matière, d'autant que de nombreux experts remettaient en cause la corrélation entre la taille d'un assassin et les coups portés sur une victime. Tout dépendait souvent de la position du corps lorsqu'il recevait des impacts, mais j'y prêtais toujours attention.

— Ce flic, c'est Alex Leonard ?

— Oui, il bosse désormais main dans la main avec les équipes de Selfridge. Il a rapidement obtenu un mandat de perquisition au domicile d'O'Sullivan. Il a les dents longues, ce gars-là. Vous le connaissez ?

Je ne m'étendis pas. Dewayne, tête baissée afin de mieux écouter notre conversation, gardait le silence. Il tournait machinalement sa paume sur le rebord de son verre. Ruben le cherchait souvent du regard dans l'espoir d'obtenir une forme d'approbation.

— Ruben, Dewayne vous a expliqué la situation, il me semble. Cette enquête me tient particulièrement à cœur. Accepteriez-vous d'être en quelque sorte ma taupe ? Personne n'en saura jamais rien.

Ses yeux s'écarquillèrent tandis que ses lèvres se pincèrent en une moue franchement dubitative. Dewayne lui envoya alors de sa main large comme un battoir une bourrade dans l'épaule tout en précisant d'un ton sans appel :

— Ruben ! Ne joue pas au con avec moi ! Ne me force pas à te rappeler ce que j'ai fait pour toi… Thel est un ami, j'en réponds comme de moi-même.

Dewayne était un type qui aimait qu'on respecte une parole donnée et cela m'avait beaucoup plu au début de notre amitié. Nous nous comprenions sans même nous parler. Probablement que chanter des duos facilitait cette cohésion. Je décidai de calmer le jeu.

— Ruben, je comprends que ce soit inconfortable comme position. Mais nous faisons tous les trois le même job : la recherche de la vérité. Si le dossier de l'accusation est aussi solide qu'ils le prétendent, il n'y en aura pas pour longtemps.

Il prit une profonde inspiration et accepta le deal. Nous échangeâmes nos contacts et reprîmes un dernier verre. Dewayne nous quitta trente minutes après. J'accompagnai ensuite Ruben vers la sortie. Ruth était toujours là, assise sur un tabouret du bar. Elle me gratifia d'un clin d'œil. J'allais prendre congé de lui lorsqu'il demanda avec une timidité presque enfantine :

— J'ai un service à vous demander.

— Bien sûr, lequel ?

— Heu… Vous allez trouver ça ridicule, mais… j'étais en avance tout à l'heure et je vous ai vu arriver avec votre vieille Mustang. Elle est super classe. J'adore ce modèle. Je… je marie l'une de mes filles le week-end prochain et…

— Je vous la prête. Notez mon adresse pour venir la chercher. Je vous contacte demain.

Je retournai au bar et m'approchai de Ruth jusqu'à la frôler. De façon très naturelle, elle passa son bras autour de mon cou et m'embrassa. Elle prit ensuite son appareil photo, me demanda d'ignorer l'objectif et de regarder la scène de profil. Puis elle tira plusieurs portraits.

— Selon une légende indienne, tu es en train de me voler mon âme…

— C'est peut-être ce que je cherche, minauda-t-elle. Si tu es d'accord, une de ces photos illustrera une partie de mon reportage. Tu es atypique, et j'aime bien ta gueule burinée. Et… que dirais-tu qu'on fasse un autre genre de reportage ensemble ?

J'aime les femmes qui prennent des initiatives.

— À une condition, fis-je en l'embrassant. Ne nous impose pas le coup du kangourou toute la nuit. Ce n'est plus de mon âge…

Nous rentrâmes au loft. Je l'entraînai vers la chambre en étouffant nos pas pour ne pas réveiller Joséphine. Mon cœur battait la chamade. Elle me poussa et je tombai sur le lit. Elle organisa les lumières pour une atmosphère plus intime puis revint face à moi, le regard plein de défis. Elle se déshabilla sans me quitter des yeux, ne conservant que son string, et se glissa sous les draps à la vitesse de l'éclair. Je me débarrassai de mes vêtements à la hâte, ne gardant que le caleçon. L'atmosphère était électrique. Nous nous fîmes face de longues secondes, nous abreuvant du désir de l'autre. Elle s'approcha de moi comme une louve. Sa bouche m'embrassa fougueusement, tandis que ses doigts parcouraient mon torse avant de plonger vers le bassin. Elle fit glisser le caleçon, libérant un émoi que je ne cherchais plus à cacher. Ses mains saisirent ma virilité. De sa paume et de ses doigts, elle multiplia ses caresses. Sa peau était douce. Puis sa bouche m'enveloppa progressivement. Elle lâcha les chevaux et laissa parler ses instincts. Je sentis le plaisir monter et tentai de me contrôler. Les pointes de ses seins effleuraient délicieusement mon ventre au rythme du va-et-vient de ses lèvres.

Je repris l'initiative et la retournai ensuite délicatement sur le dos. Je la dénudai avec l'envie de lui prodiguer à mon tour des caresses, mais elle me guida en elle. Je la pénétrai lentement, l'impression de plonger dans du velours. Nos souffles se percutèrent. J'étais à la fois nulle part et au bout du monde. Elle m'ouvrait les veines. Les mouvements de mon bassin s'accélérèrent. Elle soupira d'aise. Sa tête s'inclina de gauche à droite. Elle ahanait. Mes doigts caressèrent ses cheveux. Elle était totalement relâchée. Sa langue léchait ses lèvres et ses doigts, ce qui m'excita encore plus. L'adrénaline me cognait dans les tempes. Mon sexe tendu à l'extrême se frotta doucement le long de son entrecuisse puis s'immobilisa devant le creux de ses reins. Fébrile mais avec délicatesse, je la pénétrai. Elle cria. Son corps s'arc-bouta, puis se détendit d'un coup. Son bassin se mit alors à onduler et à m'accueillir entièrement. Elle m'avertit de son plaisir imminent. Nos cris rauques déchirèrent la nuit. Je restai fiché en elle, recherchant désespérément de l'oxygène, puis je m'écroulai à côté d'elle, épuisé.

Chapitre 7

Ruth s'était levée aux aurores afin d'éviter de croiser Joséphine et elle était rentrée à son hôtel en taxi. Je pris une douche que je terminai d'un long jet d'eau froide pour totalement me réveiller. Afin de me remettre des agréables secousses de la nuit, je me préparai un café serré que je sirotai en consultant l'ordinateur.

L'avalanche d'informations se présenta d'abord sous forme de nombreux mails envoyés par Deborah. Aimant bien lire sur un format papier, je compilai ceux qui m'intéressaient sur une clé USB. En sortant de l'appartement pour aller les imprimer, je tombai sur un épais dossier déposé devant l'entrée que j'ouvris à la hâte pour voir ce qu'il contenait. Il résumait l'enquête en cours côté procureur.

Une fois de retour, je déposai par terre les documents sur Laura et posai la liasse relative à l'enquête du procureur sur le bureau. J'envoyai ensuite un texto à Ruben pour le remercier.

Joséphine était levée. Son stress était palpable.

— Tu vas voir, ça va aller comme sur des roulettes !

— C'est chaud, j'ai l'impression de ne plus rien savoir ! Ça s'est bien passé les obsèques de Samantha ?

— Oui, c'était une belle messe.

— Je suis vraiment navrée… C'est pour elle tout ça ? questionna-t-elle en désignant du menton la montagne de papiers.

Je lui expliquai qu'il me faudrait quelques jours d'intense concentration, mais qu'on irait fêter la fin de ses concours.

J'attaquai par Jimmy O'Sullivan. Il était l'héritier d'une famille irlandaise qui avait fait fortune dans la prohibition. Il avait repris progressivement les affaires de son père, lequel s'était acheté une respectabilité en blanchissant l'argent accumulé dans l'immobilier avec l'aide de la mafia de Little Odessa. Comme on ne change pas les habitudes qui gagnent, Jimmy O'Sullivan imposa une forme de monopole dans les Lower East Side à coups de chantages, de menaces et autres recrutements de gros bras. C'était un sanguin, habitué à mettre la pression. Fan de golf, il était membre du très select Hudson National Golf Course, où il paradait avec une mannequin russe de trente ans sa cadette, et réglait ses affaires à coups de pots-de-vin avec ce faux sourire du carnassier mâchonnant son havane. Et puis il commit une erreur en se présentant aux municipales et se fit de nombreux ennemis beaucoup plus puissants que lui. Le Trésor américain le prit pour cible et son empire commença à vaciller, même s'il s'était diversifié dans le coworking. Avec les effets combinés de la Covid et du télétravail, son groupe se retrouvait avec de nombreux locaux inoccupés. Le programme immobilier de logements de luxe d'Hudson Yards qui l'opposait à Samantha était devenu crucial pour sa survie économique au point qu'il avait franchi la ligne jaune.

C'était, dans les grandes lignes, ce qui transpirait des documents transmis par Debbie. Cette inquiétude d'O'Sullivan perçait en filigrane dans les échanges de mails de plus en plus menaçants. Je me pris à admirer le flegme des réponses circonstanciées de Samantha.

J'allumai une cigarette. L'action me réconfortait. Je me remis à l'ouvrage. Un des rapports retranscrivait l'interrogatoire d'O'Sullivan par Selfridge en présence de l'avocat de celui-ci, après son transfert depuis le commissariat qui menait l'enquête. Il était clair que Selfridge serrait progressivement la jugulaire en bon procureur qu'il était. Mais O'Sullivan tenait bon en niant les faits. Néanmoins, juste après l'audience de mise en accusation, il fut arrêté puis transféré en détention provisoire.

Je m'appuyai sur le dossier de ma chaise, les mains croisées derrière la tête. Tout se « calait » trop bien dans cette inculpation. Un type comme O'Sullivan était trop retors pour laisser autant de preuves. J'avais souvent été confronté à l'irréparable provoqué par une colère soudaine, mais là il y avait un crescendo progressif qui ne s'expliquait pas. Cette constatation m'enhardit. Je m'attaquai ensuite au OneNYC, le plan que dirigeait Samantha, afin de mieux en comprendre les implications. La philosophie globale de Samantha tenait en peu de mots : il s'agissait de profiter du réchauffement climatique pour rééquilibrer les inégalités sociales. New York avait depuis longtemps atteint sa taille critique et puisait comme une sangsue dans les ressources de l'arrière-pays. Les initiatives locales d'agriculture urbaine et d'écoquartier – certes méritantes – n'étaient pas pensées dans une approche globale. Samantha et ses équipes avaient donc organisé une nouvelle dynamique sous forme d'une vaste consultation incluant la ville, les associations, l'État, les partenaires économiques et sociaux, sur des sujets aussi cruciaux que la rénovation énergétique des gratte-ciel, le traitement de l'eau, la pollution atmosphérique, la neutralité carbone, le droit au logement, les transports et les déchets.

Je me concentrai sur la carte géographique récapitulant toutes ces innovations. Je repérai ensuite la localisation d'Hudson Yards. O'Sullivan avait commencé à y construire un immeuble important sur une parcelle indiquée comme étant polluée, et ce avant même d'avoir obtenu son permis de construire. Une course contre la montre que Samantha stoppa net. Le mobile était parfait.

Après avoir avalé rapidement deux œufs sur le plat, je passai au dossier de l'enquête. J'y consacrai plus de trois heures à griffonner des notes au fur et à mesure sur mon calepin, en m'orientant sur le détail avec un niveau d'exigence élevé. Je connaissais ma tendance au perfectionnisme qui m'habitait et qui me rendait finalement de grands services dans mes enquêtes. Ma psy m'avait éclairé sur ce comportement et avait ajouté que l'on rencontrait souvent ce phénomène chez les personnes qui, comme moi, craignait le rejet : en agissant bien, en voulant à tout prix éviter de commettre des erreurs, j'avais le sentiment de me soustraire au regard critique des autres. Elle avait ajouté que c'était un comportement observable chez les gens qui avaient dû se prendre en main très jeunes et endosser des responsabilités, ce qui avait été mon cas.

J'épluchai la téléphonie, les textos, les relevés bancaires, l'emploi du temps détaillé de Samantha, le rapport d'autopsie, les photos des lieux et de la scène de crime, les résultats d'analyse des fibres. Fait étonnant, il n'y avait eu aucune interview de collègues ou de proches. Je décidai de m'intéresser d'abord de plus près à la description précise de l'arme utilisée.

Puis je pris mon courage à deux mains et fouillai de nouveau un des cartons de ma sœur. Je retrouvai le dessin en noir et blanc du légiste de l'époque, représentant un corps de face, de dos et des deux côtés, sur une feuille jaunie par le temps, avec des flèches, des annotations, les points d'impact. En complément et agrafé, le rapport du légiste tapé à la machine sur une feuille de papier mince. Je les comparai alors avec ceux de Samantha et n'en crus pas mes yeux : quand je superposai les deux dessins à la lumière, ils étaient identiques, à quelques centimètres près.

Les deux expertises sur les lames, à plus de trente ans d'intervalle, concluaient bien à un Matsushita comme je l'avais rapidement remarqué lors de mon échange avec Alex. La composition du métal laissé sur les côtes de Laura et de Samantha indiquait qu'elles étaient semblables. Il s'agissait d'un acier SGPS de 63 HRC, avec 3 % de carbone et 20 % de chrome. Un couteau de pro.

Mon pouls s'accéléra. L'excitation me gagnait au fil de mes découvertes et j'avançai plus vite que prévu. J'eus l'envie de rappeler Alex pour lui démontrer que Selfridge et lui commettaient une erreur d'appréciation mais je m'abstins. Sûrs de leurs conclusions, ils n'en tiendraient aucun compte.

Ce fut au tour des deux cheveux. Ils avaient été entrelacés sur le front de Samantha. Difficile de croire que c'était le fruit du hasard. L'un était court et teinté de jaune. L'autre, beaucoup plus long et gris.

C'est alors qu'une nouvelle information me coupa le souffle : sur les deux cheveux, les analystes avaient trouvé le même ADN, identifié comme celui d'une femme. Je notai ADN-CheveuFéminin sur mon calepin. Je cherchai en vain le résultat de la comparaison que l'on pratique généralement dans la foulée avec le Codis, le Combined DNA Index System, géré par le FBI, une banque de données répertoriant les profils ADN de toutes les personnes condamnées, mais il n'y avait rien. Impossible de savoir à qui il appartenait.

Une ancienne douleur dans le bas du dos se réveilla. J'étais comme un vieux Dakota qui s'élance sur une piste d'envol, perdant tour à tour de l'huile, des boulons, et des pièces motrices. Je me levai pour quelques exercices d'étirements en marchant, histoire de laisser décanter tous ces éléments vers le fond de ma mémoire.

Un début de fatigue me tomba dessus. Mon corps réclamait son plein de carburant sucré. Je me rendis à la cuisine, cherchant l'endroit où Joséphine planquait ses gâteaux, et me réconfortai avec une demi-plaquette de chocolat.

J'attrapai ensuite une feuille blanche, tirai un trait vertical et récapitulai la chronologie des faits, en fonction des éléments recueillis par la police.

17 heures : texto de Samantha à Deborah, signalant un rendez-vous important.

16 h 48 : arrivée d'O'Sullivan en Bentley avec son chauffeur. Direction le parking.

16 h 53 : le chauffeur sort de l'immeuble.

Entre 17 heures et 17 h 10 : arrivée d'O'Sullivan chez Samantha.

Entre 17 h 30 et 18 h 15 : heure de décès de Samantha.

18 h 05 : sortie d'O'Sullivan dans sa Bentley.

18 h 20 : appel anonyme au 911.

18 h 23 : arrivée de la police et de Selfridge.

18 h 50 : arrivée des médias.

Je l'épinglai sur le panneau et reculai. Une question me vint à l'esprit : comment la police était-elle arrivée si vite sur les lieux du crime ?

J'hésitai sur la marche à suivre. Je décidai finalement de prendre la Mustang et de chronométrer le temps pour aller du commissariat au domicile de Samantha. Onze minutes trente en moyenne, après plusieurs essais. Ils étaient pourtant arrivés simultanément avec plusieurs voitures en trois minutes. Même si c'était de nuit, ça ne collait pas.

Je rentrai une heure après et passai en revue l'ensemble de mes notes. Je contactai ensuite Ruben qui décrocha tout de suite.

— Merci pour le dossier. Ça m'a été très utile. J'aurais quelques questions.

— Allez-y !

Il semblait bien disposé.

— Il y a un ADN commun d'une femme inconnue que j'ai appelé « ADN-CheveuFéminin » qui a été retrouvé sur les deux cheveux posés sur le front de Samantha. Comment se fait-il qu'il n'ait pas fait l'objet d'une vérification sur le Codis ?

— C'est simple. Ils auraient dû la demander, mais maintenant qu'ils tiennent O'Sullivan…

— Mais là, ils sont délibérément entrelacés. Ce n'est pas le fruit du hasard… Comme une signature…

— Ils considèrent avoir suffisamment d'autres preuves indiscutables. Je comprends que vous voudriez que je demande quand même à un pote du FBI de vérifier dans la base.

— Ça me semble important. D'autre part, l'un des cheveux est teinté en jaune selon le légiste. A-t-on procédé à une recherche sur la teinture ?

— Non, pour la même raison que précédemment.

Je laissai quelques secondes s'écouler, le temps de vérifier que je n'avais rien oublié.

— Je n'ai rien vu concernant son ex-petite amie qui vit du côté de Miami. Daniela Chadwick. Elle n'a pas été interrogée ?

— Toujours pour les mêmes raisons, Thel. Voulez-vous que je m'en occupe aussi ?

— On ne peut rien laisser au hasard. Elle était présente à l'enterrement. Voyez juste à quelle date elle a pris l'avion pour venir ici.

— OK, d'autres choses ?

— Oui. Pour samedi, je fais repeindre la Mustang en rose ?

Il raccrocha dans un grand éclat de rire.

Je reclassai tous les éléments, puis j'allumai la télévision. C'était l'heure du point presse de Selfridge. Il se tenait bien droit derrière un pupitre en bois clair sur lequel était posée une batterie de micros. Fixée sur le devant, une plaque sur fond bleu avec la mention écrite en cercle et en lettres blanches « Bureau du Procureur Général État de New York », entourant notre aigle national. Derrière lui, le drapeau américain et un grand écran sur lequel il allait dérouler les éléments. Une meute de journalistes fébriles se tenait prête à l'assaillir de questions. À ses côtés, le procureur du comté de l'Upper East Side et Alex Leonard, dont la fierté de se trouver là était palpable.

Selfridge, d'un geste théâtral, imposa le silence. Il but une gorgée d'eau et regarda son auditoire. Le crépitement des flashes se tut et un calme religieux s'installa. Il commença par présenter Samantha comme une personnalité respectée et reconnue de tous, rappela son dévouement et son parcours au service des citoyens, puis félicita ses équipes et celles du commissariat pour avoir résolu l'affaire aussi rapidement. Il annonça dans la foulée, et à ma grande surprise, la promotion d'Alex au grade de chef de département. Il rappela ensuite les faits, leur chronologie, avec un maximum de détails de façon à ne laisser subsister aucun doute. Il énuméra enfin toutes les preuves en sa possession qui incriminaient Jimmy O'Sullivan en insistant sur le fait que le sang sur le couteau retrouvé dans son sac de golf était bien celui de Samantha. Il s'attarda sur le mobile et la personnalité borderline de ce dernier. Selon la loi, O'Sullivan aurait pu partir libre jusqu'à l'audience mais il y avait deux exceptions et Selfridge ne s'était pas privé de s'appuyer dessus : le risque de fuite à l'étranger de l'incriminé, O'Sullivan ayant deux passeports, américain et russe, ou celui de mise en danger d'autrui. Il conclut enfin en soulignant de nouveau l'efficacité de son service, de celle des soixante-dix-sept commissariats de New York, se disant réjoui de travailler pour un maire qui avait fait de la sécurité son cheval de bataille, et assurant qu'il comptait bien poursuivre son œuvre.

Un des journalistes posa une question sur les intentions de Jimmy O'Sullivan. Selfridge informa l'auditoire que son avocat avait fait appel, mais qu'il ne s'en inquiétait nullement. Une autre lui demanda si, grâce à ce fait d'armes, il confirmait son avance sur ses concurrents à l'élection dans les sondages.

Je coupai avant sa réponse et sortis sur le pas de la porte pour fumer. La température était idéale. Une légère fragrance flottait dans l'air. Le soleil disparaissait peu à peu en consumant ses derniers feux derrière le *skyline*. Une énergie incroyable circulait dans mes veines. Je demeurai là un bon moment à savourer ce calme quand l'image de Daniela vint percuter ma mémoire.

Puis, jugeant que rien ne m'interdisait de passer une autre bonne soirée, j'appelai Ruth.

Chapitre 8

Ruben me réveilla à 6 heures du matin. Ruth dormait encore paisiblement. J'attrapai le téléphone et lui chuchotai de patienter. J'enfilai un caleçon à la va-vite et sortis de la chambre.

— Thel, l'ADN-CheveuFéminin retrouvé sur les deux cheveux ne donne pas de correspondance dans la base Codis…

La journée commençait bien… Je soupirai de dépit, fatigué de recevoir des nouvelles qui ramenaient toutes mes réflexions au point de départ.

— En revanche, Daniela Chadwick a d'abord pris une résa pour atterrir le samedi matin. Elle a ensuite modifié son billet pour arriver ici mercredi dernier, soit deux jours avant le crime !

Je raccrochai après l'avoir remercié. Après étude, aucun des autres mails et textos de Samantha ne témoignait du moindre échange avec Daniela. Je notai de rappeler Deborah en milieu de matinée.

Ruth eut droit à un café et quelques toasts. Elle quitta la maison avant 7 heures. Je procédai à mes ablutions du matin avant de préparer un solide petit déjeuner pour Joséphine. Je vérifiai ensuite qu'elle soit bien réveillée. Elle avoua s'être réveillée à 6 heures, fin prête pour affronter ses épreuves de concours.

Elle arriva dans la cuisine au moment où les œufs brouillés étaient prêts.

— Dis donc, Thel, tu as pécho hier ?

— J'espère que tu auras la même perspicacité pour ton concours ! Mais comme tu as mis tes sneakers Rainbow Ride, ça devrait bien se passer !

— Une remarque qui pourra t'aider dans l'avenir : pas la peine d'étouffer vos rires et vos pas quand vous rentrez à pas d'heure ! Bon, faut que j'y aille. Après… la quille ! Et si je suis reçue, je me teins les cheveux en violet !

Je lui souhaitai ce qu'on énonce en pareille occasion, et promis de l'inviter le soir même pour fêter ça.

Le gros titre aux infos du jour détaillait l'échec du recours en appel d'O'Sullivan. Il restait donc en prison. Le point presse de son avocat passait en boucle. Il incriminait les méthodes du procureur, clamait que le dossier était vide. Il s'en prenait enfin aux témoignages désobligeants à l'encontre de son client. Mafia, racket, collusions politiques. Un florilège. Les loups se lâchaient.

Apparut alors en arrière-plan la photo du richissime avocat d'affaires Richard Pendleworth, puis celle de

Rachel Washington, dont les noms étaient sortis lors de nos échanges avec Dewayne et Ruben. Les concurrents de Selfridge au poste de procureur général. Les scores d'intentions de vote s'affichaient toujours en faveur du sortant.

Un reportage attira mon attention. Il expliquait que l'affaire Jimmy O'Sullivan s'avérait être un coup dur surtout pour Pendleworth, O'Sullivan étant l'un de ses pourvoyeurs de fonds pour la course. J'éteignis, pensif. On allait avoir droit à une sale campagne de plus où tous les coups foireux seraient permis.

Deborah décrocha à la première sonnerie.

— Ça va ? Tu tiens le coup ?

— Ce n'est pas facile, Thel. Mais j'encaisse petit à petit.

— Je souhaiterais te reparler de Daniela Chadwick… Quels étaient leurs rapports ? Ta mère ne se confiait pas vraiment et…

— Passionnés ! coupa-t-elle. Du genre montagnes russes émotionnelles. C'était un peu « je t'aime, moi non plus », mais elles s'entendaient sur beaucoup de points. Même si ma mère me confiait souvent que Daniela pouvait avoir des réactions incontrôlées. Maman est restée très discrète sur la séparation. J'ignore si elles se sont quittées en bons termes. En tout cas, Daniela est venue me saluer et me dire quelques mots au cimetière. Elle avait l'air très affectée. Pourquoi me demandes-tu ça ?

— Elle est arrivée ici peu de temps avant le crime… Je fais appel à tes souvenirs.

Elle prit le temps de digérer l'information.

— Maman n'était vraiment pas une femme facile à vivre. Elle était très généreuse et, en même temps, elle pouvait se montrer très dure. Daniela était plus secrète, mais c'était une femme perturbée. Sa peinture le montre. Quand tu regardes bien, maman a toujours fréquenté des femmes fragiles.

— Sais-tu où je pourrais la trouver ?

— Elle m'a confié être ici pour une exposition de ses tableaux à la galerie Almine Rech. Il me semble qu'elle se termine dans trois jours.

— OK, merci. Je te tiens au courant.

Je mis un peu d'ordre dans les dossiers. Joséphine arriva, radieuse, vers 13 heures, un sac de courses sous le bras, les cheveux teints. Je l'interrogeai du regard. Elle leva son pouce en signe de victoire.

— Les doigts dans le nez ! Et comme c'est toi qui régales ce soir, j'ai décidé de faire le déjeuner.

— Bravo ! Félicitations ! Nous avons une réservation chez *Juliana's Pizzas* pour fêter ça. Mais où es-tu allée te colorer comme ça ?

— Chez une copine. T'aimes pas ? C'est grave beau pourtant ce violet. Rassure-toi, c'est provisoire.

Je me figeai. Sans le savoir, elle venait de provoquer un déclic. Je quittai promptement mon fauteuil pour me précipiter vers les dossiers de Laura. J'ouvris une chemise épaisse contenant des clichés de famille que je fis défiler fébrilement. Apparurent les dernières photos en couleur de ma sœur, prises peu de temps avant sa mort. Sur l'une d'elles, où elle était entourée d'une bande d'amies, on la voyait tout sourire, en débardeur et short, les deux doigts de chaque main en signe de victoire, avec en arrière-plan les chutes du Niagara.

Elle avait les cheveux courts et jaunes…

Je me ruai sur le compte-rendu du légiste daté de 1968. Il signalait effectivement une teinture retrouvée sur ses cheveux, ce qui était déjà en vogue à l'époque, mais cela n'avait jamais attiré mon attention. Je parcourus rapidement le document jusqu'à la formule qui avait été identifiée : de la paraphénylènediamine HC Yellow 7.

J'appelai immédiatement Ruben. Aucune réponse. Je réessayai. Finalement, il décrocha.

— Désolé. Avez-vous eu accès au labo de la police scientifique pour le cheveu jaune ?

— Pas encore. C'est vraiment risqué ce que vous me demandez. J'ai l'impression qu'on me surveille. Je risque de me faire choper. C'est… une affaire qui devient très… politique, Thel. Et je vous l'ai dit, Selfridge a des antennes partout.

La même voix craintive que lors de notre première rencontre au *Zinc Bar*. Mes neurones se mirent en branle.

Une voix intérieure me hurlait que Ruben allait me lâcher. Ce n'était vraiment pas le moment. Je balayai l'envie de lui rentrer dedans et tentai d'être persuasif, avec ce sentiment d'évoluer sur un fil tandis que je récapitulais l'ensemble des éléments.

— Ruben, on a le même mode opératoire, la même date du 10 juillet. C'est la même lame, les mêmes coups de couteau. Et maintenant, ces cheveux entrelacés sur le front par la magie du Saint-Esprit avec le même ADN féminin, dont un court teinté de jaune. C'est probablement une idée ridicule, mais pourriez-vous demander au labo comme une dernière faveur de l'analyser ? Ma sœur avait aussi les cheveux courts et jaunes au moment de son décès et j'ai une analyse chimique entre les mains.

— Je vais voir ce que je peux faire, répondit-il d'un ton las.

Il me filait vraiment entre les doigts. Je pris un ton suppliant :

— Ruben, rien que ce dernier point. Après je vous fous la paix.

Je raccrochai. L'image de ces gnous de la savane africaine, qui en butte aux attaques répétées d'insectes sur leurs oreilles tournaient en rond jusqu'à l'épuisement, n'était pas loin de me caractériser à cet instant précis. Pour évacuer la pression, je gueulai à m'en faire péter les poumons sur cet enfoiré de Selfridge au point que Joséphine vint vers moi.

— Que se passe-t-il ?

— Rien, juste un contretemps.

Chapitre 9

— C'est elle Laura ?

La question me surprit. Joséphine avait le nez collé contre le panneau de liège et elle pointait du doigt la photo punaisée tout en haut où nous étions tous les quatre. Elle avait du reste une histoire puisqu'elle était restée scotchée sur mes ordinateurs successifs. M'obliger à la regarder chaque jour m'avait permis de garder espoir et motivé pour aller au bureau. Puis j'avais fini par l'encadrer et l'accrocher au mur.

— Oui. Qui t'en a parlé ?

— Papa. Il m'a dit que c'était la souffrance de ta vie. Que lorsque vous bossiez ensemble, tu parlais souvent d'elle.

Ron Rappineau avait été mon troisième coéquipier à San Francisco. Un chic type, bourru, solide comme un chêne, qui ne passait pas inaperçu. Nous ne nous étions jamais véritablement quittés, même après ma mutation à New York. Nous nous voyions de temps à autre et avions pris notre retraite en même temps. Il consacrait désormais sa vie à diriger une entreprise d'huile d'olive dans le sud de la France, près de Grasse.

— C'est vrai, *sweetie*, soupirai-je. La vie n'est pas comme une de ces séries que tu regardes où il y a des rebondissements toutes les cinquante minutes. Parfois un seul épisode suffit à te marquer au fer rouge.

— Elle était super mignonne, dis donc. Elle te manque toujours ?

Je ravalai ma salive.

— Nous avions onze ans d'écart. Je n'avais que 7 ans lorsqu'elle est morte. Elle avait une sacrée personnalité, mais elle a toujours été très protectrice avec moi. Laura était altruiste et généreuse. Il m'est arrivé plusieurs fois de ressentir qu'elle veillait sur moi de là-haut. En fait, elle a influencé positivement mon regard sur les femmes. Je m'amusais parfois à l'espionner, tu vois, comme font les petits frères. Je garde précieusement des images gaies, des fous rires, des moments de grande complicité et de tendresse.

J'avais lu un jour que, dans un processus d'évolution, notre cerveau ne retenait que les mauvaises nouvelles. Les émotions négatives étaient comme du velcro, elles s'accrochaient, quand les positives glissaient comme du téflon. J'avais ainsi pris l'habitude d'effectuer de sacrés efforts pour conserver les bons souvenirs en mémoire.

— Mais pourquoi tous ces dossiers et cette photo accrochée aujourd'hui ?

— C'est juste qu'on a retrouvé un meurtre à peu près équivalent à celui de ma sœur. Mais il semblerait que ce soit une fausse piste. Ne t'inquiète pas, je rangerai tout ça demain car ce n'est pas très glamour. Que comptes-tu faire en ce beau dimanche ?

— J'ai décidé que nous allions manger sain, vu les agapes de ce soir qui nous attendent. Je vais te concocter une salade de quinoa et un steak de soja. On finira avec un gyoza. Tu vas te régaler !

Mon purgatoire n'était pas près de se terminer. Le déjeuner fut agréable, le plat mis à part, mais je n'en montrai rien. À ce train-là, les générations suivantes n'auront plus besoin de dents. J'interrogeai Joséphine sur ses cours d'intelligence artificielle. C'était une crack de l'informatique. Elle y étudiait les implications sociales de l'intelligence artificielle. Elle orienta son propos sur des dérives possibles en criminologie.

— En médecine par exemple, les pacemakers seront connectés en permanence et gérables à distance. Plutôt confort, non ? Mais prenons un geek malveillant qui craquerait le programme. Ou encore qui augmenterait à distance le taux d'insuline d'un patient, suffisamment pour que le cœur lâche. Tu imagines le *serial killer* qu'il pourrait devenir ?

— Ça fait froid dans le dos effectivement. Mais en même temps il y a des criminels qui laisseront des traces numériques, comme une montre connectée par exemple.

Tu sais, ma philosophie est simple. Ce qu'un humain crée, un autre humain peut le défaire. C'est pour ça que je n'ai jamais baissé les bras dans une enquête. Ton père non plus.

— Je pourrais un jour t'aider à résoudre des affaires criminelles si tu veux. Suffit que tu le demandes !

Son énergie était contagieuse.

— Comment ?

— Déjà en piratant l'ordinateur d'un suspect, par exemple. Ça s'appelle le *phishing* : tu pousses quelqu'un à partager ses informations confidentielles. Tu envoies un mail genre neutre pour créer du lien, en demandant des informations personnelles, et si le type répond, tu peux lui soutirer des données sur ses comptes bancaires par exemple. Et tu as le *scrapping* : tu regardes les réseaux sociaux du type, ses photos, ce qu'il raconte. Tu peux connaître tous les endroits où il s'est rendu, par exemple. Et puis si tu crées une communauté, ça va encore plus vite.

— *Sweetie*, j'ai peut-être l'air d'un vieux ringard mais ça, je le savais. Tout en reconnaissant leur utilité, j'avoue que je ne m'en suis jamais servi.

— Et tout ce qui est IA, Amazon Bed Rocks, Google Time Line ou Gemini Ultra, tu maîtrises ? dit-elle en croisant fièrement les bras et en me toisant avec un air de défi.

— J'avoue que non. Je suis une quiche en informatique au cas où tu ne l'aurais pas remarqué. Je veux bien que tu me l'expliques tout à l'heure au dîner.

L'après-midi était passé à toute vitesse. Joséphine marchait à mes côtés et affichait une mine réjouie. Elle me faisait de plus en plus penser à Laura, non pas physiquement, mais plutôt dans ses engagements et sa résilience. Nous avions décidé d'aller au restaurant à pied pour nous ouvrir l'appétit et je profitai de cette marche pour mesurer les conséquences éthiques de ce qu'elle proposait. Il ne s'agissait ni plus ni moins que d'enfreindre la loi et cela me posait un problème de conscience. La façade de briques grises apparut. Nous nous installâmes à la table réservée sur la terrasse déjà bondée. Juste derrière nous, au-dessus, le Brooklyn Bridge.

Elle commanda une large n° 6 avec du poulet, de la mozzarella, du cheddar et du guacamole. Je me contentai d'une n° 1 avec de la pancetta. Le tout arrosé de deux coupes de champagne pour fêter sa réussite et une bouteille de rosé, un pinot grigio italien.

Nous levâmes nos verres pour trinquer. Son soulagement se traduisait par un relâchement visible des muscles de son visage. Elle pouvait désormais laisser libre cours à son large sourire. Je savais que j'allais passer un bon moment avec le sens de la repartie et cette forme d'innocence qui la caractérisaient.

— Je vais te raconter l'histoire étonnante du pont derrière toi. Lors de sa construction, il y a eu de nombreuses malversations financières. Mais un jour une rumeur s'est répandue annonçant qu'il allait s'écrouler.

Douze personnes trouvèrent la mort dans la bousculade qui s'ensuivit. Alors le fameux M. Barnum, Phineas de son prénom, démontra la fiabilité du Brooklyn Bridge en faisant défiler les vingt et un éléphants de son cirque.

— Incroyable, je l'ignorais. Ils auraient pu donner son nom à un cocktail ici.

— En parlant d'éléphant, ta mémoire t'a permis de réussir et je suis fier de toi.

— En vrai, c'était plus facile que je ne l'avais imaginé.

— Tu as appelé tes parents ?

— Bien sûr ! D'ailleurs, ils t'embrassent et ont dit qu'ils allaient t'appeler.

Mes souvenirs d'elle enfant étaient vagues. Ron n'était pas du genre à mêler vie privée et vie professionnelle. Une question me vint à l'esprit.

— Qu'est-ce que ça fait d'être fille de policier ?

Elle réfléchit quelques instants en sirotant son champagne.

— Ce n'est pas facile. D'abord par le stress de savoir son père sur la brèche. Mais tu vois, j'ai été élevée dans un cadre, avec les notions de justice, de bien, etc. Et j'avais aussi envie de transgresser ça, pour prendre mes marques, pour m'affirmer. Une forme de réaction vis-à-vis de l'autorité. Alors, disons que je me suis mise à voler des petits trucs dans des magasins, à fumer du shit, à faire des choses un peu borderline... Ça m'a permis de construire mon propre modèle de vie. Papa, il n'est pas vraiment cool comme toi…

— Tu me trouves cool ?

— Disons qu'on sent que ça bout parfois à l'intérieur. Mais j'apprécie que tu me fasses totalement confiance, que tu ne me fliques pas. En fait, c'est comme ça qu'il faudrait élever ses enfants. Mettre un cadre tout de même, mais large, et leur faire confiance.

— Soit tu es dans le cercle de confiance et tout va bien, fis-je en tentant une imitation de Robert de Niro avec des mouvements de mâchoires.

Elle s'esclaffa. On nous servit nos plats. Elle se jeta sur sa pizza comme une morte de faim. Entre deux bouchées, nous échangeâmes sur les défis qui attendaient une jeune femme dans le New York d'aujourd'hui : concurrence intense tout en recherchant un équilibre entre vie personnelle et professionnelle, pression sociale et image corporelle, estime de soi, identité de genre et orientation sexuelle, égalité des droits, acceptation des différences multiculturelles, recherche d'indépendance et d'autonomie.

— Et tes amours ?

— Oups, c'est cale sèche. Il y a eu les examens et je verrai bien l'année prochaine. Mais je suis très bien seule. Chaque chose en son temps. J'ai mes potes et mes amies, même si je sais que je ne reverrai pas la plupart d'entre eux à mon retour. En plus, pour l'instant, j'ai bien envie de me laisser tenter par des expériences différentes. Tu sais, ma génération se fout un peu de ces classements homo ou hétéro.

J'étais frappé par sa maturité et le recul dont elle était capable dans les moments charnières de sa vie. J'embrayai sur son thème de recherche.

— Alors, l'IA offre-t-elle de la relation ou de la connexion ?

Elle se lança dans une grande tirade résumant son mémoire. Rien ne valait le contact physique pour créer une vraie relation. Cependant, si des applications contribuaient à créer des liens réels, dans leur grande majorité, cela tenait plus de connexions sans réelles interactions humaines et sans lendemains.

— Ne crois-tu pas qu'avec les réseaux sociaux, on est loin des promesses du départ ?

À leur naissance, ils devaient permettre à tous de s'exprimer et de véhiculer un savoir. Force est de constater malheureusement que, plutôt que de devenir des lieux d'échanges constructifs, ces plateformes contribuent à polariser et à dégrader le débat public pour le plus grand bonheur des populistes.

— C'est clair. C'est désormais à celui qui invective le plus l'autre et ma génération par exemple devient très radicale. C'est comme si les gens n'avaient plus qu'une boussole, celle du mal.

Je trouvais sa réaction très intéressante au point d'y réfléchir en finissant mon plat. Je changeai de sujet.

— Que comptes-tu faire maintenant ?

— Je vais rester encore une bonne semaine. Puis j'irai dans le midi de la France et direction Paris comme mes parents me l'ont promis. Pour l'année prochaine, j'hésite. Je me verrais bien bosser ici, à New York.

— Chez moi, tu es chez toi. Tu reviens quand tu veux…

— Ta copine ne dira rien ? pouffa-t-elle.

— Elle s'appelle Ruth. Mais elle est repartie.

J'expliquai son métier de reporter-photographe et précisai qu'elle continuait son périple. À l'heure qu'il était, elle venait de se poser à San Francisco.

— Ça peut devenir sérieux avec elle ?

— Je ne sais pas. Un type célèbre a dit un jour : « Les femmes, je suis contre, je suis tout contre. » Je suis un peu dans cet état d'esprit. Ça a forcément un rapport avec ma mère qui m'a… disons qu'elle ne m'a jamais vu tel que j'étais vraiment. J'ai longtemps ressenti que d'une certaine manière elle m'avait abandonné et rejeté. Peut-être que la mort de Laura y était pour quelque chose.

— Comment fait-on pour comprendre ses névroses ?

— Il faut souvent un coup dur pour déclencher une introspection, essayer de comprendre les blessures de l'enfance. Parfois tu nais avec, parfois c'est même transgénérationnel.

— Transgénérationnel ? Explique-moi ce dernier point.

— Le poids de l'histoire des expériences vécues dans une famille peut entraîner des conséquences sur notre comportement. J'en suis un bon exemple puisqu'à une certaine époque, je n'arrivais pas à supporter les bruits intempestifs et les stridences comme les bruits de klaxons, au point de me faire sortir de mes gonds.

— Pardon, Thel, mais je pense que nous sommes nombreux à ne pas supporter ces nuisances.

— Bien sûr mais pas au point de surréagir comme je le faisais car c'était vraiment insupportable ! Ma psy m'avait conseillé un type spécialisé dans ce domaine et je me souviens comme si c'était hier de sa première question : il voulait savoir ce que faisaient mes grands-pères pendant la guerre de 14-18. Figure-toi que le père de ma mère était dans les tranchées et se prenait des bombes sur la gueule toute la journée. Tu imagines le stress du danger de mort lié aux bruits et aux stridences des obus ? J'ai alors réalisé que cette peur ne m'appartenait pas, que j'en avais hérité malgré moi.

— Mais comment peut-on hériter de ces traumatismes qui remontent à si loin ?

— C'est exactement cela la mémoire transgénérationnelle. Et depuis, je n'ai plus aucun problème avec ça. C'est pour ça que j'ai beaucoup travaillé sur les sciences du comportement, la psychologie, et d'autant plus que, pendant mes dernières années de flic, nous recevions des formations régulières sur ces sujets.

— C'est essentiel pour ton activité ?

— Le métier de détective privé est né à la fin du XIXe siècle, en même temps que la psychiatrie. Ce n'est pas un hasard. Enquêter, c'est un peu comme une pratique analytique pour comprendre l'impensable. Il faut se concentrer sur les discours sous-jacents et chercher les racines psychologiques du mal, les ressorts intimes derrière un acte criminel qui se jouent très souvent dans la jeunesse et l'adolescence. Concernant la gent féminine, je travaille sur moi pour éviter de créer inconsciemment une situation d'abandon ou de rejet. Et puis j'ai trop longtemps vécu avec la vengeance qui te ramène toujours dans le passé. Il n'y a aucune satisfaction à tirer d'une telle posture. C'est à la fois fatigant et ça te brûle de l'intérieur. Ma haine ne laissait pas beaucoup de place à l'amour. Je pense que le meurtre de Samantha est survenu comme une ultime épreuve pour me libérer. Ça va m'ouvrir de l'espace.

— Mais tu ne crains pas de finir seul à force d'être centré sur toi ?

— Je ne suis pas seul. Je suis avec moi-même, dans une recherche permanente de prises de conscience des événements qui m'arrivent. Ce n'est pas de l'égocentrisme mais plutôt la recherche d'un bon équilibre. Plus j'irai bien, mieux je serai disposé à accueillir l'autre. En fait, je suis comme un bol japonais Kintsugi.

— Un quoi ?

— Ce sont des bols cassés puis recollés avec de l'or. La poterie peut alors être honorée pour son histoire et tout ce qu'elle a traversé, plutôt que d'être jetée. Le Kintsugi nous apprend à célébrer la casse et la réparation comme faisant partie de l'histoire de cet objet. Le message, c'est qu'on peut être brisé et réparé ensuite, que la vie est pleine de coups, de cassures, de fissures et que ces événements doivent être acceptés, appréciés et même célébrés. C'est une parfaite métaphore de la résilience.

Le serveur vint déposer la carte des desserts.

— Et toi, tu te vois avec mari et enfants ?

— Pas vraiment. J'aime aussi mon indépendance. Tu sais, beaucoup de mes copines ne veulent pas avoir de gosses. C'est loin pour moi tout ça. Ce qui m'importe le plus en ce moment, c'est de participer à préserver les ressources pour pouvoir offrir un monde meilleur aux générations futures, loin de ce capitalisme effréné qui est trop délétère.

Elle commanda un cheese-cake. Je me contentai d'un cappuccino qu'ils servaient comme il se doit avec un zeste de citron.

Je décidai de franchir le pas en la relançant sur sa proposition osée :

— Alors, tu m'expliques ton IA ?

— On a eu un cours récemment, juste avant le concours, par un type de l'Unicri sur ce que pouvaient apporter la robotique et l'IA en sciences criminelles.

— En langage senior attardé, ça donne quoi ?

— L'Unicri, c'est un institut des Nations unies sur la criminalité et la justice, en rapport avec Interpol. Ils disposent d'une technologie super performante, déjà pour analyser toutes les photos et vidéos prises par les caméras de surveillance autour d'un événement. Et avec, tout un tas de données. C'est possible de détecter si un type est armé, si son *body language* est agressif ou menaçant... Même chose au niveau des traces d'ADN pour analyser de plus en plus finement des échantillons...

Il y avait un paradoxe entre ces recherches pointues et l'évolution des techniques d'interrogatoire. J'avais connu l'époque où les flics cherchaient l'aveu, coûte que coûte. Maintenant, il ne suffisait plus. La police procédait désormais à une approche par petits pas, itérative. Tout au long de ma carrière, j'avais cherché à sécuriser les éléments à charge en sa possession en étant beaucoup plus centré sur le discours, le non-verbal, la psychologie, l'empathie, le lien créé avec le coupable. Les oreilles comptent désormais plus que les yeux jusqu'à ce que la vérité se cristallise.

— On doit pouvoir mieux affiner la balistique ?

— Bien sûr. Analyser les trajectoires d'une balle, retrouver systématiquement une arme enregistrée, l'endroit où elle a été employée... Tu as des applis qui compilent des millions de données sur les empreintes, les reconnaissances faciales, les analyses toxicos et biologiques, les scènes de crime, les recherches sur Internet pour établir des liens entre des personnes impliquées…

— J'imagine que ce n'est pas en open source ? lançai-je pour lui montrer que je n'étais pas totalement ignare.

— Pour ce qui est des recherches pures sur un crime, non. Mais bon, il y a toujours moyen de pirater.

Je gardai le silence tout en me reprochant de tenter d'utiliser sans vergogne la fille d'un de mes meilleurs amis, dont je pressentais que les connaissances pouvaient me permettre d'accélérer l'enquête. Finalement, je lui demandai :

— Tu… tu sais faire ça ?

— Oui, mais ne le dis pas trop fort, répondit-elle en riant. L'idée, c'est de programmer une recherche que tu confies ensuite à une IA dédiée d'Amazon, Google ou Microsoft par exemple. L'école a un partenariat avec LightOn, une appli française développée avec leur principal opérateur téléphonique. C'est moi qui suis à l'origine de ce partenariat car c'est l'opérateur que mon père utilise en France. Et c'est super efficace, surtout depuis l'ordinateur de la fac.

— Et c'est fiable ?

— C'est incroyable tu veux dire ! Même s'il arrive parfois qu'on obtienne des réponses peu crédibles, qu'on appelle « hallucinations », mais c'est rare.

Inutile de chercher bien loin qui était l'halluciné face à ses explications. Je pesai le pour et le contre, et finalement décidai de vendre mon âme au diable.

— Je vais faire appel à tes neurones pour mon enquête, conclus-je.

Nous repartîmes vers 22 heures. La température était clémente et le ciel constellé d'étoiles. Joséphine prit le métro pour aller fêter son succès avec des amis, tandis que je rentrai à pied en repensant à nos échanges. Joséphine était une fille mature, avec de vraies valeurs. Elle réfléchissait à son projet de vie et c'était louable. Il émanait d'elle un ensemble de certitudes qui faisaient plaisir à entendre.

J'étais à un bloc de chez moi quand un type chauve, la cinquantaine, en chemise blanche et veste sombre, le genre à avoir un gros muscle à la place du cerveau, m'interpella depuis la vitre baissée côté conducteur d'une limousine aux vitres teintées qui avait surgi à ma hauteur. Je me raidis instantanément. Je constituais une cible facile et il y avait bien longtemps que je ne portais plus mon calibre.

— Monsieur Avogaddro, quelqu'un souhaiterait vous parler…

Mon regard se porta vers la portière arrière, tous les muscles de mon corps tendus. La vitre teintée descendit et laissa apparaître le visage de Sherman Selfridge.

— Montez, détective, n'ayez crainte.

Je m'exécutai et m'installai dos au conducteur face à la banquette arrière sur laquelle il était assis. L'habitacle sentait un mélange de cuir neuf et de vétiver. Selfridge portait un costume léger prince-de-galles et une chemise blanche sertie de boutons de manchette imposants. À côté de lui, une pile de documents, de tracts et un carton d'objets publicitaires. Il m'observa longuement de ses pupilles noires sans vie. Ses joues creusées accentuaient son visage triangulaire qui se terminait par un menton volontaire. Il serrait les mâchoires. Il semblait littéralement calcifié dans son avidité de pouvoir et de contrôle.

— Vous semblez émettre des doutes sur la qualité et le professionnalisme de nos enquêtes, précisa-t-il en frottant l'un contre l'autre son pouce et son majeur.

Cette hubris, ce délire d'orgueil et de toute-puissance naissant d'un pouvoir sans partage, se résumait dans sa phrase. Je ne répondis pas. C'était inutile face à un type qui ne parlait que pour s'écouter. Il changea alors de ton et prit le masque de la séduction :

— Pour vous rassurer, sachez que nous menons une enquête sérieuse. L'affaire est importante et j'ai l'appui inconditionnel du maire et du gouverneur. Je l'ai même confiée à Alex Leonard, l'un de mes meilleurs éléments que vous avez du reste formé. Vous faites un sacré mentor !

Il se pencha sur sa gauche et releva un large accoudoir. Il en sortit une flasque d'alcool, du whiskey à ce qu'il me semblait, et deux verres. Il m'en proposa un. Je déclinai.

— Non merci, fis-je perfidement. Je préfère le bourbon ou le vieux rhum…

Il se servit généreusement et commença à humer le liquide avant de le réchauffer dans ses paumes, l'air pensif.

— Il semblerait que vous vivez maintenant de petites affaires de détective, fit-il d'une voix plus mielleuse. Vous, un ex-Finest… C'est très louable et je vous félicite. Mais votre réputation est exceptionnelle. Notre police a grandement besoin de personnalités de votre talent. Ce serait bien payé en plus et je mettrais à votre disposition tout ce que vous souhaiterez… Ça ne vous dirait pas de rejoindre en conseil une équipe qui gagne ?

— Les Yankees ? Je suis trop vieux, persiflai-je.

Il y a une différence majeure entre emprise et influence. Tout le monde influence tout le monde, ne serait-ce que par le seul fait de dialoguer. Là où cela peut devenir pervers, c'est lorsque le désir d'influence s'accompagne du besoin de dominer ou de manipuler l'autre pour obtenir quelque chose et c'était exactement ce que Selfridge cherchait à faire. Face à ce type de comportement, il fallait renvoyer la balle en permanence avec la plus grande désinvolture. Selfridge avala une gorgée, probablement pour se laisser le temps de réfléchir à une autre stratégie. Elle consista en une attaque frontale.

— Comme vous voulez. Inutile alors de poursuivre plus loin vos investigations et de déranger nos enquêteurs. Ce serait… dommage de perdre votre licence de détective, voire d'être accusé d'entrave à la justice… non ?

Ses mâchoires de plus en plus serrées démontraient qu'il considérait mon attitude comme une trahison. Ne lui restait plus que le rêve de me détruire.

— Faites comme bon vous semble. Vous ne me faites pas peur.

Je tentai alors d'ouvrir la portière. Elle était fermée. Je tapai sur la vitre arrière pour le signaler au chauffeur. Mais rien ne se passa. Selfridge cherchait le moyen de s'en sortir par le haut. Finalement, il fit un signe au conducteur puis se pencha vers son carton. Il en sortit des prospectus et plusieurs badges avec son portrait et un appel au vote. Il me les donna au moment où je sortais.

— Nous verrons ça après ma réélection, croyez-moi. Tenez ! N'oubliez pas de les distribuer à vos proches, précisa-t-il d'un sourire carnassier.

Et la voiture démarra sur les chapeaux de roue.

Une colère froide m'envahit, doublée d'une lassitude de trouver un crotale sous chaque pierre que je soulevais. Une fois rentré, je jetai les prospectus et m'installai dans un fauteuil pour trouver une piste à poursuivre. Mes réflexions s'accrochaient à l'air comme la brume nocturne persistante. Aucune nouvelle idée ne vint et je me sentais de plus en plus fébrile. Il me fallut peu de temps pour en comprendre la raison : Selfridge venait de rouvrir cette satanée blessure du rejet.

Je me réconfortai avec un thé matcha et en brûlant du cèdre séché pour me détendre. Des volutes épicées et boisées, mélange de terre et de notes de pin, envahirent le loft. Je grimpai sur la terrasse en empruntant l'escalier métallique. J'ouvris la porte rouillée d'un coup d'épaule et m'installai face au *skyline*. La vue était dégagée, ponctuée par quelques réservoirs en bois posés sur les toits comme des fusées. À croire que des envahisseurs étaient venus autrefois nous coloniser depuis l'espace en laissant leurs vaisseaux.

Assis par terre en tailleur, je fermai les paupières et attendis que ma respiration se calme. Le silence de la nuit me nourrissait progressivement de sa félicité. Il ne fallut qu'une demi-heure pour me sentir un homme neuf.

Chapitre 10

Le lendemain à 7 heures, un coup de fil me réveilla. Quelqu'un qui demandait à me rencontrer dans les plus brefs délais. C'était tellement logique que je m'en voulus de ne pas y avoir pensé plus tôt. J'acceptai tout en décidant de prendre quelques précautions.

Ruben avait disparu de la circulation, me laissant dans l'expectative sur le prêt de la Mustang. Je lui envoyai un texto signifiant qu'il pouvait toujours venir la chercher.

Je me rendis une heure après à l'entrée Columbus Circle de Central Park. Après avoir parcouru quelques centaines de mètres, je m'assis à l'endroit convenu, face au lac artificiel. Le contraste était saisissant avec le tumulte urbain. Bruissement des feuilles, doux clapotis de l'eau, chant des oiseaux migrateurs qui voguaient paisibles dans une chorégraphie majestueuse, tout constituait une oasis de calme, une connexion à la nature et à son rythme lent qui autorisait à lâcher prise et à vivre l'ici et maintenant. La préservation de la faune et de la flore faisait partie intégrante de l'OneNYC. Samantha avait initié un comptage précis des centaines d'espèces présentes dans le parc, afin de sensibiliser le grand public.

Le soleil levant se reflétait à la surface de l'eau. L'air était encore supportable, malgré l'annonce de l'arrivée imminente d'une vague de chaleur. Des odeurs fleuries chatouillaient mes narines. Il y avait beaucoup d'ombres portées du fait d'une nouvelle génération de gratte-ciel au Sud, toujours plus hauts et filiformes. Les promoteurs s'engouffraient sur l'absence de limitation sur leurs hauteurs et l'achat légal de droits d'immeubles voisins n'ayant pas utilisé toute leur surface constructible. Des « droits de l'air » en quelque sorte qui sacrifiaient l'accès à l'espace, à la lumière et aux espaces verts.

Je consultai ma montre. Il n'allait pas tarder. En ce début de journée, les allées étaient vides par opposition à l'effervescence régnant dans les rues à cette heure d'entrée dans les bureaux. Au loin, l'écho d'un saxophoniste qui s'exerçait.

J'aperçus alors à quelques dizaines de mètres sur ma gauche un joggeur d'à peu près ma taille, en survêtement gris, une serviette autour du cou, qui courait aux côtés d'un type dont je compris tout de suite qu'il assurait sa sécurité rapprochée. Ils arrivèrent à mon niveau et stoppèrent.

Richard Pendleworth mit ses mains sur ses hanches, pencha le buste vers l'avant et procéda face à moi à quelques étirements. Finalement, il s'assit de trois quarts sur le banc avec une profonde expiration. Son tee-shirt était trempé de sueur et de grosses gouttes perlaient encore sur son front. Il les balaya vers sa chevelure noire d'un revers de main et tourna vers moi un visage émacié. Son regard d'aigle me jaugea pendant quelques secondes.

— Merci d'être venu, détective. Et j'apprécie votre ponctualité.

Il s'essuya les yeux avec sa serviette et contempla les environs.

— Quel début de journée !... Tous ces médias qui ont cherché à me joindre depuis 6 heures ce matin... Ces vautours... C'est dur, une campagne politique, vous savez...

Je lui opposai un mutisme total. Il s'épongea de nouveau.

— Je voulais vous voir car il semblerait que nous ayons des intérêts communs... Les ennemis de mes amis ne sont-ils pas mes ennemis ? Ah, pendant que j'y pense...

Il fit un signe à son cerbère qui s'approcha. Il me fouilla rapidement et vérifia que mon portable était éteint. Pendleworth le congédia ensuite en lui signifiant d'un geste discret de surveiller les alentours et d'écarter les importuns.

— On n'est jamais trop prudent, précisa-t-il, un sourire faussement complice aux lèvres.

— Que puis-je pour vous ?

— Ne jouez pas au plus idiot avec moi, monsieur Avogaddro. Tout d'abord, ayant appris que vous étiez proche de Samantha Livingstone, je souhaitais vous transmettre mes sincères condoléances. Samantha était une femme respectable. Son programme était certes ambitieux, mais il comportait de bonnes idées, à l'exception peut-être de son volet sur l'immobilier…

Il marqua une pause le temps de chercher ses mots.

— … Vous avez autant besoin de moi que moi de vous. Et on veut se payer le même type…

— Selfridge…

— Exactement, fit-il en écartant les mains, un large sourire aux lèvres, en me dévisageant comme si j'étais la réincarnation d'Einstein. Vous savez… je dispose de quelques relations dans la police, au FBI… On ne se lance pas dans une telle campagne sans avoir des soutiens. Voilà plus de trente ans que je fréquente tout ce beau monde à mon cabinet et dans les salles d'audience…

Il avait une voix perchée qui prenait naissance dans sa gorge et non dans son thorax. Un type mental, sans hésitation.

— Vous n'êtes pas bien dans les derniers sondages…

Il balaya l'argument en jetant sa serviette sur son épaule.

— C'est une course de fond, une élection. J'ai pas mal de soutiens et encore beaucoup de meetings à tenir. Et c'est pour ça que vous êtes là.

Ça me démangeait de mentionner ma rencontre d'hier avec Selfridge mais je n'en dis pas un mot.

— Que faites-vous de Rachel Washington ?

Il haussa les épaules. Tout dans son attitude montrait que le dédain dominait son rapport envers tous ses congénères.

— Restons entre gens sérieux, n'est-ce pas ? fit-il, condescendant. Avant toute chose, que pensez-vous de l'assassinat de votre amie ? Vous croyez à cette histoire de mon vieux pote Jimmy O'Sullivan ?

— Pas vraiment, vous le savez. Quel marché proposez-vous ?

Il aiguisa ses doigts le long de sa barbe du jour. Il émanait de lui quelque chose de très menaçant.

— Mes contacts m'ont fait comprendre que vous étiez dans une impasse et que vous êtes persuadé depuis le début que c'est un autre qui a agi. Je vous crois. Jimmy est plutôt du genre, disons… sanguin mais prudent. J'ai des infos selon lesquelles des gars de Selfridge épiaient depuis longtemps le moindre de ses faits et gestes, ses manœuvres d'intimidation répétées sur les gens et notamment sur votre amie, attendant le moindre faux pas pour le coincer, et donc moi par ricochet. Ils l'ont piégé, c'est évident. Ils connaissaient son caractère bouillant et, lorsqu'ils ont su qu'il se rendait chez votre amie, ils ont probablement débarqué ne serait-ce que pour le prendre en flagrant délit de tentative de corruption ou de menaces à l'encontre d'un membre éminent de l'OneNYC. Ils avaient prévenu les médias pour le discréditer, et je ne vois pas comment Jimmy aurait pu expliquer sa présence chez elle et se disculper. J'imagine leur divine surprise quand ils ont découvert qu'il y avait eu meurtre. Du pain bénit pour eux.

— Oui, mais comment expliquer le sang de mon amie sur le couteau retrouvé chez lui ?

— Je n'en ai pas la moindre idée, mais c'est vrai que c'est accablant. Encore une fois, je le crois incapable de ça.

— Vous avez eu accès au dossier ?

— Je n'ai que des bribes d'informations par mes contacts et son avocat. C'est un de mes proches que j'ai conseillé à Jimmy. Je ne voulais surtout pas me compromettre.

Un vrai politique, qui laissait aux autres le sale boulot, pour en tirer ensuite les bénéfices. Un adepte du management par le haut qui devait laisser peu de place à quiconque pour s'exprimer. Il poursuivit.

— Et les aveux de son chauffeur ?

— Vous êtes bien naïf… Croyez-vous que ce soit la première fois que Selfridge manipule des preuves et achète des témoins d'une manière ou d'une autre ? Il n'y a rien de plus simple pendant une perquisition que de glisser une preuve à charge comme un couteau dans un sac de golf. Notre histoire pénale est remplie de ce type d'exactions… Le russkof a probablement été blanchi en échange de tout un tas de malversations et de délits.

Il n'avait peut-être pas tort. J'avais été pendant toute ma carrière témoin de tout un tas de coups tordus mais, depuis que j'étais détective privé, j'observais de loin la mise en place d'un cycle vertueux dans la justice, dans lequel les moutons noirs avaient de moins en moins de latitude.

— Ce Gregor est pourtant un type qui appartient à la mafia de Little Odessa, objectai-je, laquelle est de mèche avec O'Sullivan.

— Soit les Russes ont sacrifié un soldat en passant un deal avec Selfridge. Ils joueraient ainsi sur plusieurs tableaux car ils ont la brigade spéciale du FBI qui leur met une pression constante. Soit ce Gregor a voulu se sauver tout seul et je ne donne pas cher de sa peau.

— Ils pourraient être partie prenante du projet immobilier d'O'Sullivan ?

Il me dévisagea brusquement et un début de colère pointa dans sa voix :

— Ce ne sont pas vos affaires. Restez en dehors de ça !

Je changeai de sujet :

— Ce qui m'étonne, c'est la rapidité avec laquelle les flics sont arrivés sur les lieux.

Il prit une profonde inspiration, leva la tête en se tenant bien droit. Le type même de posture qui tentait de démontrer qu'il était plus intelligent que les autres.

— À vous de découvrir pourquoi. Je pourrais vous obtenir très rapidement quelques informations. J'ai accès aux services de surveillance de la ville et l'un de mes bons alliés dispose d'un contact aux analyses criminelles où il pourrait glaner discrètement quelques éléments.

— Pourquoi ne les utilisez-vous pas directement ?

— Tout finit par se savoir. Je tiens à rester à distance de tout ça et à ne pas m'attirer les foudres de Selfridge.

Tout ce que je vous demande, c'est que vous confondiez le vrai coupable avant les élections. Et que vous m'apportiez un maximum de preuves qui innocentent O'Sullivan et qui enfoncent Selfridge. Jimmy va se battre avec l'aide de son avocat, mais le mal sera fait même s'il ressort libre. J'ai bien sûr d'autres sponsors financiers, mais… disons… que je suis un nostalgique. Je l'aime bien, notre Jimmy. Ce que je vous propose, c'est un deal gagnant-gagnant. Avec ce que vous trouverez, j'espère ne donner plus cher de la peau de Selfridge qui a trop engagé sa réputation en se pavanant comme à son habitude devant les médias. Une fois élu, vous aurez ainsi un allié fiable en ma personne car je ne suis pas un type à la mémoire courte, et je n'oublie jamais les gens qui m'ont aidé.

Il émanait de lui une détermination sans faille. Elle devait séduire et convaincre ses soutiens dans sa campagne. Probablement qu'O'Sullivan était passé outre les demandes d'autorisation pour construire son immeuble en misant sur sa future élection.

— Je vous propose ce banc comme lieu de rencontre. Pour me joindre, passez par lui, dit-il en désignant son garde du corps du menton. Il a votre numéro et votre adresse. Que tout ceci reste bien sûr confidentiel, je n'ai pas besoin de vous faire un dessin. Alors ?

Je déchirai une page de mon carnet et rédigeai des demandes.

— Voici la liste des courses. Vous rajouterez toutes les vidéos prises à proximité du domicile de Samantha la veille et le jour du crime.

Je venais de pactiser avec un loup aux dents longues. Ce n'était ni la première ni la dernière fois. Je récupérai la Mustang et passai prendre Joséphine dans la foulée.

— Désolé, *sweetie*, ça a dû te paraître longuet.

Elle s'engouffra dans l'habitacle, un peu essoufflée.

— Pas du tout. C'est top d'être détective ! J'ai réussi à prendre de belles vidéos, depuis son arrivée jusqu'à la fin de l'entretien. Et j'ai zoomé quand tu lui as remis le papier. Avec tes mouvements de lèvres, on comprend bien ce que tu lui demandes.

Deux précautions valant mieux qu'une, nous échafaudâmes quelques nouvelles astuces à mettre en place.

Je la raccompagnai et repris la route. Direction East 64th Street, dans l'Upper East Side. Je me garai dans un immeuble parking et finis le trajet à pied. Je délaissai le mélange de *brownstones* historiques, de manoirs de luxe et de petites boutiques jusqu'à arriver devant une galerie d'un design très épuré, idéal pour mettre en valeur les toiles.

J'apposai ma signature sur un cahier à l'entrée. Une hôtesse me donna un catalogue et m'indiqua le sens de la visite. Daniela Chadwick était assise derrière un petit bureau en train de parler au téléphone. Je déambulai une bonne demi-heure en m'arrêtant au gré de mon attirance.

C'était ma manière de découvrir une exposition et je ne comprenais pas les gens qui passaient en revue tous les tableaux pendant des heures. C'était comme boire plusieurs premiers crus à la suite.

Ces toiles étaient très colorées et franchement intéressantes dans leur composition et leurs aplats de couleur. J'arrivai près de Daniela. Elle portait une jupe plissée, des escarpins hauts en lézard et un chemisier blanc en lin avec de larges manches.

Elle en avait terminé avec son appel. Je me présentai.

— Je suis heureuse de vous rencontrer. Je comprends que vous êtes donc arrivé dans la vie de Samantha après moi, observa-t-elle d'une voix éraillée d'ex-fumeuse.

Elle avait des yeux bleus magnifiques comme on en voyait chez les stars des années 1950. Sa peau ridée par le soleil et le poids des ans soulignait son charme global. Elle me jaugea rapidement.

— J'ai du mal à croire qu'elle ait pu retourner à sa sexualité initiale…

— Ne vous méprenez pas. Nous étions seulement amis. Et comme c'était une femme réservée, voire secrète, elle ne m'a précisément pas parlé de vous ou des autres femmes de sa vie. J'ai cru comprendre cependant que c'était avec vous qu'elle avait eu une relation longue et intense.

— Elle était à ramasser à la petite cuillère après le départ du père de Deborah. Sapho a été salvateur et une révélation pour elle. Je ne pense pas cependant lui avoir laissé un bon souvenir.

— Pourquoi dites-vous cela ?

Elle tritura son petit carnet d'adresses en cuir d'autruche. Elle avait des mains viriles et abîmées malgré les efforts qu'elle devait déployer pour les préserver.

— Disons… disons que nous ne nous sommes pas quittées dans des termes très courtois et nous ne nous sommes jamais donné de nouvelles.

Plus je contemplais ces yeux magnifiques, plus je discernais au fond des pupilles un voile de mélancolie et de tristesse.

— Ce n'est donc pas pour renouer avec elle que vous avez modifié votre billet et êtes venue deux jours avant son assassinat ?

Elle se leva précipitamment de sa chaise. Ses multiples et volumineux colliers s'entrechoquèrent bruyamment. L'hôtesse esquissa un geste dans notre direction mais elle l'arrêta d'un signe.

— Mais monsieur, en quoi mon emploi du temps vous concerne-t-il ? Même si je peux comprendre qu'on ne perd jamais les réflexes d'un métier…

— Effectivement, c'était une question maladroite et inappropriée. C'est l'un de mes défauts. J'aime savoir. Oublions cela et revenons plutôt à votre peinture qui me plaît, tout particulièrement vos passages… au couteau…

Ses lèvres pulpeuses se pincèrent.

— Puisque vous voulez tout savoir, répondit-elle, énervée, sachez que mon agent m'a demandé d'arriver avant pour répondre à des journalistes au sujet de l'exposition. C'est facile à vérifier. Et, pour votre information, le soir du meurtre, j'étais en train de dîner avec des amis. Les Witchcomb. Je vais vous trouver leur numéro. Cela sera, là aussi, facile à vérifier.

Elle se pencha vers le bureau, ouvrit son carnet d'adresses et griffonna un numéro sur un morceau de papier qu'elle me tendit.

— Encore une fois, je n'accuse pas, je cherche. À cet égard, pourriez-vous me décrire Samantha et auriez-vous une idée de qui aurait pu lui en vouloir au point de la tuer ?

— Samantha est… était une femme passionnée. Par son métier mais surtout par elle ! Elle aimait bien contrôler son petit monde et pouvait être cinglante. Mais elle était cultivée, élégante… et… c'était une grande amoureuse ! Je n'ai aucune idée de qui lui voulait du mal. Elle était clivante et j'imagine qu'elle a écrasé pas mal de monde sur son parcours.

J'allais prendre congé d'elle quand elle m'interpella :

— Et vous, en tant qu'homme et ami, que lui trouviez-vous ?

— Elle était comme votre peinture : calme, parfois tumultueuse, profonde, et elle reflétait le monde actuel.

Je regagnai ma voiture et filai tranquillement vers le loft. En route, je repensais à l'échange avec Daniela et à ses critiques sans doute justifiées. Samantha était une femme entière qui avait un idéal, qui prenait parti, à l'opposé des gens mièvres que je détestais. L'histoire est peuplée de gens caractériels, cultivés à l'extrême, passionnés et passionnants, qui ont fait avancer le monde, et c'était quelque chose que je respectais profondément.

Une fois garé, je passai un coup de fil à un vieux copain journaliste qui accepta pour le surlendemain le déjeuner que je lui proposai.

Chapitre 11

Lorsque le garde du corps de Pendleworth se pointa à 11 heures comme annoncé dans son texto matinal, j'ouvris la porte en me positionnant de profil afin d'être dans le champ des deux minicaméras de la taille d'un pouce avec lesquelles j'avais l'habitude de travailler pour mes filatures. Joséphine et moi les avions installées le matin même, l'une dans un angle du mur donnant sur mon entrée et l'autre à l'intérieur du loft. Les images arrivaient directement sur le serveur de Joséphine et nos deux portables. Mon visiteur était dans leur champ au moment où il me remit une enveloppe épaisse sans dire un mot, avant de tourner les talons.

Je débarrassai la table de la cuisine. Nous nous installâmes devant l'ordinateur de Joséphine. Elle vérifia que les images du cerbère avaient bien été transmises par Wi-Fi. Tout était dans la boîte, de son arrivée jusqu'à son départ quelques secondes après la remise des documents. La qualité de l'image était parfaite.

L'enveloppe kraft contenait deux clés USB, les rapports d'analyses de l'équipe d'Alex, ainsi que le casier judiciaire et deux photos annotées d'un type au faciès inquiétant – Dimitri Gregor, le chauffeur d'O'Sullivan. Il avait trempé dans pas mal d'affaires criminelles mais s'en était toujours sorti faute de preuves et de témoins qui disparaissaient mystérieusement. C'était un type aux cheveux longs filasse qui tombaient sur des épaules de déménageur. La peau de son visage portait les stigmates d'une mauvaise varicelle et il avait des yeux noirs insondables. Il émanait de lui une sauvagerie malsaine.

Après un déjeuner rapide, Joséphine téléchargea la première clé qui regroupait différentes prises de vues du jour précédant la mort de Samantha. Je nous fis un café pendant qu'elle installait un logiciel piraté d'analyses de vidéos.

Il y avait sur l'écran quatre pastilles en simultané d'images enregistrées de la rue du domicile de Samantha et des rues avoisinantes, en noir et blanc, sous différents angles, de moindre qualité que celles que nous venions de saisir, chacune avec l'heure de la capture affichée.

— Je commence par quoi, maître Yoda ? Elles font vingt-quatre heures chacune…

— Tu as un moyen d'accélérer ?

En guise de réponse, elle manipula son clavier. Les images se mirent à défiler plus rapidement tout en permettant d'isoler celles qui semblaient intéressantes.

— Tu regardes les deux de la colonne de gauche, et moi celles de droite. Dès que tu vois un truc qui te paraît louche, tu me préviens. On cherche plutôt un rôdeur ou un observateur. Quelqu'un dont la démarche ne serait pas normale, qui effectuerait des pauses et tenterait de ne pas se faire remarquer. OK ?

Nous restâmes les yeux grands ouverts pendant quatre heures. Le loft était devenu une ruche en ébullition. Je décidai qu'il était temps de faire une pause. J'allai chercher de quoi nous alimenter dans une épicerie italienne qui était l'un de mes repères. J'achetai du riz Arborio, du bouillon de légumes, deux beaux oignons et du parmesan râpé. Trente minutes après, mon risotto crémeux *al dente* avec une pointe de safran était prêt.

— C'est super bon, Thel !

— Et végétarien ! C'est une spécialité de Milan que ma mère nous cuisinait souvent. Normalement, on fait fondre de la moelle pour enrober le riz, mais je n'ai pas voulu aller contre tes principes.

Nous nous remîmes, trente minutes après, à la tâche. Mes paupières picotaient de plus en plus. Après deux nouvelles heures d'analyse, Joséphine attira mon attention :

— Regarde là, Thel.

Je me penchai et pris le temps de détailler l'homme qui déambulait. Il donnait l'impression de suivre quelqu'un. Je plissai les yeux.

— Tu crois que c'est lui ? demanda-t-elle en indiquant les photos de Gregor.

Je restai coi, tous mes sens focalisés sur les images.

— Peux-tu zoomer un peu plus ?

Joséphine s'affaira. Le cliché devint plus net. Un chauve.

— Non, finis-je par dire. Je sais qui c'est... C'est le chauffeur de Selfridge qui m'a interpellé à la sortie du restaurant où on a fêté ton concours.

— Vous vous êtes disputés ?

Je balayai sa crainte avec un large sourire.

— Rien d'important. Ce n'est pas la première fois que ça m'arrive. Mais qu'est-ce qu'il fout là ? Reviens en arrière, je te prie.

Elle s'exécuta. Après quelques secondes, il était clair qu'il espionnait un autre homme, quelques mètres devant lui, qui se déplaçait avec précaution.

— Suivons celui-là.

Une autre caméra enregistra son passage quelques minutes plus tard.

— Stop ! Zoome là.

Une plus grande netteté du visage apparut.

— C'est Gregor ! fit-elle.

Elle avait raison. Dimitri Gregor était suivi par le chauffeur garde du corps de Selfridge. Je reculai sur ma chaise, croisai les mains derrière la tête, le temps de digérer l'information. Nous fîmes ensuite défiler le reste des images et le scénario prit forme. Dimitri Gregor donnait l'impression d'effectuer un repérage sans savoir qu'il était suivi.

— Tu as faim ? Tu te sens d'attaque pour continuer ?

— Bien sûr, c'est passionnant !

Nous finîmes vers minuit. Ce n'était pas du temps perdu. L'analyse de la deuxième clé nous apporta d'autres précisions. Les caméras montraient tout d'abord Samantha se diriger vers son domicile, deux sacs de courses en main, probablement pour notre dîner. Elle disparaissait dans l'entrée de son immeuble à 15 h 12. Il y avait quelque chose de terrifiant de la voir en vidéo sachant qu'elle allait perdre la vie quelques heures plus tard. On distinguait ensuite la voiture d'O'Sullivan aux vitres teintées rentrer dans le parking à 16 h 48 et Dimitri Gregor en sortir à 16 h 53. Il était impossible de déterminer à qui ce dernier adressait son geste. Cependant, à 18 h 23, les trois voitures de police arrivaient devant l'immeuble. On voyait des flics se précipiter à l'intérieur, suivis quelques minutes après de Selfridge, aisément reconnaissable par sa silhouette. Avec la masse de boulot que demandait la gestion de la justice de New York, et en pleine campagne électorale, il était étrange qu'il fût là aussi rapidement.

— Mais il y a un truc qui cloche ! remarqua Joséphine. On ne voit pas la Bentley ressortir…

Je jurai intérieurement et louai sa perspicacité. Nous nous concentrâmes de nouveau sur les vidéos d'entrée et de sortie de l'immeuble de Samantha jusqu'au moment où nous vîmes la voiture d'O'Sullivan s'extraire de l'arrière du parking.

Le scénario des événements devint limpide.

— Je vais te dire ce qui s'est passé. Ces cons-là ne sont pas allés au bout de leur repérage. Ils se sont fiés au fameux Gregor qui n'a pas fait gaffe au fait qu'il y avait une deuxième sortie du parking, qui donne sur la 73e. Ils ont vu O'Sullivan rentrer par là et ils en ont conclu qu'il ressortirait du même côté. Je ne suis allé qu'une fois dans ce parking, car je me gare toujours à quelques blocs de là pour finir à pied, et en fait, quand tu continues de descendre en voiture, tu arrives sur une rampe qui t'emmène vers l'autre sortie. C'est pour ça qu'ils ont débarqué dans l'immeuble aussi vite. Ils étaient persuadés qu'O'Sullivan y serait toujours, mais il avait déjà quitté les lieux.

En repensant aux dires d'Alex que je vérifiai sur mon carnet, je fus partagé entre contrition et agacement. Il avait bel et bien menti en précisant que la Bentley était ressortie à 18 h 05 du domicile… Jamais il n'aurait imaginé que les vidéos de surveillance urbaines pourraient être vues par quelqu'un d'autre. Ils pensaient avoir tout verrouillé.

Joséphine bâilla plusieurs fois.

— Heureusement que je t'ai, *sweetie*. Je n'aurais peut-être pas découvert tout ça sans toi.

Elle se leva pour aller à sa salle de bains. En revenant pour m'embrasser, elle posa une question étonnante :

— Tu ferais quoi si tu mettais la main sur l'assassin ?

Pris par l'enchaînement de ces derniers temps, je n'y avais pas réfléchi. Il y avait eu tant de cauchemars qui laissaient la plaie ouverte. Mais j'avais le ressenti que le temps de la vengeance avait laissé sa place à un désir de justice.

— Je… je n'en sais rien. Je le livrerais probablement aux autorités. Allez, va te coucher. Tu as quartier libre demain !

— Tu veux que je lance mon programme IA ?

— Laisse-moi un peu de temps pour réunir d'autres éléments.

— Tu restes là ?

J'étais fourbu mais les autres documents dont je n'avais pas encore pris connaissance m'attendaient. Je me concentrai alors sur ce que nous venions de découvrir. Dimitri Gregor avait changé d'attitude en l'espace de vingt-quatre heures. La veille, il semblait se montrer discret dans une activité de repérage. Le jour du meurtre, il ne se cachait plus, faisant même un signe visible. L'hypothèse d'un piège tendu à O'Sullivan prenait forme peu à peu. Je commençais à entrevoir jusqu'à quel point Selfridge avait pu maquiller la vérité… Effrayant.

Le contenu de ces vidéos plaidait en faveur de la défense d'O'Sullivan. Je supposais qu'elles avaient sûrement été récupérées par l'équipe de Selfridge qui s'était fait un malin plaisir de les enterrer, mais ils avaient certainement oublié la caméra donnant sur la sortie arrière du parking. Un des contacts de Pendleworth y avait eu accès, probablement à partir de la sauvegarde d'un ordinateur du département en charge de la sécurité urbaine. Toujours mû par cette crainte d'être directement exposé, Pendleworth n'était probablement pas allé jusqu'à en explorer la teneur. Je détenais un levier possible en cas de nécessité.

Mon estomac grogna. Je réchauffai des spaghettis et me remis à l'ouvrage. Les rapports d'analyses contenaient deux séries d'informations classées dans deux chemises séparées. L'une relatait sur quatre pages l'emploi du temps de Daniela Chadwick, l'autre était le rapport d'expertise des cheveux.

La lecture de la première que je parcourus en ayant bien en tête son alibi, sa taille, sa silhouette fragile et le fait qu'elle était droitière, confirmait bien qu'elle n'était pour rien dans le meurtre de son ex-compagne. Je notai d'informer Deborah qu'on pouvait exclure Daniela des suspects.

Le rapport d'analyse des deux cheveux confirmait mon intuition. La teinture jaune du cheveu retrouvé sur le front de Samantha était de la même composition chimique que celle retrouvée sur les cheveux de ma sœur. C'était d'autant plus étonnant que j'avais interrogé mon coiffeur la veille et qu'il m'avait assuré des énormes progrès techniques en la matière ces dernières années.

J'hésitai un long moment, retournant des hypothèses dans tous les sens, dont l'une m'apparut quasi inimaginable. Je compilai une liste de nouvelles demandes et j'envoyai un texto au garde du corps de Pendleworth lui demandant de passer aux aurores récupérer un pli devant ma porte.

Je n'arrivais pas à m'endormir. J'enfilai une paire de baskets et décidai de faire le tour du pâté de maisons. La douceur de la nuit s'infiltra sous mes habits légers, m'enveloppant comme un manteau réconfortant. J'aurais aimé avoir Ruth à mes côtés. Au loin, les contours noirs et pailletés du *skyline* se découpaient sur un ciel étoilé. D'ici, la métropole avait l'air paisible même si le tumulte qui la caractérisait se devinait. Je fis un premier tour autour de mon bloc en fixant mon regard à l'horizontale, puis un deuxième en le tournant vers le haut. Mon cerveau était ainsi entraîné à changer de perspective et j'en avais bien besoin.

Je rentrai vers 4 heures du matin et eus du mal à trouver le sommeil.

Chapitre 12

Le réveil fut difficile. Des écharpes de brume annonciatrices d'un grand soleil pour ce samedi planaient sur Brooklyn. Je me levai afin d'être prêt pour accueillir Ruben qui devait venir chercher la Mustang. Muni d'un seau et d'un chiffon, je m'attachai à la briquer pendant une paire d'heures. On ne se rend pas à un mariage avec une voiture couverte de taches de pluie et autres salissures.

Je m'attendais à ce que la matinée se déroule avec la lenteur d'un glacier, de plus en plus persuadé que Ruben ne viendrait pas, quand j'entendis subitement des bruits de pas devant mon entrée, puis des coups brefs.

— FBI, ouvrez !

Je m'avançai d'un pas lent, entrouvris la porte et me trouvai face à deux flics du bureau accompagnés par une dizaine de policiers du Swat en tenue noire et casqués, munis de gilets pare-balles. Je contrôlai mes mouvements pour afficher calme et sérénité afin d'éviter que l'un d'entre eux défouraille devant un geste considéré comme agressif. Un des gars du FBI, la cinquantaine, me tendit un papier officiel.

— Nous avons un mandat. Reculez calmement et laissez-nous entrer.

Je leur ouvris la porte et ils pénétrèrent dans le loft à la vitesse de l'éclair. Le mandat était signé d'un certain Foster, procureur de New York et sans aucun doute à la botte de Selfridge, et mentionnait une entrave à une enquête fédérale et une accusation de parjure pour avoir omis de signaler une suspension de permis d'un mois quelques semaines avant de prêter serment pour devenir détective privé. Un doux mensonge de ma part suite à un léger excès de vitesse, mais qui juridiquement pouvait me valoir des ennuis. Selfridge voulait vraiment ma peau.

— Nous allons saisir votre ordinateur et vous allez nous remettre votre licence de détective. Vous recevrez bientôt une convocation du juge.

Je mis la main à l'arrière de mon pantalon dans un geste lent et sortis mon portefeuille d'où je tirai le précieux sésame que je lui tendis.

— Nous devons fouiller votre domicile. Installez-vous là, dit-il, menaçant, et en indiquant un fauteuil.

Je gardai mon calme et me félicitai intérieurement d'avoir caché mon arme sur le toit dans un renfoncement étanche depuis que Joséphine vivait avec moi. Ils inspectèrent les lieux, débranchèrent les petites caméras, avant de passer une heure à mettre le loft sens dessus dessous. Ils arrachèrent tous les documents punaisés sur le tableau, puis l'un des types du FBI les glissa dans un sac avec mon ordinateur et ma clé USB. Rien de vraiment grave puisqu'ils passèrent à côté de mon carnet de notes rangé dans la poche arrière de mon pantalon et que la plupart des documents et les images des caméras autour du domicile de Samantha étaient stockés dans l'ordinateur de Joséphine qu'elle emportait toujours avec elle.

— C'est quoi le code de votre ordi ?

— Je ne m'en souviens plus.

— Ne jouez pas au con !

La tension monta d'un cran.

— Vous n'avez pas besoin de moi pour le craquer. En revanche, vous savez très bien que votre démarche est injustifiée et même une manipulation flagrante !

— Vous irez expliquer ça au juge !

Je me levai au moment où l'autre type du FBI se saisissait des trois cartons de Laura.

— Hep là, ne touchez pas à ces cartons qui contiennent des documents relatifs à l'assassinat de ma sœur. C'est personnel !

— Rien à foutre, répondit-il. C'est une enquête fédérale !

Ce fut plus fort que moi. J'assénai au type portant les dossiers un coup de pied sur l'intérieur du genou droit. Il s'affala dans un cri et lâcha les cartons qui tombèrent, provoquant un éparpillement des dossiers. Un type du Swat bondit sur moi et m'empoigna le cou. D'instinct, je lui assénai un coup de poing au foie. Il se plia en deux sous l'impact. Un autre m'attrapa par le col et me donna un coup de tête qui me fit valser en arrière. J'eus le réflexe de m'affaler sur les dossiers au sol tout en hurlant dans le but d'alerter les voisins. Un geyser de sang m'inonda le visage depuis l'arcade gauche. Je demeurai allongé par terre, à moitié groggy, mais arrivai à crier de nouveau. Je tentai de me relever quand il m'asséna un coup de pied au visage qui me coucha pour de bon. J'étais dans un brouillard complet et restai immobile un long moment. Malgré tout, et comme dans un ralenti, leurs discussions me parvenaient par bribes.

— … l'embarque ?

— Laisse tomber… Mieux pas qu'on le voie avec… en sang d'autant qu'il a dû… tout le quartier. Le juge… et on l'enfoncera un peu plus avec un rapport sur son refus d'obtempérer.

— … dossier de sa sœur ?

— … pas ce qui nous préoccupe. Tout… dans l'ordi, sa clé.

Puis ils quittèrent le loft.

Je me relevai difficilement au bout d'une dizaine de minutes et me dirigeai tant bien que mal vers la salle de bains. Ma chemise était tachée d'hémoglobine. L'entaille était profonde et ça pissait toujours. J'attrapai une serviette pour éponger le sang et cherchai dans l'armoire à pharmacie des *strips* de suture. Mes mains tremblaient et je dus m'y reprendre à plusieurs reprises pour en fixer quatre et arrêter l'hémorragie. Ma mâchoire me lançait.

Je restai au-dessus du lavabo un long moment et tentai de reprendre mes esprits. J'avalai de l'aspirine et me changeai. Le rangement pouvait attendre et je pris ma voiture pour le rendez-vous qui m'attendait.

La circulation était fluide mais les coups de boule et de pied résonnaient encore dans mon crâne, provoquant des vertiges. Je trouvai une place à quelques dizaines de mètres du café dans lequel Phil Bradley avait ses habitudes. Le mythique *P.J. Clarke's* à l'angle de la 55ᵉ. Un bar restaurant en brique sur deux étages. Une institution.

Je pénétrai dans son sanctuaire, plissai les yeux pour m'habituer à la pénombre et me laissai imprégner par l'atmosphère. Il flottait une odeur de houblon et de saucisses grillées. Le brouhaha des consommateurs se répercutait sur les murs en briques rouges, sur lesquels étaient accrochés des photos de personnalités, des fanions d'équipes sportives, des plaques d'immatriculation, des néons publicitaires et un tableau récapitulant les concerts à venir. Deux écrans suspendus passaient en boucle les nouvelles du jour.

Je me faufilai en grimaçant au milieu de tables recouvertes de nappes à carreaux rouge et blanc. Phil attendait au bar, sous une lumière tamisée, assis sur un tabouret noir, face à un vieux miroir encadré d'impressionnantes rangées de bouteilles. Sa vieille veste en fines côtes de velours avec des coudières de cuir qu'il portait quel que soit le temps était suspendue sur le dossier. Devant lui, une pinte vide et un bloc-notes. Je m'assis précautionneusement sur la place à côté, l'impression d'avoir couru dix kilomètres.

— Comment ça va en ce beau samedi, Phil ? trouvai-je l'énergie de demander.

— Comme un lundi, Thel. Comme un lundi..., répondit-il avec une grande lassitude dans la voix. Et toi ? Tu as piqué la nana de Mike Tyson à ce que je vois.

— Bah, laisse tomber...

— Triple scotch ou une bière comme moi ?

Sans attendre ma réponse, il commanda d'un geste la même chose pour nous deux. Rapide comme l'éclair, le serveur moustachu déposa deux grandes pintes sur des sous-verre cartonnés, ainsi que deux bols de cacahuètes. Je bus la mienne d'un trait en ignorant la douleur à la mâchoire et en commandai une autre avec un petit verre de whiskey versé dans le bock.

J'avalai tout aussi vite la deuxième. L'alcool commençait à circuler comme un onguent salvateur. Nos images se reflétaient dans le miroir. Ma figure était peu reluisante et ma pommette gauche commençait à gonfler. Mon attention se porta sur Phil. Il avait le visage marqué de valises sous ses yeux marron et un nez proéminent. Sur ses cheveux roux ébouriffés étaient posées des lunettes en demi-lune. Sa chemise coquille d'œuf, mal repassée, était à moitié déboutonnée pour laisser de l'espace à un ventre bedonnant que deux bretelles noires peinaient à contenir.

— Putain de société, fit-il de sa voix éraillée d'ancien fumeur, avant de boire une longue gorgée. On n'y comprend plus rien. Tu piges quelque chose, toi, à ce qui se passe ici et dans le monde ? Moi, rien, *nada*...

Je tus le fait que j'avais une traductrice en la personne de Joséphine et abondai dans son sens.

— Tu écris en ce moment ?

Phil était un grand reporter et un journaliste d'investigation qui avait frôlé le Pulitzer quand il avait couvert le conflit en Afghanistan. Ça s'était joué à une voix près. Depuis, il vendait sa belle plume à différents quotidiens renommés et c'était un très bon thermomètre de la situation politique.

— Tu sais... toujours mon fameux roman..., fit-il en tournant sa pinte sur le bar entre ses mains potelées.

Nous nous connaissions depuis plus de quinze ans. Il travaillait toujours à un essai qui traitait de l'évolution de la condition indienne aux États-Unis depuis le début du xxe siècle, mais qu'il n'arrivait pas à terminer.

— Au cas où tu ne le saurais pas, John Wayne a décimé la population de toutes les réserves indiennes, et les Amérindiens qui restent sont presque tous alcooliques... malheureusement.

Il éclata de rire puis termina son verre.

— J'ai toujours eu un faible pour les minorités, Thel, c'est pour ça que je te fréquente ! J'espère que tu m'amènes du croustillant...

Ma mâchoire me lançait toujours et je m'armai d'efforts pour lui résumer la situation sans rien omettre. J'étais en totale confiance car nous faisions le même travail en définitive : une chasse aux criminels, à la différence que les miens étaient rarement en col blanc. Il prenait des notes au fur et à mesure en hochant la tête à chaque fait saillant. Phil était un type sans fioritures, fiable, doté d'une très grande capacité de travail et qui préférait l'ombre à la lumière. Un pro qui gardait les infos confidentielles et qui ne publiait que lorsque ses sources lui en donnaient l'autorisation. J'avais été un jour sur une enquête délicate et je lui en avais réservé la primeur. L'affaire déboucha sur un énorme scandale financier, de nombreux médias cherchèrent à en faire leur une, mais Phil, sans faire pression, fut le premier à avoir le scoop. C'était en fait un stoïque, et une fois que vous aviez sa confiance, il était capable d'abattre des montagnes.

Il croisa les bras, l'air pensif.

— Navré pour Samantha. Il me semblait bien que vous étiez proches mais je t'avoue que je n'ai pas fait le lien. J'ai ouï dire effectivement que ça puait cette histoire…

Je posai une main sur son épaule pour l'assurer que je ne lui en tenais pas rigueur.

— Tu es dans un sacré merdier, *buddy*… Fallait pas mettre tes doigts dans un panier de scorpions, s'esclaffa-t-il. Plus sérieusement, c'est dingue ce que tu me racontes. Qu'est-ce qu'il te faut ?

Comme tout bon journaliste, Phil avait partout ses entrées. Sa capacité d'écoute et d'analyse était proverbiale. De plus, il savait où laisser traîner ses oreilles pour obtenir des informations précieuses. Politique, justice, économie, rien ne lui échappait.

— Déjà, il faudrait que tu m'éclaires un peu plus sur les détails et enjeux de ces élections. Pour le reste, j'ai ma petite idée, mais je t'en parlerai le moment venu.

Il finit son verre et sembla chercher ses mots pendant quelques secondes.

— Selfridge est un véritable connard. Tu vois, comme ces généraux qui, depuis le haut de la colline, contemplent sans broncher le champ de bataille où leurs soldats se font déchiqueter… Cependant, le gars est malin, prudent comme un Sioux, et il a toujours un coup d'avance. Il se murmure même qu'il aurait des mœurs sexuelles perverses. Mais ses résultats parlent pour lui, et les sondages aussi. Je ne vois pas comment l'élection pourrait connaître un rebondissement.

— Oui, mais à quel prix ?

— Justement ! On est revenu à cette tragique époque où les procs et les flics manipulaient les évidences. Ce n'est certes pas généralisé, d'autant que les progrès scientifiques en matière de preuves agissent comme des garde-fous. Mais on a là un joli résumé de l'espèce humaine. Plus on met des règles de conduite professionnelles, plus on est assuré que certaines personnes cherchent à les transgresser. C'est inévitable. Et c'est ainsi depuis Adam et Ève…

— Et Richard Pendleworth ?

— Ça serait plutôt le serpent, tu vois. Une copie conforme de Selfridge ! À croire qu'ils sortent du même ventre. Mais lui est encore plus vicieux. Selfridge joue pour la mairie et le gouverneur, son pouvoir est déjà énorme, il n'a pas d'autres ambitions politiques… Pendleworth, c'est différent. Il se verrait bien à la Maison Blanche et l'élection prochaine est à coup sûr un marchepied. Ses fréquentations sont très limites…

— O'Sullivan par exemple…

— S'il n'y avait que lui… J'ai écrit un papier au sujet de l'OneNYC. Elle n'y est pas allée de main morte, ta Samantha. C'est une vraie révolution sociétale nécessaire, mais qui fait grincer des dents, et notamment chez les promoteurs. Ce sont souvent eux qui boostent l'économie et sont désormais à l'origine des financements de campagne. Et puis O'Sullivan et la mafia russe… C'est devenu un peu « je t'aime, moi non plus ». Je ne serais pas étonné qu'elle soit dans le tour de table de son projet immobilier. S'il ne l'a pas encore affiché publiquement, je peux te garantir que Pendleworth va tout faire pour bloquer les avancées du plan de Samantha. Mais tu as les mêmes magouilles avec Selfridge : collusions avec des intérêts privés, dessous-de-table en tout genre, prise d'intérêt dans des gros programmes immobiliers… C'est simplement plus discret.

La peste ou le choléra.

— Tu imagines O'Sullivan trucider Samantha ?

Il retira sa main calée sous son menton et croisa les bras, l'air dubitatif.

— Ce gars a fait de la taule quand il était jeune mais je ne l'imagine pas se salir directement les mains. Il aurait envoyé un sbire faire le sale boulot… non ? De toute manière, il va bientôt sortir. Un informateur m'a dit que quelqu'un va payer sa caution.

— Et Rachel Washington ?

— Elle, c'est une sacrée nana, fit-il avec une moue admirative. C'est elle qu'il faudrait à la tête de la justice de cet État ! Elle est dynamique, a effectué jusque-là un parcours sans fautes. Elle est porteuse de vraies valeurs mais ça reste une politique. Elle ne connaissait pas ton amie ?

— Pas que je sache. Mon vieux pote Dewayne Brown lui donne un coup de main.

— C'est une femme brillante, et de plus une excellente oratrice qui sait défendre ses idées sans être dans l'opprobre permanent. Des trois en course, disons que c'est celle dont les dents rayent le moins le parquet. Ses chances sont minces et elle ne dispose pas des moyens des autres. Ce qui lui manque, c'est un sponsor qui a de l'argent, or c'est une condition indispensable pour espérer l'emporter. Elle part de trop loin.

— Merci pour ce topo. Je vais peut-être t'apporter de la matière pour un bel article.

Je pris congé de lui après une dernière tournée et un hot dog à la saucisse fumée arrosé de moutarde.

Je regagnai mon loft vers 18 heures. Le garde du corps de Pendleworth attendait sagement devant l'entrée de l'immeuble, un dossier en main. Il écarquilla les yeux en apercevant mon faciès mais ne posa aucune question. Je le fis monter jusqu'à ma porte en prétextant qu'il valait mieux que personne ne nous voie. Je tenais à avoir une troisième prise vidéo.

Je jetai le dossier sur la table de la cuisine, pris une aspirine, puis passai une bonne heure à ranger le bazar mis par le FBI avant de le consulter. Une certaine nervosité me gagna au moment d'ouvrir le contenu du dossier, comme si mon instinct m'indiquait que j'allais découvrir une information importante.

La première feuille était imprimée depuis un ordinateur. Elle détaillait cinq faits qu'O'Sullivan venait de confier à Pendleworth qui lui avait rendu visite à ma demande. Les quatre premiers semblaient logiques : il n'était pas le meurtrier de Samantha, son chauffeur Gregor avait été retourné et il mentait, s'il confirmait avoir bien demandé à ce dernier de venir la veille, c'était pour repérer les lieux et constater l'existence d'un parking privé comme il en avait l'habitude avant chaque rendez-vous important pour des raisons de discrétion. En revanche, il affirmait ne lui avoir jamais demandé d'acheter un couteau. Le cinquième élément était beaucoup plus intéressant. Jimmy O'Sullivan précisait qu'il avait croisé fugacement dans le parking du domicile de Samantha une policière d'âge mûr aux cheveux gris rassemblés en catogan qui lui avait indiqué la sortie arrière.

Cette information était capitale. D'abord, je savais O'Sullivan innocent et, quand bien même il avait eu accès *via* son avocat au dossier d'accusation et avait eu connaissance de la présence de ces deux cheveux dont l'un était gris et long, il avait mentionné des détails qu'il n'aurait pas pu inventer tout seul. Cela m'intéressa d'autant plus que cette femme avait peut-être remarqué l'assassin. Je repassai deux heures sur les vidéos en espérant apercevoir sa silhouette ou son visage. Différentes personnes entraient et sortaient, et autant de voitures par les deux accès, ce qui me rendit la tâche impossible.

La deuxième feuille concernait ma demande de comparaison du code alphanumérique de l'ADN de Laura extrait de son fémur en 1990 – je l'avais rangé dans le dossier en l'étiquetant ADN-Laura – avec celui identifié sur les deux cheveux retrouvés sur le front de Samantha, ADN-CheveuFéminin.

Le résultat était édifiant et me rendit perplexe et fébrile à tel point qu'il me fallut plusieurs relectures pour y croire. Je poussai un juron : il y avait une correspondance.

C'était le même ADN…

ADN-Laura et ADN-CheveuFéminin ne faisaient qu'un.

Les deux cheveux posés sur le front de Samantha appartenaient à ma sœur !

Cinquante-sept ans après sa mort.

L'information s'insinua lentement. Je demeurai longtemps dans la pénombre, hanté par cette découverte, et quand je fermai les yeux pour m'en débarrasser, c'était encore pire.

Le tunnel s'éclairait un peu mais je n'en voyais toujours pas la fin.

Chapitre 13

Je mis les éléments dans une enveloppe et montai sur le toit pour les cacher dans une vieille poubelle. J'en profitai pour récupérer mon arme que je rangeai dans un tiroir de ma chambre. Puis je me mis à arpenter mon domicile. Marcher m'aidait à y voir plus clair et je résumai l'ensemble des faits à voix haute.

Tout avait commencé avec le meurtre de Samantha pendant un créneau correspondant à la présence chez elle de Jimmy O'Sullivan qui lui en voulait d'avoir stoppé son projet immobilier. Il n'y avait ni trace d'effraction ni lutte. Elle avait visiblement tenté de fuir avant de se faire poignarder.

Le procureur général et la police avaient O'Sullivan dans le collimateur depuis longtemps et devaient être informés des déboires de son programme immobilier. La découverte du corps de Samantha leur offrait sur un plateau un piège plus diabolique que le premier qu'ils avaient imaginé. Ils disposaient d'un mobile, des menaces, l'arme du crime retrouvée avec le sang de la victime dessus dans le sac de golf, et le témoignage à charge de son chauffeur russe qu'ils avaient arrêté et qu'ils avaient dû placer sous le régime de la protection des témoins. Leur dossier était d'autant plus solide sur les plans judiciaire et politique qu'ils étaient intervenus très rapidement sur les lieux, avaient prévenu les médias, fabriqué les preuves tout en faisant disparaître des éléments à décharge.

Leurs intentions étaient claires : un Jimmy O'Sullivan impliqué fragilisait la position de Pendleworth et ouvrait un boulevard à la réélection de Selfridge qui s'était encore gaussé dans les médias le matin même de la volonté apparente des New-Yorkais de confirmer l'équipe déjà en place.

Cependant, le mode opératoire avec les mêmes quatre coups portés par un gaucher, un 10 juillet, la même lame ou équivalente, deux femmes proches de moi… Tout concourait à renforcer mon intuition et mes craintes qu'il s'agissait de la même personne. S'ajoutaient à cela les deux cheveux entrelacés sur le front de Samantha. L'un, court et teinté d'un pigment de jaune contemporain de celui utilisé par ma sœur. L'autre, gris et long. Les deux identifiés comme ceux de Laura par son ADN.

Je fouillai alors dans ma mémoire. Je consultai de nouveau les photos. Jamais Laura n'avait eu les cheveux longs, et encore moins gris. Quelque chose ne collait pas.

Autre fait curieux, une femme mature aux cheveux grisonnants avait été aperçue sur les lieux par Jimmy O'Sullivan. Un fil ténu, mais que mon instinct m'incitait à suivre.

Il me semblait inimaginable que Selfridge et ses équipes aient pu déposer ces deux cheveux sur la scène de crime. Il ne restait qu'une possibilité : l'assassin de Laura était le même que celui de Samantha, et était parfaitement renseigné sur ma relation avec cette dernière. Il avait donc accès à elle ou avait dû surveiller nos faits et gestes. La mise en scène était une signature ou un signal qui m'était destiné. Il lui avait fallu pour cela garder un cheveu de Laura pendant plus de cinquante ans. Je savais d'expérience que c'était possible à condition d'être conservé dans un sachet cristal, qui préserve de l'humidité. Restait l'énigme de la présence de l'autre cheveu et la signification de l'entrelacement. D'instinct, et bien que j'aie déjà été confronté à des *serial killers* qui signaient leurs crimes, je sentais que ce message était de nature différente.

Je butais toujours sur la correspondance entre l'ADN-CheveuFéminin des cheveux retrouvés et l'ADN-Laura mais je me rangeais à la fiabilité des tests : elle était indiscutable et m'avait maintes fois permis de résoudre des enquêtes, et j'avais tout au long de ma carrière suivi les progrès en la matière. Ceux-ci permettaient de déterminer la couleur des cheveux, de la peau, des yeux, le groupe ethnique des parents, une calvitie et des taches de rousseur éventuelles et, dans un avenir proche, pourraient fournir le portrait-robot génétique d'une personne. Malheureusement, cela ne m'était d'aucune utilité dans ce cas puisque aucune base criminelle ne donnait de correspondance.

Avant d'aller me coucher, je résumai tous ces éléments sur des post-it placés sur le tableau que j'avais en partie reconstitué après le passage des hommes du FBI. Seul élément positif, l'analyse des vidéos permettait de porter un coup sérieux à la stratégie de Selfridge, mais j'estimais qu'elle ne suffirait pas. Le couteau acheté par l'homme de main d'O'Sullivan restait déterminant. Même si je n'avais pas beaucoup avancé sur l'enquête, une stratégie prenait forme peu à peu. Pour commencer, il fallait que je parvienne à faire sortir Jimmy O'Sullivan de prison. Je fis un saut à la salle de bains pour refaire mon pansement et sombrai dans les bras de Morphée.

Je me réveillai avec un mal de crâne. Après une longue douche, je pris soin de mon œil et avalai un comprimé. Ma mâchoire allait déjà mieux mais ma pommette était au sommet de son gonflement. J'étalai un peu de pommade et pris un café. Joséphine émergea vers 10 heures du matin. Elle m'embrassa et se dirigea vers la cuisine pour petit-déjeuner. Elle était pieds nus, les cheveux relevés, en pantalon de jogging, avec un tee-shirt vintage de Bob Marley. Son bras droit était orné d'une très jolie rose tatouée. Un masque de beauté bleuté sur son visage dissimulait les stigmates d'une soirée qui avait dû être mémorable. Elle nous prépara un jus de pamplemousse.

— La grasse mat' des championnes ?

— Je me suis couchée à pas d'heure ! C'était une fête canon. Oh putain, qu'est-ce qui t'est arrivé ?

— Je me suis cogné bêtement en loupant une marche. Rien de grave.

Elle se pencha pour observer mon œil, grommela quelque chose d'inintelligible puis leva les yeux vers le tableau de liège.

— L'enquête avance à ce que je vois…

— Chaque fois que je progresse, de nouvelles questions émergent. C'est toujours comme ça. Peux-tu me faire en vitesse une copie des vidéos des caméras urbaines sur une clé ? Mais tu enlèves celle prouvant la sortie arrière d'O'Sullivan. Je dois rédiger un compte-rendu pour un certain Pendleworth. Quel est ton programme ?

— Je vais à Central Park avec des potes. On va faire voler un drone. Puis je vais préparer les interviews que j'ai la semaine prochaine pour mon futur job. J'aurai du temps si tu as besoin de moi.

— Tu sais que c'est interdit…

— Pas aujourd'hui. C'est une initiative du fabricant prévue ce dimanche en accord avec la mairie et la police qui va aussi tester les siens pour plus d'efficacité.

J'avais du pain sur la planche mais l'emploi du temps de Joséphine me donna une idée. J'appelai le garde du corps de Pendleworth.

De joyeuses cohortes de touristes déambulaient dans les allées de Central Park en ce magnifique dimanche.

Les arêtes des gratte-ciel environnants scintillaient dans le ciel, comme aiguisées par des rayons d'un soleil ardent. Pendleworth m'attendait à l'endroit convenu, en tenue décontractée. Polo blanc siglé d'un crocodile, pantalon bleu en lin, pieds nus dans des mocassins italiens. Une apparence cool qui cachait une violente agressivité. Son garde du corps prit congé après m'avoir fouillé. Je m'assis à ses côtés. Je levai discrètement la tête. Des drones allaient et venaient dans le ciel dans un ballet coordonné. Celui du copain de Joséphine devait être parmi eux sans que Pendleworth ne s'en soucie le moins du monde.

— Qu'est-ce qui vous est arrivé ?

— Une broutille. Laissez tomber.

— Vous vouliez me voir ?

Il me fallait garder mes distances et jeter quelques bouts de viande sans trop me compromettre.

— D'abord, merci pour les éléments. Je voulais vous suggérer une idée : êtes-vous conscient qu'O'Sullivan pourrait être retourné à son tour ?

— Bien sûr. Nous travaillons avec son avocat à une libération sous caution.

Le montant de la caution était l'un des aspects les plus importants de la mise en accusation. Il appartenait au juge de décider si le paiement d'une telle somme était nécessaire pour assurer la présence du prévenu lors de l'audience. Elle était calculée en fonction des preuves détenues par le ministère public, du casier judiciaire de l'accusé, de son comportement, du montant de ses revenus. Dans la plupart des cas, le prévenu faisait appel au service d'un garant professionnel. Bien que le huitième amendement prévoie que le montant ne devait pas être excessif, j'imaginais que dans le cas d'O'Sullivan la somme comporterait six chiffres.

— Qui la paierait ? J'ai cru comprendre qu'il rencontrait certaines difficultés financières.

Il passa sa main dans sa chevelure parfaitement plaquée en arrière et réajusta son col. Il était l'incarnation même du perfectionniste. Il devait aller au bout des choses, jusqu'à l'os, et encore cela ne devait pas lui suffire.

— Ne vous inquiétez pas. O'Sullivan possède encore quelques actifs solides et il m'aide toujours efficacement dans ma campagne. Même s'il traverse un moment difficile, son programme immobilier d'Hudson Yards n'est pas mort mais cela ne vous regarde en rien, précisa-t-il, péremptoire.

Il devenait de plus en plus évident que la première décision de Pendleworth, s'il était élu, serait de relancer le programme stoppé par Samantha. Il n'y avait plus de doute : il était intéressé par la manne financière qu'il représentait. L'image de mon amie me traversa l'esprit. Tous ses efforts allaient être réduits à néant. Il fallait que je garde mon calme.

— L'important, c'est de lui montrer notre soutien et de le faire sortir le plus rapidement possible, renchérit Pendleworth d'un ton apaisant. Qu'avez-vous trouvé à ce stade ?

Sa tentative d'empathie ne fit aucun effet. Les caméléons qui adaptaient leur posture en fonction de celle des autres uniquement pour arriver à leurs fins n'étaient pas ma tasse de thé.

— Des failles dans le comportement de Gregor, qui était effectivement suivi par un sbire de Selfridge. Vous aviez raison sur ce point.

Il eut un léger pincement des lèvres qui traduisait sa contrariété. Je tendis une clé.

— Ce sont les vidéos et mon compte-rendu. Avec ça, son avocat pourra probablement négocier une remise en liberté en menaçant de faire pression sur le juge *via* les médias. Si elles n'innocentent pas complètement O'Sullivan, il y a clairement dissimulation de certains faits et Selfridge aura un peu de mal à expliquer la présence d'un de ses sbires aux basques de Gregor.

— Effectivement, c'est un bon point pour nous. Vos conclusions sont précieuses. Reste cette histoire d'achat de ce couteau avec, sur la lame, le sang de votre amie, et le mobile.

— Même si on pourrait imaginer qu'ils ont acheté l'arme du crime pour la déposer intentionnellement ensuite dans son sac de golf pendant la perquisition, comment expliquer la présence du sang de Samantha dessus ?

Il sursauta à ce rappel implacable. Toute hypothèse d'échec était pour lui insupportable. Pendleworth s'était construit dans un besoin maladif de tout contrôler.

— Je sais. C'est une énigme. D'autant que mon ami avocat que je lui ai conseillé a recruté un enquêteur qui a fouiné du côté de la boutique qui a vendu l'arme à Gregor, mais il n'a rien trouvé.

— Il devrait pourtant y avoir des preuves démontrant qu'ils l'ont achetée. La comptabilité de la boutique, des vidéos dans la rue, à l'intérieur…

— Il n'y en a pas apparemment dans cette petite rue. Sans mandat, il est impossible d'avoir accès aux enregistrements des caméras du magasin. Selfridge et ses équipes ont certainement verrouillé le témoignage du vendeur et fait place nette.

Il pinça l'arête de son nez, plongé dans une intense réflexion.

— Ma position est très délicate, monsieur Avogaddro. D'abord, je n'ai pas accès à tout, et le piège tendu à Jimmy doit être connu d'une petite poignée d'hommes à la botte de Selfridge. De plus, si quelqu'un apprenait qu'un avocat respectable comme moi avait déjà eu accès à des documents comme ceux que je vous ai fournis, qu'adviendrait-il de ma réputation d'homme intègre ?

Cette dernière phrase me donna envie de vomir, mais je n'en montrai rien. J'abordai un autre sujet :

— O'Sullivan affirme qu'il aurait croisé une femme policière dans le parking…

— C'est ce qu'il m'a confié effectivement. Dans les 60 ans et plus, assez grande, cheveux gris ramenés en queue de cheval, allure sportive, selon sa description. C'est un témoignage troublant car on ne comprend pas bien ce qu'elle faisait là.

Avant de mettre fin à l'entretien, il rajouta un argument qui accentua mon dégoût :

— Trouvez une solution pour le couteau et vous serez grassement récompensé.

Je rentrai en milieu d'après-midi et refis mon pansement. Les heures suivantes furent dédiées à une énième étude des dossiers de Laura, sans grand espoir. N'ayant pas accès au dossier complet de Samantha, il ne me restait que cette piste.

Comme dans chaque *cold case*, il fallait tout reprendre à zéro en ne suivant pas l'enquête de l'époque qui conduisait à une impasse, mais en faisant preuve d'imagination par l'étude de tous les éléments, avec un esprit neutre et un regard neuf. N'importe quel fil, même le plus anodin, devait être tiré. Si certains de mes collègues y arrivaient au milieu d'un brouhaha de commissariat, d'autres avaient besoin de silence. Quant à moi, il me fallait un bon disque de jazz en sourdine. J'aimais travailler en musique, être porté par des vibrations et des phrases mélodieuses et ressentir un effet « massage » qui s'accompagnait d'un effet bénéfique pour la mémoire : en écoutant un morceau, notre cerveau cherche inconsciemment à anticiper les notes qui vont venir et qu'il connaît pour les avoir déjà entendues. Une forme de pari gagnant sur l'avenir qui provoque une libération d'hormones du bonheur. J'optai pour *Les Feuilles mortes* de Cannonball Adderley.

Je commençai par prendre connaissance des tables des matières de chaque dossier et sélectionnai les pièces qui m'intéressaient.

Les documents étaient sténographiés et l'odeur, le toucher des feuilles jaunies par le temps, des schémas *post mortem*, des scellés annotés, des photos, des coupures de presse de l'époque me remirent une claque de nostalgie. Un contenu macabre et fascinant en même temps. Il n'y a pas plus réfrigérant qu'un résultat d'autopsie : toute une vie envolée qui se retrouve comme un écho figé sur des dessins sans âme, presque naïfs, avec les points d'impact des flèches et de froides annotations. Des aperçus intimes d'une vie qui s'est terminée brutalement. Pourtant, il était nécessaire de repartir de là pour faire en quelque sorte revivre la victime le temps de confondre son meurtrier. Chaque document était important car il pouvait donner un éclairage non perçu à l'époque du mobile véritable de l'assassin.

Il faisait très chaud. J'ouvris grand les fenêtres. Pas un souffle d'air. La température au-dessus du tarmac surchauffé était tout juste supportable. Je mangeai quelques fruits et me remis au boulot. J'étalai les documents qui m'intéressaient. Je commençai par la chronologie de l'enquête afin de replonger dans les décisions prises par les enquêteurs de l'époque. Puis ce fut le tour du compte-rendu de la scène de crime et des photos. De telles blessures provoquaient une succession de dégradations dans le corps. Hémorragie externe puis interne au niveau des plaies d'entrée. L'oxygénation des organes et des cellules s'arrête. Puis, au bout de quelques minutes, le cerveau cesse de fonctionner et c'est la mort cérébrale. J'avais beau les avoir vues cent fois, ces photos de Laura me procuraient toujours un haut-le-cœur. L'image de la détresse de mes parents passa comme un fantôme. Impossible de concevoir ce qu'avait dû ressentir ma mère en découvrant le cadavre ensanglanté dans le monte-charge. Ce souvenir décupla ma motivation.

Puis ce fut au tour des empreintes digitales, passées à la poudre noire pour les identifier puis collées sur des cartes blanches avant d'être photographiées. Près d'un monte-charge comme celui où Laura avait été découverte, autant chercher une aiguille dans une botte de foin.

Je retrouvai une note écrite de ma main qui m'était totalement sortie de l'esprit. La responsable des archives m'avait appelé en septembre 1992 pour signaler qu'un policier de la brigade des mœurs était venu demander le dossier de Laura. Un certain Johnny Greenwich. Me revint alors en mémoire que, constatant qu'il n'avait pas fait la démarche de me joindre, j'avais estimé que son enquête n'avait rien donné.

J'épongeai délicatement la sueur qui coulait sur mon œil tout en étudiant le rapport du légiste de 1968. Je virai quelques post-it et épinglai ensuite les schémas de son autopsie sur le tableau. Je délaissai les quatre impacts qui cristallisaient jusqu'alors toute mon attention pour me concentrer sur ce qui ne semblait pas fondamental de prime abord. Le légiste avait relevé des mycoses sous un pied, une fracture de la molaire vingt-huit et, sans plus de détails, une cicatrice légèrement boursouflée d'un centimètre de long au niveau de sa hanche droite.

Je trouvai la deuxième expertise réalisée en 1990 pour vérifier la présence de cette marque que j'avais classée dans les blessures fortuites. Le deuxième légiste la décrivait avec plus de précisions : dans la partie supérieure de l'os de la hanche au niveau de la crête iliaque, elle était dite « cicatrice chéloïde », au relief caractéristique, ajoutant que c'était une forme de cicatrisation génétique. C'était aussi ainsi que je cicatrisais et je venais d'en découvrir la raison.

Ce détail me tarabusta au point que j'attrapai le jeu de photos pour vérifier si ce détail était visible sur Laura. Il y en avait une vingtaine, la plupart prises au Polaroid. On la voyait très souvent entourée des quatre amies de son âge, dans des lieux très divers. L'une, magnifique, en noir et blanc, avait été prise en argentique. Laura était en tête d'un cortège de jeunes femmes et tenait l'extrémité d'une banderole « *Love, not war* », probablement lors d'une manifestation féministe. Le photographe avait réussi à saisir toute la détermination qui se lisait sur le visage de ma sœur, les yeux habités, le bras tendu au poing levé. Mais aucune photo ne montrait la moindre cicatrice. Je passai en revue tous les clichés afin de les imprimer dans ma mémoire. Je pris ensuite une feuille sur laquelle j'écrivis « vérifier cicatrice hanche droite » que je punaisai sur le tableau de liège.

Ma chemise en lin était collée sur mon dos. De grosses gouttes de sueur s'accumulaient sur mes sourcils. Tous mes sens étaient en éveil. J'étais absorbé dans une concentration totale et m'étonnai de la sérénité qui me guidait. Je pris ensuite une douche froide en méditant sur cette histoire de cicatrice. Je récupérai dans mon pantalon mon portefeuille, du cash, et le fragment de météorite offert par Debbie avant d'en enfiler un propre. J'hésitai un court instant à garder la pierre avec moi, d'autant qu'elle pesait son poids. Finalement, je la glissai dans la poche avant droite.

Je m'attaquai aux résultats sanguins. Laura semblait clean. Aucune trace d'une quelconque substance illicite. L'époque avait pourtant été le terreau fertile d'une subculture où drogue et musique s'étaient élevées vers des sommets d'excentricité créative. Sous les amplis de Jimi Hendrix ou de Janis Joplin, les psychotropes s'étaient taillé la part du lion dans la recherche d'un esthétisme débridé, riche d'expérimentations sonores et visuelles.

Je punaisai également le rapport effectué sur les vêtements que portait Laura avec la description de l'ADN inconnu datant de 1968, détecté sur une minuscule tache de sang retrouvée lors de cette autopsie réalisée en 1990 suite à l'affaire Cole Johnson, l'ADN-INC68.

J'en arrivais aux transcriptions d'interviews des proches effectuées après l'assassinat de ma sœur. Le groupe des quatre jeunes filles amies de Laura, approximativement du même âge, clamait leur douleur et leur incompréhension, mais sans donner le moindre indice ni la moindre piste. Il y avait leurs noms et emplois du temps au moment du crime, lesquels avaient été vérifiés par les collègues de l'époque. Elles s'appelaient Siobhan Krieg, Rosemary Whitmore, Suzan Delea et Jane Garcia.

Me revint alors en mémoire que je n'avais pu rencontrer que les deux premières lorsque j'avais repris le dossier après ma mutation à New York. J'avais bien essayé de joindre les deux autres mais, faute de moyens informatiques et de recoupements, je dus renoncer, d'autant que les deux interviewées n'avaient pas non plus de relations avec elles. Dans mon souvenir, je ne m'étais pas montré sous mon meilleur jour… Une fois les résultats de l'autopsie de 1990 connus, je les avais asticotées séparément afin de les pousser dans leurs derniers retranchements, et leur avais demandé un test ADN prélevé sur leurs parois buccales pour le comparer avec cet ADN-INC68. Le résultat les avait innocentées toutes les deux et je m'en étais sorti avec de plates excuses.

Après réflexion, je finis par me convaincre que je n'avais rien à perdre à les réinterroger d'autant que la mémoire des témoins fonctionnait souvent à retardement. Je fixai leurs noms sur le tableau puis j'allai voir Joséphine dans sa chambre. Elle était en train de se vernir les ongles des pieds.

— Je vais avoir besoin de tes talents de scrappeuse.

— Enfin, fit-elle avec un sourire. Qu'est-ce qu'il te faut ?

— Tout savoir sur quatre amies que fréquentait ma sœur, et ce aussi loin que tu puisses remonter dans le temps. Leur vie, leurs passions, les endroits qu'elles ont fréquentés, leurs coordonnées. C'est une des rares pistes que je peux exploiter. C'est possible ? Je viens de composer leurs numéros et ils ne sont plus en service.

— Bien sûr. Il faut juste que j'aille sur l'ordinateur de la fac pour écrire un programme. Ça va prendre une bonne journée, voire plus. Ne t'étonne pas si je tarde à rentrer.

J'écrivis les quatre noms sur un papier. Il était temps de m'occuper du couteau retrouvé au domicile d'O'Sullivan. Je composai le numéro de Dewayne. Il décrocha tout de suite.

— Je ne te dérange pas ?

— Pas le moins du monde, répondit-il de sa voix suave. Que puis-je pour le Sinatra des détectives privés ?

À ce stade, il était inutile de lui exposer mon plan en détail. Je lui résumai mes dernières avancées, lui laissant le temps de prendre conscience que cela pourrait servir sa pouliche Rachel Washington. Son ton devint professionnel. L'avocat prenait le pas sur l'ami.

— Le couteau avec les traces de sang et les aveux de Gregor posent problème.

— J'ai une petite idée pour l'expliquer mais ça demande vérification. O'Sullivan aurait fait acheter au Russe l'arme du crime chez *Korin*, à Tribeca. Ce qu'il nie farouchement.

— C'est quoi ce magasin ?

— Ils vendent des couteaux de tous types. Beaucoup pour la cuisine. L'avocat d'O'Sullivan a essayé *via* un enquêteur, sans succès. Il semblerait que Selfridge ait tout verrouillé. Et…

— … Et tu aimerais beaucoup que je demande à l'un des limiers d'Innocence Project, répondit-il en lisant dans mes pensées.

— Vous êtes rompus à la recherche de preuves pour faire libérer des innocents. Tu m'avais confié que tes enquêteurs étaient de vraies fouines.

L'ami reprit le dessus. Il raccrocha en promettant qu'il ferait le nécessaire, sans garantie. Je me mis alors à faire ce que je faisais le mieux : m'armer de patience.

Chapitre 14

Je passai les deux jours suivants à prendre soin de mon arcade et à assister de loin aux passes d'armes par personnes interposées entre Selfridge et Pendleworth. Je procédai bien à quelques tentatives pour réfléchir à l'enquête mais je réalisai que je n'avançais plus, trop obnubilé par la corrélation permanente des assassinats de Samantha et de Laura. Il me fallait lâcher prise et rapidement pour avancer.

La mort de Samantha avait ouvert un chemin permettant de mieux comprendre celle de Laura, bien qu'il restât des angles morts. Je m'étais demandé comment elle aurait jugé ma croisade. Je repensai aux siennes, pour essayer de saisir quelles en étaient les racines. Nous formions une famille en apparence tranquille. Mais des braises couvaient dans ses tripes et s'attisaient devant chaque injustice, avec une propension à en vouloir à l'autorité et à protéger le plus faible. Tandis que je nettoyais sa stèle, des hypothèses m'étaient venues à l'esprit dont une qui aurait pu être déclenchée par un épisode de son enfance. Mon père tirait ses origines du Piedmont et il était de cette génération pour laquelle l'importance d'avoir un fils comme premier enfant était capitale. Il aurait donc pu traduire sa frustration par une autorité excessive contre laquelle Laura se serait dressée. Ou alors, plus simplement, comme les grands photographes de l'époque, Laura avait eu l'œil pour anticiper les bouleversements qui allaient changer la société en profondeur : l'exploitation des femmes, le racisme, la guerre du Vietnam et l'homosexualité que le phénomène underground et la sortie du film *Macadam Cowboy* allaient cristalliser.

En sortant du cimetière, je consultai mon portable en quête d'un message de Joséphine qui avait disparu depuis deux jours. Dewayne me contacta alors que je traversais le Brooklyn Bridge. Je retins mon souffle.

— *Mack the knife*, Thel, attaqua-t-il en faisant référence à un célèbre standard de jazz. J'ai trouvé un élément prépondérant pour ton enquête…

Il laissa sa phrase en suspens. Sa gêne était palpable.

— Mais… ?

— Je ne vais pas tourner autour du pot. Je suis face à un dilemme. Pourrait-on se voir dans un endroit discret ?

Je consultai ma montre.

— Peux-tu être à la maison dans la demi-heure ?

Dewayne sonna vingt minutes après. J'ouvris la porte du loft et attendis sur le palier. Le bruit des pas dans l'escalier indiqua qu'il n'était pas seul. Il franchit les dernières marches. Sa masse passa devant la fenêtre du couloir, ce qui plongea pratiquement mon entrée dans la pénombre.

Je clignai des yeux et finis par distinguer la femme noire qui le suivait. Dewayne scruta mon regard et s'enhardit :

— Oh putain, qu'est-ce qui t'est arrivé ?

— Rien. Un malentendu.

Il tenta un trait d'humour pour briser la glace.

— Tu as chanté *My Way* devant des Philippins ?

Il faisait référence à une information récente qui circulait dans le milieu des musiciens : un treizième meurtre encore perpétré par un public philippin très éméché venait d'avoir lieu à Manille à l'encontre de quelqu'un qui chantait faux ce standard mondialement connu. On ne rigolait pas là-bas avec le karaoké.

— Désolé de débarquer dans ces conditions. Tu vas comprendre pourquoi. Je te présente…

— Je sais qui c'est, fis-je, un peu pète-sec. Bonjour madame Washington.

Je leur proposai de rentrer, indiquai un endroit où poser leurs affaires et les incitai à s'installer autour de la table de la cuisine. Rachel Washington s'assit avec grâce. Ses cheveux noirs lissés étaient ramenés en chignon. Elle faisait moins que son âge et je remarquai son menton volontaire qui terminait un joli visage. Elle était vêtue d'un jean et d'une chemise blanche aux boutons nacrés. Ses mains étaient parfaitement manucurées et plusieurs bracelets enserraient ses poignets. Dewayne prit la parole :

— Nous venons confidentiellement. Ce que j'ai découvert grâce à toi peut…

Rachel Washington posa sa main sur son avant-bras et le stoppa dans son élan. Elle secoua la tête, se racla la gorge et déclara d'une voix douce :

— C'est moi qui ai forcé la main de Dewayne. Il est mon conseiller et avant tout un ami. J'aurais pu exploiter ce qu'il a découvert mais connaissant vos liens amicaux, nous avons décidé de vous en parler.

Dewayne reprit la parole :

— Le couteau Matsushita a été acheté le lendemain du meurtre de Samantha ! À 9 h 50 selon la copie du bon d'achat.

Des frissons me parcoururent. Je retins un sourire de satisfaction devant la confirmation de ce que j'avais imaginé.

— Comment as-tu fait ?

— Je t'avoue que je ne voyais pas par quel bout prendre ta demande. J'ai contacté pas mal de monde, sans succès. Je me suis souvenu de la stratégie utilisée pour faire tomber Capone sur un point mineur concernant l'irrégularité de ses impôts. Je me suis dit qu'il y avait peut-être des revenus de cette boutique non déclarés au fisc, ou une compta borderline. L'un de mes avocats partenaires est celui qui négocie avec la justice et l'IRS les montants des indemnités réparatrices versées aux malheureux qui ont croupi plus de trente ans en prison.

L'Internal Revenue Service était l'agence fédérale qui collectait les impôts, les taxes et veillait à faire respecter la fiscalité. Son pouvoir était immense. Dewayne avait cette capacité de faire bouger les choses sans esbroufe, mais avec beaucoup d'imagination. Ses rédactions juridiques étaient réputées comme les meilleures du genre, avec toujours ce souci de simplicité et d'accessibilité. Et il était opiniâtre mais savait lâcher du lest quand il le fallait.

— Mon confrère y a beaucoup de copains et il leur a demandé un service en faisant croire que ça nous aiderait à faire libérer un innocent. L'un des inspecteurs de l'IRS s'est pointé ce matin chez *Korin* et a montré sa carte fédérale. Le propriétaire était d'abord assez sûr de lui et il a expliqué que la vidéo avait eu un problème, tout comme sa compta. Il a même affirmé qu'il n'avait jamais vendu de Matsushita à des policiers ce fameux samedi matin. Ça sentait la manip à plein nez. Mais ils avaient tous oublié un détail sur lequel a misé l'inspecteur : le Matsushita est un couteau très en vogue mais chaque couteau de ce type est vendu avec un certificat de garantie numéroté et… ces cons-là l'ignoraient parce que le vendeur paniqué avait oublié de le leur dire ! Ils devaient être pressés d'accabler O'Sullivan. Mais un talon est conservé sur le carnet des certificats. Notre inspecteur a donc passé en revue les attestations émises, a comparé les numéros avec les couteaux en stock et, manque de pot pour le propriétaire, il en avait entre-temps vendu un autre. Donc le nombre de certificats émis ne correspondait pas avec le nombre de couteaux vendus. Notre ami a donc suggéré que ce n'était pas un fait isolé, que l'IRS allait éplucher toute sa compta depuis cinq ans. Il l'a même menacé de fermer le magasin le temps d'une enquête qui remonterait jusqu'à la maison mère et s'intéresserait aux vingt-deux autres points de vente. Le propriétaire a alors pris peur. Notre inspecteur lui a proposé un donnant-donnant. Il a finalement avoué que des policiers qui accompagnaient un type à l'accent russe, dont un type chauve, lui avaient acheté le couteau, demandé de garder le silence et d'effacer les vidéos du magasin. Il fut évidemment convenu qu'il ne s'épancherait pas auprès des flics.

La pression des derniers jours retomba d'un coup.

— Ces salopards ont donc replanté à la morgue ce couteau dans le corps pour qu'il y ait le sang de Samantha dessus. Le légiste est forcément de mèche…

Rachel Washington dévoila un sourire.

— Vous voyez où en est notre justice ? Une mafia ! Je peux faire tomber Selfridge. Comme ça, fit-elle d'un claquement de doigts.

Je voyais clair dans leur jeu.

— Il n'en demeure pas moins qu'il vous reste un problème : Pendleworth, deuxième dans les sondages. C'est lui qui en profitera.

— Tu as raison, rétorqua Dewayne sur un ton conciliant. Thel, ne prends pas mal ma démarche. Nous pensons que nous avons encore toutes nos chances. On se connaît depuis longtemps. Cette preuve est essentielle et démontre une fois de plus les exactions de Selfridge. Mais je peux te promettre que nous n'utiliserons pas cet argument si tu refuses.

Un silence pesant s'installa entre nous. Ils me laissaient mesurer le pour et le contre. Je plantai mon regard dans celui de Washington.

— Vous en êtes où dans le financement de votre campagne ?

— On racle les fonds de tiroir, il nous manque quelques millions mais on va y arriver !

Il apparaissait de plus en plus clair que Rachel Washington était une battante qui faisait tout pour être en position de l'emporter. Je me demandai si réussir et prouver sa valeur n'étaient pas pour elle synonymes d'exister, une façon de recevoir de l'admiration.

— Pouvez-vous tous les deux me donner votre parole d'honneur que vous supporterez à la lettre le plan OneNYC de Samantha ?

Rachel Washington posa ses mains sur la table et énuméra un à un tous les éléments clés du programme pour bien démontrer sa totale implication.

— Nous allons ouvrir une nouvelle ère sociale dans la justice de cette ville, conclut-elle.

— Très bien. Alors faites-moi confiance et laissez-moi deux, trois jours pour exploiter l'information, vous pourrez vous en servir après. D'ici là, concentrez vos forces sur votre campagne et puis, si jamais vous deviez réussir votre pari d'être élue, il se pourrait que je vous demande de m'aider à récupérer ma carte de détective.

Je me rendis après leur départ au *copy shop* du coin de la rue pour scanner les documents importants sur une clé.

Joséphine arriva au moment où je nous concoctais un gaspacho des familles. Elle posa son ordinateur sur la table de la cuisine. Elle avait les yeux cernés.

— Voilà déjà ta dernière vidéo prise au drone à Central Park. Pour le reste, des quatre copines de ta sœur, deux sont décédées. Suzan Delea et Jane Garcia.

— Tu sais comment ?

— Non, elles sont mortes assez jeunes. Mais il n'y a aucune précision. Il reste Rosemary Whitmore qui réside à Baltimore et Siobhan Krieg à New York. Je t'ai mis sur ce papier leurs numéros de téléphone et adresses électroniques. Tu es prêt ?

J'empoignai mon carnet de notes et un stylo. Joséphine commença par Rosemary Whitmore. Elle était venue au monde à Fort Lauderdale et avait suivi ses parents lorsqu'ils s'étaient installés à New York pour des raisons professionnelles. À 16 ans, elle s'était entichée d'un musicien noir, avait quitté le domicile familial et s'était engagée dans la défense des droits des prostituées. Son militantisme fut de courte durée. Elle rentra ensuite dans le rang. Elle passa les années suivantes dans le Queens à suivre des cours de droit. Rosemary eut un premier enfant avec un policier du Bronx dont elle divorça quelques années après. Un deuxième vint au monde à la suite d'une nouvelle union avec un policier de la route cette fois, qui était décédé d'une longue maladie il y a quelques semaines. Divers réseaux sociaux montraient une jolie rousse qui portait bien ses 75 ans, souvent d'allure joviale et souriante, postant régulièrement des maximes de développement personnel.

— Selon moi, elle est plutôt clean. Elle a passé le reste de sa vie à enseigner dans une école de surdoués à Baltimore où elle réside, et à voyager. Elle est tout le temps par monts et par vaux. Aucune infraction relevée, plus d'activisme depuis longtemps, rien sur les dossiers de la police et du FBI. Elle a tout d'une femme paisible et normale, ayant vécu aux côtés d'un représentant de la loi. Ce qui n'est vraiment pas le cas de l'autre et je me suis plutôt concentrée sur elle.

— Pourquoi ?

— Tu verras, il y a des trucs pas clairs !

— Mais elle a été innocentée par un test salivaire en 1990 ! Comme Whitmore.

J'allai chercher mes notes et les lui montrai.

— Et je les avais dénommés ADN-salivaire-Krieg et ADN-salivaire-Whitmore. Aucun ne correspondait avec l'ADN-INC68 retrouvé sur les vêtements de ma sœur.

— Peut-être, mais attends quand même la suite…

Joséphine expliqua que Siobhan Krieg était née à Tulsa la même année que ma sœur et avait connu une enfance mouvementée. Dernière d'une fratrie de huit, elle avait été placée dans un pensionnat de bonnes sœurs de l'Oklahoma et les choses s'étaient mal passées. Elle avait fugué à plusieurs reprises, frappé des religieuses, fait des crises d'hystérie, ce qui avait conduit l'établissement à la placer quelque temps dans un service psychiatrique.

— J'ai retrouvé sur les réseaux plusieurs citations de gens qui ont connu Jane Garcia ou Siobhan Krieg et qui ont apporté des précisions sur leur parcours. Là par exemple, il y a une certaine Anny Classen qui a fréquenté Siobhan au pensionnat jusqu'à ses 14 ans et qui a répondu sur la communauté Facebook que j'ai créée pour l'occasion. Elle y indique qu'il y aurait eu plusieurs viols de jeunes filles passés sous silence par le directeur et que Siobhan faisait partie du lot. Il y a eu une enquête à l'époque par des flics locaux, sans suite.

Je demeurai interloqué, tant par la qualité des recherches de Joséphine que par l'ignominie des faits évoqués, et cela balaya mes dernières réticences sur la provenance borderline de ses informations. À mon époque, on ignorait malheureusement tout des abus sexuels de l'enfance et ce n'est qu'à partir du dernier tiers de ma carrière que j'y avais été confronté. De nombreuses plaintes étaient toujours en cours contre des orphelinats et des pensionnats chrétiens. Les conséquences psychologiques sur les jeunes victimes étaient désastreuses : inadaptations psychologiques et sociales, symptômes post-traumatiques, détresse, comportements sexuels problématiques, paralysie émotionnelle, difficulté de perception de soi et des autres, peur, anxiété, isolement, déni, crises de panique, boulimie ou anorexie. Un grand nombre de femmes victimes d'abus réagissaient vivement lorsque quelque chose leur rappelait cette violence. Seul un tiers arrivait à s'en remettre à peu près.

— Comment as-tu trouvé tout ça ? Ton père et moi, on mettait six mois au bas mot pour avoir ces éléments. Il fallait étudier des tonnes de papiers, faire défiler des kilomètres de microfilms. L'informatique et l'ADN nous ont grandement aidés dans nos dernières années, mais pas à ce point-là… Et je m'en sors très bien encore maintenant, sans maîtriser tout ça. Il faut avouer que mes dossiers de détective privé sont plus simples à résoudre.

— La Toile, Thel, la Toile ! Je te l'avais dit. Avec les bons logiciels, tu fais ce que tu veux. Tu craques de nombreux fichiers, même ceux du FBI. Et j'ai brûlé l'huile de minuit ! J'ai programmé un agent, combiné à la technologie LightOn, ce qui m'a pris un sacré temps. Il fallait que j'entre tout un tas de codes et de mots-clés. Une sorte d'espion qui s'infiltre dans la Toile à la recherche de toutes les données. L'agent a fait tout le boulot à ma place en recherchant n'importe quelle source qui parlait d'elles. Fichiers de décès et de naissance, diplômes, contacts, infractions, rapports de police, articles… J'ai téléchargé les réponses depuis l'ordinateur de l'école. Même si ça remonte à loin, on peut bénir toutes les petites mains qui scannent dans tous les États des tonnes de documents pour les mettre sur informatique, sans compter la force des réseaux sociaux.

Joséphine reprit ses explications en cliquant au fur et à mesure sur différents liens. Siobhan Krieg était ensuite partie comme Laura à New York en 1968 pour rejoindre les mouvements féministes.

— Regarde, on retrouve une photo en noir et blanc de cinq jeunes filles dont Laura. Siobhan est clairement blonde, avec des cheveux longs. Elles avaient pris un nom de guerre, « La Sorellanza », ce qui en italien veut dire une forme de solidarité féminine qui poursuit un but commun.

— C'est un mot qu'on utilisait en famille ! Le sens est encore plus fort que ça. Il s'agit plus d'une organisation fraternelle au sens d'un sentiment de solidarité mutuelle entre femmes, fondée sur une communauté de conditions, d'idéaux et d'aspirations, qui porte un espoir, un manifeste, un refuge universel. Comme un mot d'ordre qui donne du courage. On l'appelle aussi sororité.

Je me penchai pour mieux examiner la photo. Laura était au centre, Siobhan Krieg à ses côtés. Je reconnus aussi ses trois autres amies. Elles étaient très belles, toutes vêtues de treillis militaires. Je ne sus ce qui m'émut le plus : le côté à la fois touchant, bravache et anticonformiste de leur démarche, ou la découverte d'un autre portrait de ma sœur. Joséphine sentit mon trouble. Elle passa sa main dans mon dos dans un geste réconfortant.

— Notre génération ne connaît pas tout ça. On est vraiment des petites joueuses à côté d'elles. Il fallait un sacré courage pour affronter toutes les injustices de l'époque. Si ça peut te réconforter, ça m'ouvre sacrément les yeux. Regarde celle-ci, précisa-t-elle en cliquant sur un nouveau fichier.

Sur un autre cliché en couleur, ma sœur prenait une pose étonnante : tout sourire, vêtue d'un short en jean à franges, sandales aux pieds, tee-shirt Ucla, bandana sur les cheveux, elle entourait de son bras gauche le cou de Siobhan, sa main se finissant par un index pointé en direction du cœur de son amie. De l'autre, elle relevait son tee-shirt au niveau de sa hanche droite en pointant de l'index droit la cicatrice boursouflée que je distinguais nettement. Le geste de Laura m'interpella au point que je me levai pour relire le compte-rendu du légiste. Je me rassis sur ma chaise, mains derrière la tête, plongé dans une intense réflexion. Difficile de mesurer si ce détail revêtait une quelconque importance mais mon instinct m'engageait à poursuivre. J'imprimai la photo en couleur pour la garder sous le coude.

Nous continuâmes à étudier le parcours de Siobhan qui l'emmenait dans le secteur de la restauration. Ses fiches de salaire indiquaient qu'elle avait été responsable de cuisine pendant plus de trente ans dans différents établissements de Manhattan.

— J'ai aussi découvert que c'est une fana de bouffe. Regarde là, elle poste depuis de nombreuses années des recettes avec des photos. Tu connais ma passion pour la nourriture japonaise. Elle s'en inspire dans sa cuisine fusion.

Je me penchai. Les cheveux de Siobhan grisonnaient au fil des années. Puis un détail me sauta aux yeux et mon sang ne fit qu'un tour.

— Tu vois ce couteau sur ces images, montrai-je de l'index. Peux-tu faire un agrandissement ?

Je retins mon souffle. Quelques secondes plus tard apparut un Matsushita, qu'elle tenait toujours de la main gauche. Je pris ma tête entre mes mains et me frottai le front et les pommettes. Toutes les données s'entrechoquaient dans mon cerveau.

— Là, c'est son site. Elle est chef à domicile et propose des cours particuliers.

Je me levai en jurant et attrapai mon portable. Deborah décrocha presque tout de suite. Je lui demandai s'il lui était possible d'être présente demain matin à l'appartement de sa mère pour m'ouvrir. Elle accepta et nous convînmes de nous y retrouver à 9 heures.

— Qu'est-ce qui se passe, Thel ? questionna Joséphine.

— Rien, *sweetie*, une intuition que je voudrais vérifier. Tu as découvert autre chose sur le plan médical par exemple ?

— Juste le fait que Siobhan a fait plusieurs séjours à l'hôpital. Mais impossible d'en savoir plus sans accès. L'univers médical est un mur de silence.

Riche de ses nombreux stages effectués en milieu hospitalier, Joséphine expliqua comment fonctionnait l'administration d'un hôpital. Chaque membre du personnel recevait un code numérique pour se connecter à un ensemble de fichiers.

— C'est le plus difficile à craquer. Il faudrait trouver quelqu'un qui a conservé le sien ou qui travaille toujours dans ce milieu.

— Mais ils ne sont pas effacés automatiquement ?

— Eh non ! C'est pour ça qu'il y a des petits malins qui rackettent des hôpitaux en menaçant de dévoiler les données confidentielles. C'est un grand classique d'oublier de retirer les codes de la circulation.

— Tu as ça dans ton carnet d'adresses ?

— Non, je n'étais qu'une stagiaire. Est-ce si important ?

— Impossible à dire. Mais l'évocation des nombreux séjours hospitaliers fait écho.

Chapitre 15

Je m'étais levé à 6 heures après une nuit de cauchemars, dont l'un m'avait réveillé en sursaut. Laura se débattait dans des sables mouvants, un bras tendu vers le ciel. Elle hurlait et, pour une raison étrange, j'étais comme immobilisé par d'immenses racines qui m'empêchaient de la secourir. Je me rendis à la salle de bains. La blessure était en bonne voie de guérison et ma pommette reprenait sa forme initiale.

Joséphine avait laissé un mot indiquant qu'elle ne rentrerait que le soir tard. J'allumai les infos pour voir le temps qu'il ferait. Les sondages s'emballaient toujours en faveur de Selfridge.

J'arrivai devant l'immeuble de Samantha aux alentours de 8 h 45. Deborah m'attendait devant. J'anticipai sa question en disant que je m'étais cogné par inadvertance. Nous nous rendîmes à l'appartement. Les scellés de la scène de crime avaient été retirés. Les clés entre les mains fébriles de Deborah butaient sur la serrure. Je les lui pris et nous entrâmes.

L'appartement était plongé dans la pénombre. Les lieux donnaient l'impression que personne n'y était venu depuis longtemps. Nous aérâmes la pièce et ouvrîmes tous les rideaux. La vue sur Roosevelt Island était époustouflante même si la lumière vive atténuait la perception de l'architecture environnante. Le brouhaha étouffé de la ville tapait sur les vitres au son d'une caisse claire. Big Apple était une immense sono branchée nuit et jour qui diffusait un ballet de klaxons et de moteurs rugissants, de hululement de sirènes, de marteaux-piqueurs et de vrombissements d'avions. Un phénomène accentué par les gratte-ciel qui formaient des « canyons » de réverbération sonore. J'avais toujours pensé que les gens marchaient vite pour échapper à ce vacarme.

Je revins dans le salon. Des fantômes de différentes scènes de bonheur vécues dans ces lieux refirent surface et me saisirent aux tripes.

Debbie prit la parole :

— Où est-elle morte ? chuchota-t-elle comme si nous étions des voleurs.

D'un geste du menton, je lui indiquai l'emplacement. Heureusement le tapis avait été retourné. Nous demeurâmes silencieux quelques instants dans un recueillement respectueux.

— Qu'as-tu découvert, Thel ? Qu'est-ce qu'on cherche ?

— Ta mère prenait des cours de cuisine avec un chef. J'aimerais savoir qui est cette personne. On n'a rien retrouvé quand on a scanné ses appels et ses textos. Rien dans l'informatique non plus. Et ça, c'est étonnant d'autant plus qu'ils se rencontraient ici.

— Viens, allons voir dans la cuisine. C'est là qu'elle gardait les carnets où elle notait ses recettes.

Nous avançâmes avec précaution. Il y avait là deux piles de livres et de cahiers superposés.

— Prends cette pile-là, je m'occupe de l'autre. On recherche des noms de chefs et surtout une certaine Siobhan Krieg.

— C'est qui celle-là ?

— Je t'expliquerai.

Je pris ma pile et m'installai derrière son bureau, en pleine lumière. Deborah opta pour le canapé et la table basse et nous nous mîmes à l'ouvrage. Un silence studieux s'installa, interrompu par le bruit des pages qui tournaient. Les recettes de cuisine traduisaient souvent le caractère des gens. J'y retrouvai la générosité, le goût des couleurs et du multiculturalisme de Samantha. Elle prenait ses décisions en accordant beaucoup d'importance aux émotions et aux facteurs humains. Bref, elle faisait partie de ces gens qui sont persuadés que l'on gagne son ciel sur la terre.

Mes yeux se plissèrent devant chacune de ses annotations et Deborah fit de même. Les minutes de silence se fondirent entre elles, jusqu'au moment où elle se leva en tenant un cahier avec des feuilles volantes et des recettes découpées dans des magazines. Sa voix trahit une espèce d'urgence :

— Là ! Regarde. Il y a une Siobhan Krieg qui est citée à plusieurs reprises.

Elle avait raison. Nous cherchâmes fébrilement dans d'autres cahiers pour trouver une chronologie. En constatant que Samantha prenait des cours avec Krieg depuis dix-huit mois environ, je ressentis cette satisfaction d'avoir trouvé un indice très positif dans cette enquête. Deborah m'observait, interrogative.

— Tu la soupçonnes ?

— Elle a été innocentée par son ADN. Il y a quelque chose que je ne comprends pas. Tout l'accable mais ce n'est pas elle. Quelqu'un veut probablement lui faire porter le chapeau. Ceci n'a rien à voir mais je veux bien que tu me fournisses ton relevé d'identité bancaire.

— Dans quel but ?

— Ce sera peut-être Noël avant l'heure. Par hasard, connaîtrais-tu quelqu'un qui aurait un poste important dans l'administration d'un hôpital ?

— Pourquoi ?

— C'est au sujet de l'enquête. Une intuition que je veux suivre.

Après une profonde réflexion, sa réponse fut négative.

Je rentrai au loft vers les 11 heures. Un vieil adage disait que la justice dépendait de ce que le juge avait pris comme petit déjeuner. La tendance aux décisions favorables envers les accusés était plus forte lorsqu'un jury s'était nourri juste avant. En somme, plus on réfléchissait, plus on consommait de glucose. Au fil du temps nos réserves s'épuisaient au point qu'on devenait de plus en plus irascibles. Certains de mes amis avocats préféraient ainsi plaider tôt le matin ou en début d'après-midi pour obtenir les décisions les plus favorables pour leurs clients. Tenant compte de ces faits, j'avais pris l'habitude de bien m'alimenter dès le matin pour mieux réfléchir sur mes enquêtes, et d'appeler un interlocuteur après son petit déjeuner ou son déjeuner afin de le trouver dans les meilleures dispositions possibles. C'était donc le bon moment pour contacter les deux amies de ma sœur.

Je composai d'abord le numéro de Rosemary Whitmore. Je ressentis des picotements dans le ventre à chaque sonnerie, jusqu'au moment où je tombai sur sa messagerie. Je laissai un message et me rabattis sur celui de Siobhan Krieg. Elle décrocha. Mon cœur fit un bond. Je respirai un grand coup avant de me présenter, puis demandai à la rencontrer en fin d'après-midi, ce qu'elle accepta sans hésiter.

J'allumai ensuite la télévision. Les médias faisaient leurs choux gras de la libération conditionnelle de Jimmy O'Sullivan. 1 300 000 dollars de caution. Ils n'y étaient pas allés avec le dos de la cuillère. Les images le montraient souriant, le bras levé dans un geste de triomphe. À ses côtés son avocat qui se félicitait de la décision et clamait l'innocence de son client. Richard Pendleworth était également interrogé sur son appréciation d'un possible coup de théâtre dans l'élection. Avec une économie de mots, il expliqua que s'il l'emportait, les procureurs recevraient des consignes pour monter des dossiers plus solides et qu'il lancerait une réforme de la justice dès son arrivée pour protéger avant tout les citoyens. Jimmy O'Sullivan était assigné à résidence, portait un bracelet électronique, et ce jusqu'au 27 septembre, date de son procès. Défilèrent ensuite des images de meetings de campagne des trois candidats avec force slogans et pancartes rouges et bleues.

Mon attention se polarisa sur la prise de parole de Rachel Washington. Vêtue d'un tailleur bleu qui faisait ressortir sa peau foncée, elle s'exprimait derrière un pupitre au cours d'un rassemblement. Une foule munie de pancartes électorales applaudissait à tout rompre. Washington dégageait beaucoup de charisme et mettait en avant les points forts de sa campagne dans un exposé intelligent, sensible et structuré, qui n'aurait pas déplu à Samantha. Au lieu d'attaques frontales contre ses concurrents, elle alternait plutôt les sourires dévastateurs et les phrases chocs en écartant fréquemment les bras dans un souci d'apaisement. Son énergie positive était communicative.

Le moment était venu d'appeler Alex pour une franche explication mais il ne décrocha pas. Je contactai ensuite son commissariat. Une collègue indiqua qu'il serait présent en début d'après-midi.

Un soleil de plomb anesthésiait déjà la ville. Le ciel n'était qu'un vaste désert bleu. Je sortis la Mustang pour aller prendre un café avec Phil Bradley, lui confier une enveloppe contenant les scans, la dernière vidéo et un compte-rendu. Je me dirigeai ensuite vers le dix-neuvième commissariat, sur l'Upper East Side.

Une certaine effervescence y régnait. La chaleur provoquait toujours une augmentation des voies de fait. Je me présentai à la policière de l'accueil, mentis sur le fait que j'avais rendez-vous, et m'engageai d'un pas assuré en scrutant chaque bureau. Alex était dans l'avant-dernier, concentré devant son ordinateur.

Il sursauta en me voyant. Je lui fis signe de ne pas s'énerver et de me rejoindre dehors pour une discussion loin des caméras. Je sortis et patientai devant le commissariat, appuyé nonchalamment sur une voiture de police en fumant une cigarette. Il arriva quelques minutes après, une paire de lunettes de soleil sur le nez, l'air exaspéré.

— Qu'est-ce que tu fous là ?

— Je viens sauver tes fesses !

Ma réponse l'interloqua.

— De quoi tu parles ? Et qu'est-ce qui t'est arrivé ? questionna-t-il en pinçant les lèvres, signe que mon capital sympathie venait de s'envoler d'un coup.

Je lui détaillai l'intrusion musclée avec le FBI et tendis le reçu, le compte-rendu de l'inspecteur de l'IRS et les aveux du gérant du magasin de couteaux. Il attrapa les papiers qu'il feuilleta d'abord en diagonale, puis plus soigneusement en fronçant les sourcils. Il s'affala, le dos contre la voiture de police, les documents pendant au bout de son bras ballant. Il demeura un long moment sans rien dire. Des gouttes de transpiration perlaient sur son crâne. Enfin il se retourna, la mine grave.

— C'est quoi ce bordel ? fit-il d'une voix légèrement tremblante, entre appréhension et panique.

— Ce bordel comme tu dis est la preuve irréfutable que vous avez maquillé les preuves pour faire tomber Jimmy O'Sullivan en allant déposer ce couteau dans son sac de golf quand tu as perquisitionné chez lui. Et vous avez été à la morgue jusqu'à planter ce couteau dans le corps de Samantha pour qu'il y ait son sang… C'est dégueulasse ! Vous ne respectez même pas une morte !

— Je… je…

— Vous avez manipulé ce Gregor. Tout ça pour assurer l'élection de Selfridge. Sans compter les autres éléments que j'ai découverts de mon côté sur le vrai coupable. J'imagine votre tête quand vous êtes montés chez Samantha, croyant le choper pour tentative de corruption… Vous avez cru que le sort vous avait aidés en découvrant ce meurtre mais… quand je pense que tu m'as annoncé qu'O'Sullivan était sorti de l'immeuble à 18 h 05 alors que j'ai entre les mains une vidéo qui prouve le contraire. Et ce soi-disant appel anonyme au 911… du pipeau !

Il s'offusqua. Je le coupai dans son élan :

— Ne viens pas insulter mon intelligence en niant, monsieur le chef de département…

Il comprit l'allusion sur sa promotion trop rapide et donna l'impression de s'affaisser de plus en plus. Il réalisait peu à peu qu'il avait misé sur le mauvais cheval. Nos regards se croisèrent. Il y vit une profonde détermination dont il avait été coutumier pendant nos années ensemble et il cessa de réfléchir à de possibles échappatoires. Il me savait capable de convoquer la presse pour le ridiculiser. Il baissa la tête.

— Putain, Thel, c'est un type qui connaît tout sur tout. Je ne sais pas comment il fait mais il est au courant de tout ce qui se passe et cherche à s'entourer de gens à sa botte.

— Moyennant des promotions…

Il baissa la tête de plus belle.

— Je l'ai rencontré il y a quelques mois, dans un cocktail de la police. Il m'a jaugé, m'a demandé que je lui raconte mon histoire, avec qui j'avais travaillé… Il m'a passé de la pommade… Je viens d'un milieu défavorisé, Thel, et tu sais qu'on est payés avec un lance-pierre… Il est fort possible que je lui aie raconté mes années avec toi. Souviens-toi, j'ai voulu t'aider au début de l'enquête, puis il me l'a interdit.

— Qui me dit que tu ne m'as donné un coup de main juste pour m'endormir car tu savais très bien que vous monteriez un dossier béton contre O'Sullivan ?

— Mets-toi à ma place. J'étais entre le marteau et l'enclume… Tu comprends, non ?

Il attendait un acquiescement que je refusais de lui donner. Il y avait de quoi s'interroger sur cette avidité du pouvoir qui pouvait pervertir un flic que j'avais connu intègre. Avec qui j'avais partagé des situations dangereuses, pour lequel je me serais sacrifié sans hésitation. Mais il était inutile de l'enfoncer encore plus car il allait m'être utile pour la suite. Je décidai de mettre fin aux petits bavardages et gardai le silence pour continuer à le déstabiliser. Il regarda autour de lui comme s'il cherchait une issue.

— Qu… qu'est-ce que tu proposes ? balbutia-t-il.

— Tu n'as pas trente-six choix. D'abord pas un mot sur notre discussion. Je te laisse la possibilité de t'en sortir par le haut et d'endosser le rôle de l'ange rédempteur car c'est toi qui arrêteras le vrai coupable. Je te donnerai en temps utile une copie des documents. Tu te démerderas ensuite pour obtenir la démission de Selfridge. Sinon, tu seras entraîné avec lui dans sa chute car sa réélection est très compromise.

— Tu vas donner ces preuves à l'avocat d'O'Sullivan ?

— Voire à Pendleworth… Ça ne te concerne pas.

— Pourquoi venir me voir, moi, et pas Selfridge directement ? Tu pourrais prendre une sacrée revanche.

— Crois bien que ça me démange d'aller le provoquer. Mais il me reste des zones d'ombre et je vais avoir besoin de ton aide. Est-ce que le nom de Siobhan Krieg te dit quelque chose ?

— Absolument pas. Qui c'est ?

— Une amie qui était proche de ma sœur et qui se trouve au cœur d'une énigme autour de son assassinat et celui de Samantha.

Je résumai l'ensemble des découvertes et le pris par les sentiments.

— Souviens-toi Alex, à nous deux, on a coincé pas mal de salauds. Tu te rappelles ? Je ne suis pas là pour te piéger ou te nuire. Au contraire, je te propose une porte de sortie honorable. Je comprends que ça puisse te chambouler toutes ces perspectives de promotion. Je sais d'où tu viens. Je te connais par cœur. J'ai vu ces regards que tu portais à Selfridge pendant les dernières conférences de presse. Il incarne la success-story du père que tu aurais aimé avoir. Mais il te manipule. Il aura aussi un dossier sur toi qu'il ressortira un jour pour te forcer à plus de malversations, voire te faire chanter ou te faire taire. Il fonctionne comme ça. Par la force et l'intimidation. Son système ne peut pas perdurer. Il lui pétera à la gueule bientôt. Si tu me suis, on va coincer le vrai coupable. En plus, on va peut-être résoudre un *cold case* et tu ramasseras tous les lauriers.

Ce qu'il avait pris pour une lubie prenait progressivement de plus en plus de sens. Il se pencha vers l'avant, l'air concentré.

— Que veux-tu que je fasse ?

— On fait équipe comme au bon vieux temps ? demandai-je en tendant la main.

Il topa. J'expliquai alors ce que j'attendais et le quittai.

Je me garai à quelques blocs du *coffee shop* que Siobhan Krieg m'avait indiqué. Ma génération avait assisté à la transformation progressive de produits de base, comme le cacao, en véritables produits de luxe. Le café n'y échappait pas avec l'apparition de chaînes qui offraient des lieux design pour vivre une expérience sensorielle dans une atmosphère relaxante, parfois studieuse. Les *coffee shops* étaient devenus des icônes des quartiers urbains, créant des paysages de rues dynamiques, attirant une fréquentation de plus en plus importante. Telles étaient mes pensées au moment où je m'asseyais, un arabica des Philippines aux notes d'épices devant moi et, sous mon coude, un jeu de photos de Laura avec ses amies. D'agréables effluves de viennoiseries planaient dans l'air.

La clientèle était nombreuse et l'air saturé de conversations. Je surveillais les entrées et sorties en me concentrant sur des femmes de 75 ans aux cheveux gris, et en me basant sur le fait que je l'avais déjà rencontrée quelques années auparavant. Je me sentais fin prêt pour un interrogatoire sans jamais l'incriminer directement, simplement pour éclaircir les faits et comprendre ses motivations. Une approche à petits pas, pour sécuriser les éléments en ma possession et éclaircir certains points.

— Monsieur Avogaddro ?

Je me retournai, surpris de ne pas l'avoir repérée. Se tenait debout une femme longiligne qui ne faisait pas son âge, aux cheveux gris ramenés en une queue de cheval. On lui aurait facilement donné 60, 65 ans tout au plus. Elle avait fière allure avec ses épaules de nageuse. Je me levai et lui proposai de s'asseoir. Elle tenait un café entre de grandes mains de sculptrice et mon premier réflexe fut de les observer dans l'espoir d'y voir des traces ou des blessures, en pure perte. Elle s'installa et posa son petit sac à dos en toile.

— Je me suis dit que c'était vous. Vous êtes dans une tranche d'âge qu'aurait le frère de Laura.

Elle scruta mes stigmates au visage mais ne dit mot. Je pris à mon tour quelques secondes pour la détailler. Elle était en débardeur d'une grande marque et portait un pantalon noir et des baskets à la mode. Une femme mince et musclée, tout en nerfs et aux veines saillantes des mains jusqu'en haut du cou. Les joues creusées et les pommettes hautes, les lèvres fines presque transparentes, le nez légèrement retroussé à l'arête nasale prononcée, les yeux gris et très peu de rides. Pendues à ses oreilles, deux fines boucles en argent. Le genre à ne faire qu'un repas par jour et sans viande. Malgré les efforts qu'elle faisait pour la cacher, elle dégageait une gêne qui me troubla.

— Vous vouliez me voir ? dit-elle d'un ton distant.

— Oui, et je vous remercie d'avoir accepté. J'enquête sur la mort de Laura.

Une légère tension s'installa d'un coup et son regard partit instinctivement vers la droite. Elle recula sur sa chaise et croisa les bras, sur la défensive.

— C'était quand déjà ? 1968 ? 1969 ?

— 1968. Vous étiez l'une de ses amies et je vous ai déjà interrogée lorsque j'ai été muté ici.

— Ah oui, je n'en garde pas un souvenir agréable car vous m'aviez mis une pression de dingue. Vous m'avez même obligée à faire un test ADN salivaire pour le comparer avec celui retrouvé sur la tache de sang sur les vêtements de Laura.

— Je l'avais appelé ADN-salivaire-Krieg. Et il était négatif, je sais…

— Vous êtes toujours détective au NYPD, c'est ça ? demanda-t-elle tout en dénouant ses cheveux.

— Je l'étais. Je suis à mon compte maintenant.

— Écoutez, c'est loin tout ça, j'ai tout dit à la police à l'époque et à vous certainement. Mais quel choc ça a été. Je me souviens que nous avons toutes été dévastées. Nous étions cinq amies proches.

— La fameuse Sorellanza…

Elle eut un petit sourire.

— Vous êtes toujours en contact avec les autres ?

Elle but une gorgée avec des gestes lents et maîtrisés.

— Non, nous nous sommes perdues de vue ensuite. Je n'ai plus jamais eu de nouvelles.

— Permettez-moi de revenir sur votre parcours et votre enfance. Selon mes informations, il semblerait que vous ayez subi certains sévices lorsque vous étiez dans votre pensionnat de bonnes sœurs.

Son visage se crispa d'un coup et elle arrêta de respirer quelques secondes avant de répondre sur un ton véhément :

— C'est dégueulasse de me ramener à ça…

— Navré, je ne voul…

— Putain de directeur ! Il me violait régulièrement. J'avais 12 ans. 12 ans ! J'ai eu du mal à m'en remettre. J'entendais des voix dans ma tête, j'étais prise de crises d'angoisse, j'ai fait de l'anorexie, j'ai commencé à me droguer, j'avais des pensées suicidaires…

Sa voix montait tantôt dans les aigus, tantôt dans les graves tandis qu'elle s'acharnait sur son gobelet de sa main gauche. Ses pupilles se dilataient au fur et à mesure, laissant deviner une grande fragilité. Il était clair qu'elle consommait des adjuvants. Mais au-delà, le rappel de son parcours d'enfance, son absence d'empathie, ce fort sentiment de persécution traduisaient une schizophrénie patente : elle avait du mal à composer avec elle-même. Il m'apparut tout aussi clair qu'elle était constamment en mode alerte : elle voyait le danger partout dans une relation et avait un problème avec ce qu'elle supposait être une emprise des autres.

— J'ai réussi à m'en sortir, poursuivit-elle d'un ton soudain plus calme. Vous êtes content ?

— Acceptez mes excuses. Je cherche simplement à comprendre.

— Vous n'avez donc pas trouvé l'assassin de Laura ?

— Non, pas encore. Est-ce qu'après toutes ces années, un détail, un souvenir vous reviendrait en mémoire ?

Elle hocha la tête en signe de réflexion.

— Je… j'ai toujours eu un doute.

J'inspirai profondément, totalement concentré sur ce qu'elle allait dire.

— Suzan…

— Delea ?

— Oui. Comment vous dire… Elle était dépressive et elle consommait beaucoup de drogues. Elle fréquentait des gens vraiment borderline. Parfois elle pouvait être d'une violence inouïe. Et Suzan était jalouse de votre sœur.

— Pourquoi ne pas l'avoir précisé à l'époque ?

— Je ne sais pas. Je pensais que vous l'aviez interviewée aussi et peut-être que je n'avais pas le recul que j'ai maintenant. Demandez-lui !

— Elle est morte. Jane Garcia aussi.

Elle resta de marbre.

— Comment ?

— Je l'ignore. Je vais tâcher de le découvrir. Vous étiez très proches, Laura et vous ? Je crois même que vous vous êtes connues dans un mouvement de libération des femmes.

— Nous nous sommes effectivement rencontrées dans une manifestation. Nous sommes rapidement devenues amies, mais nous n'étions pas tout le temps ensemble. Chacune avait sa vie.

Je fis glisser vers elle la fameuse photo où Laura enlaçait une femme avec ses fameux gestes de la main. Mes questions étaient volontairement courtes, précises, rapides pour essayer de la déstabiliser. Mais toujours sur un ton neutre et étonnamment je n'avais pas à me forcer.

— C'est bien vous, là ?

Ses lèvres tremblèrent imperceptiblement alors qu'elle prenait, toujours de la main gauche, la photo qu'elle reposa aussitôt.

— Oui. Incroyable ! Vous en avez d'autres comme celle-là ?

— Bien sûr, mais restons sur celle-ci si vous voulez bien. Ce geste de Laura vis-à-vis de vous est étonnant, non ?

Elle croisa les mains et les retourna de manière à faire craquer ses phalanges en tendant ses bras. Il était visible qu'elle prenait soin de son corps qui dégageait une tonicité incroyable.

— Je ne vois pas ce que vous insinuez.

Son économie de mots était fascinante.

— Laura montre une cicatrice sur elle et fait avec sa main le lien avec votre cœur…

Elle se frotta la nuque, signe d'une gêne évidente.

— Ah, ça me revient maintenant. Si je me souviens bien, elle était tombée au cours d'une excursion et je l'avais secourue. Oui, c'est ça, expliqua-t-elle en laissant sa phrase en suspens.

Je n'insistai pas.

— Vous avez fait votre carrière dans la restauration ?

— Effectivement. Quel est le rapport ?

— Pour la bonne raison que vous étiez la professeure de cuisine de mon amie Samantha. Et que cette dernière a été assassinée avec un couteau similaire à celui qu'on vous voit utiliser, un Matsushita.

Elle accusa le coup sans broncher et termina son café. Elle froissa ensuite le gobelet d'un geste sec et nerveux.

— Cela ne prouve absolument rien. C'est une marque couramment utilisée en cuisine et n'importe qui peut se procurer un couteau de ce type. Les flics ont trouvé le coupable d'après ce que j'ai pu comprendre des médias. Ils m'ont interrogée en présence de Selfridge et innocentée dans la foulée. Samantha était une chic fille que j'ai rencontrée dans une soirée. Elle cherchait un chef à domicile, il y a eu le *fit* tout de suite entre nous… C'est tout ce que j'ai à dire. Apprendre sa mort m'a fait beaucoup de peine.

Même si je savais que Samantha cloisonnait sa vie, je tentai ma chance :

— Mais elle a bien dû vous parler de moi, non ? Thelonious, ce n'est pas un prénom courant ?

— Écoutez, peut-être. Quand bien même. Comment voulez-vous que je me souvienne du vôtre plus de cinquante ans après ? Je n'ai pas fait le lien, c'est tout.

Elle consulta sa montre d'homme de type aviateur. Apparemment, elle s'impatientait. Un serveur arriva vers nous. Il proposa de débarrasser notre table. Elle le rabroua sans ménagement. Je repris la parole :

— En ce qui me concerne, je fais le lien entre la proximité de deux femmes assassinées et nous deux.

— Je dirai que c'est le hasard… Un malheureux hasard. Je dois y aller. J'ai un cours de gym. Ce n'était pas vraiment agréable ce rendez-vous. J'ai accepté en mémoire de Laura. Mais vous n'êtes plus policier et… ne cherchez plus à me joindre, je vous prie.

Elle se leva avec autant de raideur que de détermination. C'était vraiment une jolie femme, au port altier. Elle attrapa un kleenex au fond de son sac, nettoya minutieusement sa partie de la table et, tout en me jetant des regards narquois, récupéra le gobelet avant de le mettre dans son sac à dos. Elle s'éloigna sur quelques mètres, s'arrêta, se retourna et revint vers moi.

— Je n'imagine pas d'autre coupable que Delea. Elle est morte et a emporté son secret avec elle. En tout cas, ce n'est pas moi car ce n'est pas mon ADN sur ses vêtements. Il y a forcément quelqu'un derrière tout ça qui cherche à me piéger.

Elle repartit et se retourna une dernière fois.

— Imaginons que ce soit un autre coupable que Delea. Que feriez-vous si vous le trouviez ?

Sa question me surprit totalement. Je plantai mon regard dans le sien.

— Je le ferais arrêter pour que justice soit faite. Si ça devait mal se passer, je n'hésiterais pas à utiliser mon arme.

Une lueur étrange passa sur son visage.

— Vous ne pourriez pas. Non, vous ne pourriez pas… Vous n'êtes pas ce genre de type. Non, vraiment pas. Vous lui pardonneriez.

— La clémence, comme la vengeance, est aussi une forme de toute-puissance. Mais la justice doit passer.

Elle opéra un demi-tour et se dirigea vers la sortie. Je suivis sa silhouette des yeux jusqu'à ce qu'elle eût complètement disparu.

Siobhan était une énigme à elle seule et je n'étais pas plus avancé qu'avant.

Sur une intuition, j'appelai Phil Bradley pour lui demander de rechercher certaines informations.

Chapitre 16

Je me garai près de Central Park vers 18 heures et entrai dans le hall somptueusement décoré d'un gratte-ciel ultramoderne en verre et acier, avec entrée privative et voiturier. L'ascenseur privé m'emmena directement dans le penthouse de Jimmy O'Sullivan. Un garde du corps me fouilla avant de pouvoir pénétrer dans un appartement haut de gamme avec une énorme baie vitrée. C'était clinquant et cela illustrait à mes yeux qu'argent et goût n'allaient pas forcément de pair, mais la vue sur Manhattan était époustouflante.

Jimmy O'Sullivan vêtu d'un costume de lin beige m'attendait, affalé sur un canapé crème en cuir épais situé à droite d'un bureau monumental couvert de paperasses. Le bracelet électronique faisait une bosse à sa cheville droite. O'Sullivan avait la peau burinée de ceux qui passaient leur vie au soleil. Devant lui, un plateau avec une bouteille de whiskey posé sur une table en verre maintenue par deux défenses d'éléphant. À ses côtés, son avocat. Un type malingre avec un visage profilé pour fendre l'air, lunettes cerclées sur des yeux globuleux, fine moustache et coupe de cheveux façon années 1930, engoncé dans un costume noir malgré la chaleur ambiante.

O'Sullivan donnait instantanément l'impression d'être quelqu'un d'impulsif dont l'énergie était contenue mais prête à surgir de façon violente. Son cou de taureau prolongeait un visage à la peau grasse, aux sourcils épais, à la chevelure teinte en noir ramenée en arrière par du gel. Son regard noir était déstabilisant, avec des yeux vifs et perçants. À l'évidence un homme qui avait l'habitude des combats qui se gagnaient centimètre par centimètre, qui avait compris dès l'enfance que New York était une ville où il fallait émettre certaines vibrations pour signifier qu'on n'était pas une cible facile.

— Vous êtes un privé ?

J'opinai du chef.

— Pourquoi voulez-vous me voir ? siffla-t-il.

— Je détiens la preuve irréfutable de votre innocence.

Il resta bouche bée, ce qui m'offrit une vue plongeante sur sa dentition refaite par un odontologue plutôt malhabile. Puis il se tourna vers son avocat en s'esclaffant.

— Il n'y a pas que des cons dans cette ville !

L'autre se recroquevilla. O'Sullivan passa une main chargée de bagues sur son poitrail velu qui émergeait de sa chemise blanche déboutonnée. Ses doigts étaient boudinés comme ceux d'un homme costaud d'extraction simple.

— Et c'est quoi cette preuve ?

— La facture d'achat du Matsushita par l'équipe de Selfridge, le lendemain du meurtre.

Il lança à son avocat un regard méprisant pour lui confirmer qu'il était un incapable.

— Et le sang de votre amie sur la lame ?

— Cela remue trop de choses désagréables et intimes pour moi pour pouvoir vous l'expliquer.

— Est-ce la raison de votre blessure à l'arcade ? pouffa-t-il. Comment avez-vous fait ? C'est Selfridge, hein ? D'habitude ce taré ne commet pas d'erreur.

— Secret professionnel. Expliquez-moi plutôt comment votre homme de main a pu vous trahir.

Ses lèvres dessinèrent un sourire chagrin.

— Les russkofs sont des enfoirés. Il y a deux bandes rivales sur Little Odessa et mes associés se sont fait déborder. Les autres jouent pour Selfridge.

— Dois-je comprendre que la bande qui ne vous appuie pas dans votre montage immobilier a retourné Gregor avec l'aide de Selfridge pour récupérer les cendres de votre projet immobilier ? Et j'imagine que Pendleworth l'a mauvaise, lui qui a aussi investi dans le programme…

Il se mura dans un silence buté. Il reprit la parole quelques minutes après :

— Vous pigez vite. Ce connard de Gregor a voulu plusieurs fois améliorer ses fins de mois en me trahissant. Je n'ai rien vu venir. Croyez bien qu'il ne s'en sortira pas vivant. Putain, je vais l'égorger à la scie égoïne et le regarder crever. Les autres russkofs aussi ! Je vais leur botter le cul, à ces immigrés !

Il ponctuait ses menaces de coups de poing sur sa paume. Je le laissai monter dans les tours.

— Vous voulez quoi en échange ? Du fric ?

La vie m'avait appris que dans toutes les négociations, le plus faible tentait toujours d'impressionner l'autre. Je ne me démontai pas, considérant qu'O'Sullivan avait tout d'un type entier, caractériel, mais qu'il n'était pas arrivé là où il était sans une certaine science du compromis.

— C'est mal me récompenser car c'est grâce à ce que j'ai découvert et remis à Pendleworth que votre avocat a pu vous faire sortir de taule. Et j'ai même mieux…

Il plissa les yeux et se pencha vers l'avant.

— La police affirme que vous êtes sorti par le devant de l'immeuble à 18 h 05 et j'ai la preuve que c'est faux. D'ailleurs pourquoi êtes-vous parti par l'autre sortie ?

Il se tourna vers son avocat et le fusilla des yeux avant de répondre :

— Ce n'est pas moi qui conduisais la voiture quand je suis arrivé. C'était Gregor. Je n'ai pas fait gaffe. Quand j'ai repris la Bentley, je suis tombé sur une policière qui m'a indiqué la rampe et je me suis retrouvé de l'autre côté, c'est tout.

Son avocat voulut prendre la parole mais O'Sullivan l'intima d'un geste l'ordre de la fermer. L'autre lui était totalement soumis.

— Dites-m'en un peu plus sur votre enquête.

Je montrai deux photos de Siobhan, extraites de sa page Facebook.

— J'explore toutes les pistes et vous demande si cette femme pourrait être la policière que vous avez croisée dans le parking ?

Il se leva pesamment et fit quelques pas avec les deux clichés dans les mains. O'Sullivan était massif avec un ventre proéminent. Son cerveau reptilien carburait à toute allure pour étudier comment exploiter cet élément déterminant en sa faveur.

— Il me semble bien. Mais elle était tapie dans l'ombre, pas très loin de la sortie arrière. Elle portait une casquette réglementaire… À la réflexion, c'est compliqué de l'affirmer. Je dirais fifty-fifty.

— Ce n'est pas ce que vous avez dit à Pendleworth quand il est venu vous voir.

— Franchement, je ne sais plus.

— Que s'est-il passé ce soir-là ?

Il se rassit en jetant les photos sur la table. Je commençai à comprendre qu'O'Sullivan était le genre d'homme qui voulait immédiatement savoir si on était avec ou contre lui. C'était ça qui le motivait.

— Elle me gonflait sacrément, votre Samantha. Elle voulait ma ruine. Je lui ai effectivement demandé un rendez-vous discret qu'elle a accepté pour lui mettre la pression, mais jamais je n'aurais posé la main sur elle.

Jamais ! Le dialogue fut stérile. Je lui ai proposé un gros chèque qu'elle a refusé. J'ai compris qu'elle n'allait pas me lâcher... Putain, depuis quand dans ce pays de la liberté une administration vient faire chier les entrepreneurs ? Je l'ai quittée au bout de quarante-cinq minutes après avoir reçu un coup de fil anonyme me prévenant que les flics allaient débarquer.

L'information me scia les jambes.

— Quoi ?

— Mais c'est vrai ! Je pensais que notre rendez-vous était confidentiel mais quelqu'un savait que j'étais là. Alors imaginez le désastre si on m'avait vu avec elle ? En pleine tentative de corruption avec le poste qu'elle avait ?

Je remis à plus tard la tentative de comprendre qui avait bien pu l'informer.

— Est-ce que Selfridge a essayé de vous retourner ?

Il ne répondit pas à la question parce qu'il savait que cela ne ferait qu'empirer sa vision des choses.

— Vous hors jeu, qui va désormais aider Pendleworth dans sa campagne ?

— Je sais qu'il se débat auprès d'autres financiers et qu'il compte toujours sur moi. C'est sûr que mon histoire lui a fait perdre du temps, voire du crédit de confiance auprès des électeurs, mais c'est un malin qui ne lâche jamais.

J'enchaînai en lui tendant un papier :

— Ce que je vous demande est une indemnité financière. En résumé je vous considère indirectement coupable du meurtre de Samantha. Voici deux montants à verser. L'un sur le compte bancaire écrit, l'autre sur celui que vous trouverez facilement : il reçoit les fonds pour la campagne de Rachel Washington.

Il monta sur ses grands chevaux.

— Vous me prenez pour une girouette qui va passer d'un candidat à l'autre ? Je suis un homme d'honneur, monsieur ! Vous voudriez que j'aide cette salope qui veut foutre de l'ordre dans le juridique touchant l'urbanisme de la ville ? Jamais de la vie !

Je laissai passer quelques minutes pour faire redescendre la température.

— Réfléchissez bien avant de rejeter mon offre. Votre procès est loin d'être gagné. Vous allez rester assigné à résidence pendant des mois. Ça va vous coûter une blinde en frais. Ils vont chercher à vous pendre sur la place publique et, de toute manière, votre projet immobilier est mort. Peut-être arriverez-vous à vous en sortir par le haut en repensant le projet avec une nouvelle administration. C'est ce que je ferais à votre place. Et ne me prenez pas pour un crétin en vous retranchant derrière votre manque de moyens. Votre fortune est connue. Rien que ce Jackson Pollock en atteste. Une fois les deux virements effectués, je vous dépose toutes les preuves et tous les éléments prouvant que Selfridge a tout fait pour me bloquer dans mon enquête. Je vous laisse cinq minutes pour prendre votre décision.

O'Sullivan prit connaissance des chiffres en se tortillant. Il se frotta nerveusement les mains et invita d'un geste son avocat à s'approcher. Je me levai pour me diriger vers le tableau qui m'avait tapé dans l'œil en arrivant. Ils eurent un long conciliabule à voix basse, pesant certainement le pour et le contre. J'assénai le coup de grâce.

— Si ça peut vous aider, je détiens aussi beaucoup d'informations sur Pendleworth qui, révélées, feront qu'il ne sera pas élu non plus. Je sais que votre avocat ici présent est l'un de ses amis… À lui et à vous de voir où se trouvent vos intérêts.

O'Sullivan se leva et demeura face à moi de longues secondes, son regard planté dans le mien. Puis il me gratifia d'une poignée de main virile et me raccompagna vers la sortie.

Quelques minutes après, Phil Bradley me contacta, me demandant de passer de toute urgence.

J'arrivai chez *P.J. Clarke's* qui était bondé. Je l'aperçus qui m'attendait devant son habituelle pinte de bière posée sur le comptoir devant lui. Je remarquai que Phil avait le dos voûté d'un homme qui donnait l'impression de porter le poids du monde. Certes je n'ignorais pas que son divorce le minait. À part le rituel de la bière, Phil avait une obsession : le savoir égalait le pouvoir. À cet égard, il obtenait des informations par n'importe quel moyen, même au prix d'un risque physique. Et puis c'était un taiseux, mais quand il y allait, il y allait. Il commanda d'autorité deux bières et deux hot dogs. Puis il mit la main dans la poche de sa veste pour attraper des coupures de presse qu'il posa devant lui.

— Tu m'as demandé de chercher ce que je pouvais trouver sur Suzan Delea, Jane Garcia, Rosemary Whitmore et Siobhan Krieg. Les deux premières sont effectivement décédées en 1969 et 1970 et je n'ai rien d'autre. Whitmore mène une vie tranquille comme l'histoire de sa vie. En revanche, j'ai de la matière sur Siobhan Krieg et tu constateras que mes confrères de l'époque ont bien bossé et leurs écrits sont précis et détaillés.

Il précisa que les articles étaient datés du 9 septembre 1992. Des extraits de deux feuilles de chou locales, le *Star-Ledger* et le *Courier-Post*, qui faisaient leurs gros titres sur un crime impuni dans le Bronx. L'assassinat à l'arme blanche d'une femme de 30 ans dans un motel. Une certaine Maria Creedance.

— L'assassin était tombé nez à nez avec une patrouille qui avait été alertée par le concierge de nuit, affolé par les hurlements qu'il avait entendus. Dans la chambre, ils ont retrouvé le corps sans vie, des taches de sang un peu partout, et surtout un godemiché dans la poubelle de la salle de bains.

— Qui était ce salaud ?

— Cette salope, tu veux dire. Regarde la photo…

Je me penchai, le regard collé, et je me figeai. Elle montrait Siobhan Krieg tout sourire après sa relaxe. À ses côtés, un jeune avocat.

— Eh oui ! Elle aurait d'abord nié avoir été présente dans la chambre. Elle aurait ensuite avoué le crime puis se serait rétractée quelques jours après en disant qu'un policier l'aurait forcée à faire des aveux. Ce qui est certain, c'est qu'elle a été relaxée car innocentée par son ADN salivaire. Et devine qui était son avocat ? Regarde bien la photo…

Je reculai sur ma chaise et restai stupéfait. Phil asséna ce qui ressemblait fortement à un coup de grâce.

— Sherman Selfridge !

Il laissa s'écouler quelques secondes pour que je reprenne mes esprits et enchaîna :

— Selfridge a été, pendant une dizaine d'années, avocat de la défense avant de rejoindre le bureau du procureur de l'époque et de faire la carrière que l'on connaît.

Je tentai de lui résumer les éléments de l'affaire afin de satisfaire sa curiosité et de lui permettre de comprendre l'objet de ses recherches.

— En 1990, afin de confondre un *serial killer* du nom de Cole Johnson, on a exhumé le corps de ma sœur pour une nouvelle autopsie et réouvert des scellés pour analyser une minuscule trace de sang présente sur ses vêtements. Un ADN inconnu a été détecté, l'ADN-INC68. Il a ensuite été comparé avec ceux de deux de ses amies, ADN-salivaire-Krieg et ADN-salivaire-Whitmore. Mais on n'a pas trouvé de correspondance non plus. Avec ce que tu viens de m'apprendre, cette Siobhan Krieg est à chaque fois dans le paysage mais elle semble ne jamais être impliquée.

— L'ADN fait foi, Thel, tu le sais bien. Le nombre de coupables qu'on a arrêtés ou libérés grâce à ça ! C'est la preuve par excellence. Une information qui peut être intéressante et utile, c'est le nom de l'inspecteur en charge de l'enquête à l'époque. Un certain Johnny Greenwich. Ça te dit quelque chose ?

— Oui, attends un peu, dis-je en consultant mes notes sur mon calepin. Voilà. C'est ce flic qui a demandé le dossier de Laura en septembre de cette année-là. Bizarre de le retrouver là. Je vais tâcher d'en savoir un peu plus sur lui. Je te tiens au courant. Merci pour tout ça !

— Tu ne veux pas de ton hot dog ?

Avant même d'avoir ma réponse, il en avait englouti la moitié.

Chapitre 17

Nous arrivâmes, Alex et moi, devant l'immeuble des archives sur le coup de 10 heures. Un édifice imposant en pierre de taille et colonnes ornées de chapiteaux corinthiens et de sculptures représentant des figures allégoriques de la justice et de la loi. Nous avalâmes quatre à quatre les marches menant à l'entrée principale encadrée de grandes portes en bronze décorées de bas-reliefs.

Le vaste hall était constitué de piliers de granit noir avec un sol de marbre sur lequel nos pas résonnaient. Sous le plafond violemment éclairé on pouvait admirer une galerie de tableaux représentant les portraits d'anciens procureurs et juges célèbres, dont celui de Selfridge.

Nous prîmes sur notre droite un escalier qui menait aux salles des archives. Nous nous dirigeâmes vers l'imposant bureau d'accueil et repérâmes une chargée d'affaires qui nous reçut aimablement. Une petite brune, la cinquantaine avancée au fort accent du Kentucky. Alex lui présenta sa carte du NYPD et un mandat que je lui avais demandé d'obtenir. N'ayant pas officiellement le droit d'être là, je lui indiquai mes états de service passés et lui exposai le but de notre requête. Elle m'observa longuement derrière ses lunettes, tourna ensuite son regard vers Alex, sur sa carte et le mandat. Finalement elle nous demanda des précisions.

— Ce n'est pas la demande la plus simple du jour, observa-t-elle en se crispant légèrement.

— Nous en sommes bien conscients, fis-je. Ce sont des crimes qui remontent aux années 1960-1970 et les dossiers n'ont probablement pas été numérisés. Mais pour avoir fréquenté maintes fois ce lieu, il me semble qu'on pourrait essayer en entrant plusieurs critères dans votre base de données.

Les affaires étaient classées par catégorie d'homicides, par année, selon le nom de l'accusé, du condamné ou de la victime, par numéro de dossier ou par juridiction, par type de documents et rapports de police : transcriptions de procès, rapports d'autopsie, statuts de l'affaire, résolue ou non. Dans la plupart des cas, une recherche s'effectuait à partir du nom de la victime, de la date de l'affaire, de la nature du crime et des lieux. Je lui tendis un papier.

— Voici deux noms : Suzan Delea et Jane Garcia. Nous sommes certains qu'elles sont mortes en 1969 et 1970 mais nous ne savons pas comment. Nous serions aussi intéressés d'avoir le dossier de Maria Creedance qui a été assassinée le 9 septembre 1992 dans un motel. Nous souhaiterions d'abord vérifier si Suzan Delea n'a pas été impliquée dans d'autres affaires. Et savoir précisément à quelle date un certain Johnny Greenwich est venu consulter le dossier de Laura Avogaddro.

Elle prit la feuille et commença à pianoter pendant qu'Alex me demandait discrètement qui était Johnny Greenwich. Des documents défilèrent réfléchis sur les verres de lunettes de la préposée. Au bout d'une dizaine de minutes elle partagea ses trouvailles.

— J'ai bien le dossier de 1992 sous forme numérique. Pour les deux autres, il y a effectivement deux dossiers, classés « Homicides non résolus ». Ils sont au format papier et sur microfilms. Pour Delea, je n'ai rien d'autre, en tout cas sur informatique. Peut-être que dans les dossiers papier… Et il y a bien eu un dénommé Johnny Greenwich qui a demandé le dossier de Laura Avogaddro le 10 septembre 1992.

Soit au beau milieu de l'enquête incriminant Siobhan Krieg pour le meurtre de Maria Creedance dans le motel.

Elle proposa de nous accompagner. Sa démarche était rapide et ses talons claquaient sur le marbre. Nous franchîmes deux portes sécurisées et arrivâmes dans une vaste salle de consultation comportant de grandes tables en bois foncé, équipées de lampes vertes à l'ancienne, de numériseurs de microfilms et d'ordinateurs. Un silence recueilli et une odeur d'encaustique planaient sur les lieux.

— Installez-vous là. Je reviens avec les dossiers.

À quelques mètres de nous s'affairaient trois inspecteurs. Alex se leva pour les saluer et commença à papoter avec eux. Je compris par bribes qu'ils le félicitaient pour sa récente promotion. L'un d'eux se pencha par-dessus l'épaule d'Alex et me lança un salut respectueux.

Je demeurai pensif un long moment. Toutes ces années dans la police m'avaient souvent conduit dans ces lieux à user mes pupilles sur des affaires. J'en arrivai à me demander si j'avais été bon parce que j'avais aimé ce métier et qu'il était fait pour moi ou si, comme des mauvaises langues le clamaient, j'avais eu une bonne étoile.

J'en étais là de mes réflexions quand l'hôtesse revint avec des cartons posés sur un chariot métallique. Alex nous rejoignit.

— Vous avez là des dossiers et des microfilms. Et voici une clé USB dans laquelle vous avez tous les documents de l'affaire Maria Creedance et la boîte de scellés.

Elle nous laissa le chariot en nous souhaitant bon courage. Nous décidâmes de nous répartir les dossiers. Maria Creedance pour Alex, Suzan Delea et Jane Garcia pour moi. Nous nous mîmes à l'ouvrage.

Je posai mon carnet de notes à côté de mon stylo Cross. J'ouvris la première boîte remplie de feuilles dactylographiées et de scellés contenant divers objets. J'étais toujours fasciné par l'état de conservation des éléments grâce à un éclairage tamisé, un air maintenu à une température et une humidité contrôlées.

J'étais heureux de faire de nouveau équipe avec Alex. Nous avions bourlingué quatre ans ensemble avant que je ne prenne du galon et que lui ne vole de ses propres ailes. Je l'observais du coin de l'œil entre mes recherches et m'en voulus d'avoir été dur dans mon jugement. L'image des pâtes à la poutargue et aux câpres que sa mère nous concoctait surgit de ma mémoire. Son père était gardien d'un dépôt et sa mère faisait les ménages pour arrondir les fins de mois et nourrir toute la famille. Alex s'était accroché tout au long de son parcours scolaire qui l'avait emmené jusqu'à une fac de droit, puis à l'école de police. Je me souvins de la première fois où mon capitaine de l'époque décida de me le confier comme équipier. Il avait tout de suite fait preuve d'une grande vivacité d'esprit, d'intuitions intéressantes et de beaucoup de rigueur. J'essayai de retrouver à quel moment remontait notre dernière rencontre avant l'épisode tragique de Samantha. Il me sembla que c'était mon pot de départ et un détail me revint en mémoire : il m'avait offert un vinyle de jazz de Monk.

Trois bonnes heures nous furent nécessaires pour faire le tour. La minutie de notre tâche exigeait une concentration totale.

Alex me tendit le godemiché dans un sac transparent.

— Ça pourrait t'être utile à ton âge ? pouffa-t-il, fier de sa blague potache de sale gosse.

Il m'arracha un sourire. C'était souvent comme ça dans nos métiers. Il n'y avait que l'humour pour évacuer la pression et la fatigue lors de ces enquêtes où l'on était confrontés le plus souvent au rebut de la société.

— Un des enquêteurs sur l'affaire était ton Johnny Greenwich. Les gars de la scientifique avaient prélevé l'ADN de Krieg par un test salivaire, puis établi les comparaisons.

— Phil Bradley, un de mes potes journalistes, a retrouvé un article qui évoquait ce crime, mais son ADN ne correspondait pas.

Il posa son index sur la clé USB du dossier Creedance.

— Ce n'est pas tout à fait ce que dit le dossier : on en a retrouvé quelques traces dans les nombreuses taches de sang retrouvées sur la moquette de la chambre du motel du Bronx, mais pas sur le godemiché qui comporte en revanche l'ADN de Maria Creedance et un autre ADN inconnu qui n'appartient donc pas à Krieg. Et dans sa plaidoirie, Selfridge a appuyé là-dessus comme un malade. D'abord en avançant qu'il y avait plusieurs ADN qui traînaient dans la pièce suite aux occupations successives, puis en produisant plusieurs témoignages attestant que Krieg venait régulièrement dans ce motel avec des femmes. Il a réussi à créer un grand doute dans la tête des jurés. Il a enfoncé le clou en se basant sur les traces laissées dans le vagin de la victime et sur le godemiché, arguant qu'il y avait eu manifestement des jeux sexuels avec le godemiché entre Creedance et son assassin. Ça a emporté la décision. Siobhan Krieg a été reconnue non coupable car il n'y avait pas son ADN dessus. Soit une preuve irréfutable.

— Mais comment est-ce possible ?

Il écarta les bras en signe d'ignorance.

— Par contre, il y a un truc très étonnant. Le P-V des aveux de Krieg auprès de Johnny Greenwich a disparu. Il devrait pourtant être là. Et toi, qu'est-ce que tu as ?

Je lui relus mes notes.

— Commençons par Suzan Delea. Elle a été découverte poignardée dans une chambre d'hôtel à Long Island en mars 1969. La lame en plein cœur. Il n'y a bien sûr pas eu de recherches à l'époque sur la texture de la lame. Son casier précise qu'elle faisait beaucoup de trafic de drogue. Une junkie apparemment. *Idem* pour Jane Garcia, égorgée au *Scotty's Lakeside Resort* en 1970. Pas de mobile, de témoin, de traces, hormis celles du sang qui sont sur leurs vêtements dans les scellés et qui n'ont fait l'objet d'aucune recherche ADN. Delea venait d'une famille de fermiers. Des mormons. Selon le compte-rendu de l'inspecteur, ils ont dignement accepté le drame et enterré leur fille dans leur communauté. Pour Garcia, sa famille résidait au Mexique. La façon dont ils ont réagi à la nouvelle n'est pas retranscrite.

— Et aucune piste sur le ou les coupables ?

— En ce temps-là, les tueurs avaient la vie facile. Pas de croisement de fichiers entre commissariats, rien… Aucun flic de l'époque n'a pensé à faire le rapprochement entre le meurtre de Suzan Delea et celui de ma sœur. Les deux ont été tuées dans des secteurs différents… Chacun a bossé dans le sien, indépendamment des autres… Il n'y avait pas Internet, pas Facebook… Mais comment pouvaient-ils deviner qu'elles étaient cinq amies qui avaient formé un groupe qui s'appelait La Sorellanza ?

On pouvait penser ce qu'on voulait des réseaux sociaux mais ils pouvaient s'avérer bien utiles pour la police.

— J'ai tout de même vérifié un détail. Elles ne font pas partie de la liste de Richard Cottingham, le tueur de Times Square.

— Comment envisages-tu la suite ? demanda Alex.

— D'abord ce serait bien d'en savoir un peu plus sur Johnny Greenwich et j'aimerais bien que tu t'y colles. Prends aussi les scellés des vêtements de Delea et de Garcia et l'ADN inconnu présent sur le godemiché, et confie-les à un labo pour rechercher des traces d'ADN et établir des comparaisons avec l'ADN-INC68. Tu vérifieras aussi sur la base Codis, même si je doute que tu trouves une correspondance.

— Je vais les déposer en mains propres au patron du labo de la police scientifique. C'est un type brillant, Mikael Little.

— Top, j'aimerais bien que tu m'organises un rendez-vous avec lui. Il aura peut-être une explication sur ces histoires d'ADN qui ne correspondent pas.

Au moment où nous rangions et sélectionnions les scellés à emporter me revint en mémoire un article récent que j'avais lu quelques mois auparavant sur la récente arrestation plus de quarante ans après les faits d'un *serial killer* qui sévissait en Californie pendant mes premières années de flic à San Francisco : le « Golden State Killer ».

— Ça ne te dira certainement rien car tu avais 5 ans à l'époque, mais tout le comté de Sacramento était sur les dents dans les années 1980 à cause d'une vague de vols, de plus de cinquante viols et de treize crimes non résolus. Les enquêteurs patinaient et on parlait tantôt du pilleur de Visalia, du violeur de l'Est, du harceleur de nuit. Personne n'avait pensé à faire un quelconque lien entre ces affaires de nature différente et la psychose régnait dans tout l'État, jusqu'à ce que les crimes s'arrêtent en 1986.

— Le coupable avait été arrêté ?

— Pas du tout. Le type avait simplement pris sa retraite de tueur et vivait paisiblement avec l'une de ses filles. C'est une journaliste, Mc Namara, qui plus de vingt-quatre ans après a trouvé des similitudes entre toutes ces affaires et a réussi à convaincre les autorités qu'il s'agissait du même criminel : le Golden State Killer. Ils avaient bien un ADN retrouvé sur les scènes de crime, mais il ne correspondait pas sur la base Codis. Bien décidés à ne pas laisser ces crimes impunis, ils ont alors eu l'idée il y a quelques mois de s'adresser à GED Match qui vend des tests récréatifs utilisés déjà par plus de cinquante millions de nos concitoyens qui cherchent à retrouver une origine ethnique, de la famille, etc., couvrant ainsi par ricochet pratiquement toute la population. Cela s'appelle la généalogie génétique ou recherche d'ADN par parentèle. De plus en plus de *cold cases* sont résolus grâce à des recoupements entre Codis et ce type de bases de données récréatives.

— Je n'y connais pas grand-chose mais il me semble qu'on va bientôt avoir une formation sur ce sujet.

— Laisse-moi t'éclairer : puisque chacun d'entre nous partage une partie d'ADN caractéristique avec les membres même éloignés de sa famille, que ce soient les ascendants ou les descendants, des séquences de notre propre ADN vont permettre de les identifier partout dans le monde et *vice versa.* L'idée des policiers a donc été de se dire que si notre criminel a été suffisamment prudent pour que son ADN ne figure dans aucune base, peut-être qu'un des membres de sa lignée familiale s'est montré moins précautionneux, soit parce qu'il a été arrêté – auquel cas son ADN est enregistré dans le Codis ou sur une autre base internationale comme le Faeg en France –, soit en ayant envoyé un test salivaire qui va le répertorier dans la base privée GED Match. Ils ont donc transmis l'ADN extrait des scènes de crime à cette société et il y a eu une correspondance avec l'ADN d'un de ses cousins éloignés qui avait cherché à connaître sa généalogie. Le Golden State Killer n'était autre qu'un ancien flic du nom de Joseph James DeAngelo et ils viennent de le juger.

— Ça va nous permettre de grandes avancées dans nos enquêtes.

— Ce n'est pas aussi simple. Il faut travailler avec un bon généalogiste. Le papier que j'ai lu expliquait leur rôle dans l'établissement de l'arbre généalogique d'une famille comme celle de DeAngelo, et comment ils sont arrivés jusqu'à lui. Car même si des fragments d'ADN matchent avec l'un, il faut ensuite vérifier chez tous les membres de cette famille lesquels vivaient à proximité des lieux à l'époque des faits, leurs métiers, leurs emplois du temps, etc., pour faire des recoupements et trouver le bon coupable. Une fois qu'on l'a cerné, on récupère discrètement son ADN sur un verre, ou un mouchoir jeté dans le cas de DeAngelo, et on le compare avec l'ADN retrouvé sur les lieux du crime.

— Compris. Je vais contacter GED Match et transmettre ces éléments.

Alex s'apprêtait à partir. Je le stoppai dans son élan.

— J'aurais besoin d'autre chose.

— Quoi ? fit-il, l'air renfrogné.

Je fis part de l'impasse dans laquelle nous nous trouvions pour l'obtention des données médicales.

— Connaîtrais-tu quelqu'un de haut placé dans un hôpital ?

Il secoua négativement la tête et émit une objection.

— Il faudrait le mandat d'un juge. Et nous n'avons que des suppositions, rien de très tangible… Tu es certain que ça ferait avancer les choses ?

— Une grosse voix me commande de fouiller cette piste.

L'image d'Hannibal, le légiste avec lequel j'avais collaboré de nombreuses années, me revint alors en mémoire. Un surnom qu'il devait à sa posture quand il pratiquait ses autopsies. Il était collé à ses cadavres et donnait l'impression de les dévorer. J'avais appris sa mort par des bruits de couloir.

— Tu te souviens, à l'époque je bossais avec un légiste qui nous avait permis de serrer le tueur aux drapeaux. Il était très lié avec tous les hôpitaux. Il a probablement fait des émules.

— Je ne vois qu'Uzi Bonstein, répondit Alex après une intense réflexion. Il m'a à la bonne et n'a pas froid aux yeux. Je pourrais effectivement me rapprocher de lui. Il est un peu en marge du système.

— Je te transfère les coordonnées de Joséphine. Une fille que j'héberge et qui est super calée en informatique. Vois si Bonstein peut intervenir pour qu'elle puisse se connecter aux fichiers médicaux.

Je le quittai et mis pas mal de temps à rejoindre mon domicile. J'avais le sentiment d'être suivi. Je me retournai plusieurs fois sans toutefois détecter quoi que ce soit d'anormal.

Chapitre 18

Joséphine tirait tranquillement sur une cigarette roulée devant la fenêtre du loft.

— Depuis quand tu fumes ? Je croyais que c'était mauvais ? Du shit en plus ! remarquai-je, narquois.

— C'est du tabac équitable ! Une de temps en temps… Et puis tu ne réalises peut-être pas mais les recherches que tu me demandes sont stressantes.

Elle était dans le vrai. Je n'en avais pas pleinement pris la mesure. Derrière son allure de jeune pasionaria, il y avait une jeune fille sensible.

— Je suis désolé. Savoir que je pourrais peut-être résoudre cette affaire qui me mine depuis tant d'années m'a fait perdre mon discernement.

— Bah, t'inquiète pas. Je suis vaccinée. Papa ne rentrait pas toujours en laissant ses angoisses au bureau.

Je tirai une chaise de la cuisine et l'enfourchai. Sa silhouette fine qui se découpait entourée de volutes de fumée sur fond d'une lumière entre chien et loup aurait donné une belle photo. Je l'informai d'un possible rendez-vous avec le légiste Uzi Bonstein pour obtenir un code d'accès aux fichiers.

Mon téléphone sonna au moment où nous terminions de dîner. Pendleworth. C'était la quatrième fois qu'il cherchait à me joindre. Il avait dû prendre connaissance de ma démarche auprès de Jimmy O'Sullivan et devait être fou furieux. Je reposai le téléphone sans répondre quand un autre appel s'afficha. Un numéro inconnu. J'hésitai à décrocher. Finalement je me levai et regagnai mon bureau.

— Monsieur Avogaddro, ici Rosemary Whitmore…

Mon corps se raidit. Son existence m'était sortie de la tête.

— Merci de me contacter.

— Comme vous avez dû l'apprendre, mon mari a été emporté par une longue maladie. Il était policier de la route. Et depuis, je voyage beaucoup.

— Ah, toutes mes condoléances. J'aurais besoin d'éclaircissements sur votre relation avec Laura comme je vous l'avais précisé dans mon message. Ça remonte à loin, certes, mais qui sait… Un détail pourrait vous revenir…

— Je suis navrée de ne pas vous avoir rappelé avant. J'étais à l'étranger. Votre appel a remué tout un tas de souvenirs douloureux.

D'une voix très douce, elle se lança dans une longue tirade explicative, depuis leur rencontre dans le même mouvement féministe jusqu'aux jours qui suivirent le décès de Laura.

— Votre sœur était un personnage. Voilà près de soixante ans qu'elle a disparu et, même si j'ai pas mal roulé ma bosse, son souvenir est encore très vivace. Elle était le cœur de notre réacteur. Elle parlait beaucoup de vous. L'éloignement de sa famille lui pesait, mais elle était persuadée d'avoir un destin. Nous étions certaines qu'elle ferait carrière un jour en politique. Derrière sa volonté farouche il y avait une énorme sensibilité, beaucoup de charisme. Saviez-vous qu'elle avait un don inné pour la photographie ? Elle ne se trimballait jamais sans son Leica. Elle était fière de l'avoir acheté avec son salaire de serveuse.

— Vous me l'apprenez. Nous n'avons jamais retrouvé d'appareil photo dans ses affaires. La police de l'époque n'avait rien signalé de tel.

— Je vous assure ! Elle nous faisait des portraits, essayait de saisir les points chauds de nos combats. Elle aurait fait une excellente journaliste. Du reste, c'est elle qui rédigeait les tracts qu'on distribuait. Elle était tout le temps sur la brèche, que ce soit pour porter secours aux prostituées, pour manifester en faveur des droits des femmes et faire des sit-in contre le racisme devant les institutions, ou pour organiser des concerts pour récolter des fonds.

— Elle se droguait ?

— Elle fumait quelques joints, mais rien de plus.

— Je sais que vous avez été interrogée…

— Et par vous, je vous le rappelle. Vous n'y étiez pas allé de main morte… Je me souviens encore du test ADN que vous m'aviez obligée à faire, moi qui ai fait ma vie avec des policiers…

Elle accompagna sa remarque d'un petit rire gêné. Je fis profil bas.

— Je m'en souviens bien. J'étais effectivement comme un chien fou en arrivant ici. Je voulais absolument résoudre l'affaire, et puis j'ai été emporté par un énorme travail. Mais il y a un fait nouveau que je souhaiterais éclaircir.

Je détaillai alors la découverte de la fameuse photo.

— C'est totalement logique. Nous formions une vraie bande d'amies.

— La Sorellanza.

— Oui, je crois même que c'est Laura qui lui a donné ce nom. En mémoire de vos ancêtres italiens. C'est vrai que nous étions très soudées, avec cet idéal commun de faire bouger les choses, de changer la société. Comme un pacte de sang. C'était notre cri de guerre. Quand j'y repense… avec le machisme qu'il y avait à l'époque à tous les niveaux… c'était presque suicidaire.

— Vous n'êtes pas restées en contact ?

— Non, je les ai quittées après la mort de Laura. Ce n'était plus pareil. C'est Laura qui incarnait La Sorellanza. On pourrait même dire que je suis passée de l'autre côté en faisant successivement ma vie avec deux policiers, mais qui avaient embrassé cette cause des droits des femmes.

— Désolé de vous l'apprendre mais deux d'entre elles sont mortes. Suzan Delea et Jane Garcia.

Elle eut un haut-le-cœur.

— Comment ?

— Assassinées.

Elle poussa un cri. J'attendis qu'elle retrouve son calme.

— Pour le moment, je cherche surtout la signification du geste du bras de ma sœur sur cette photo prise avec Siobhan. Je vous la fais parvenir tout de suite.

J'envoyai le cliché par SMS. Elle avait repris ses esprits.

— *Woaw*, ça me remue de voir ça ! Non, ça ne me dit rien, fit-elle après quelques secondes. En revanche Laura et Siobhan s'étaient absentées toutes deux peu de temps avant la mort de Laura. Ça, je m'en souviens. Il me semble qu'elles étaient allées à Chicago ou à Baltimore. Une grande ville en tout cas. Pardonnez-moi, mais ça date.

— Elles étaient si proches que ça ?

— Vous n'étiez pas au courant ?

— Mais… de quoi ? questionnai-je en réfrénant mon impatience.

Il y eut un silence pesant au bout du fil. Je sentis qu'elle hésitait.

— Il y a… il y a quelque chose que je n'ai jamais dit à la police, seulement à mon premier mari. Parce que c'était très mal vu à l'époque, surtout parmi les forces de l'ordre. J'ai failli vous en parler quand vous m'avez réinterrogée, mais je ne m'en sentais pas le courage.

Elle enchaîna avec une question :

— Siobhan est-elle toujours en vie ?

— Oui, je viens même de la rencontrer.

— Et elle ne vous a rien dit ?

— Je ne comprends pas du tout ce que vous tentez de me dire.

Elle prit un temps que je trouvai interminable.

— Eh bien, votre sœur et Siobhan… elles vivaient en couple ! Elles sont arrivées à peu près au même moment à New York et ça a été le coup de foudre. J'étais la seule des cinq à ne pas être gay. Et Siobhan m'avait fait jurer de ne rien dire sur cette relation.

Je ne bronchai pas malgré ce qu'elle venait de m'annoncer et restai concentré.

— Selon elle, ce serait Suzan Delea la coupable…

— Ce ne serait pas totalement invraisemblable. Elle était très instable, avec des accès de violence.

— Pensez-vous que Siobhan puisse être coupable de ce meurtre ?

— Il y avait beaucoup d'amour et de passion entre votre sœur et elle. C'est difficilement imaginable.

— Est-ce que le nom de Johnny Greenwich vous dit quelque chose ?

— Non, pas vraiment. J'espère vous avoir aidé. Au revoir, dit-elle en raccrochant.

L'incroyable nouvelle que ma sœur était homosexuelle me poursuivit toute la journée alors que j'avais cru jusqu'à présent qu'elle avait une liaison avec un certain Kendricks au moment de sa mort[1]. Le nouveau look qu'elle avait pris à ses 18 ans s'expliquait peut-être ainsi. L'homosexualité était considérée à l'époque comme une maladie mentale par les psychiatres. Si cela avait été un calvaire pour les hommes, que dire de celui qu'avaient vécu les femmes. Il fallait que Laura soit vraiment gonflée pour quitter le domicile familial, débarquer dans une ville inconnue, briser les tabous et s'attaquer à toutes ces discriminations. L'histoire de Laura ne m'appartenait pas mais j'admirais ses choix de vie, sa liberté radieuse et téméraire. Elle avait vécu intensément et aimé probablement passionnément. Comme certaines icônes de son époque, elle avait brûlé la chandelle par les deux bouts, sans jamais rien céder jusqu'à son tragique destin.

Je réalisai soudainement que trois des Sorellanza avaient été assassinées. Je rappelai Rosemary.

— Écoutez-moi Rosemary, vous courez peut-être un grave danger. Ne dites rien à personne. Quittez votre maison immédiatement par précaution et allez vous planquer quelque part. Rappelez-moi quand vous serez à l'abri et je vous expliquerai.

Elle réagit alors comme toute femme qui avait côtoyé des policiers toute sa vie. Avec sang-froid, sans poser de questions.

---

1. *À pas comptés*, Michel Lafon/J'ai Lu, février 2011.

Les réflexions sur la sexualité de ma sœur m'habitaient toujours quand Joséphine prit la parole :

— Bonstein a appelé pendant que tu étais en ligne. Il propose de passer ce soir à la morgue du Seaview Hospital Campus sur Staten Island. Il y sera pour deux autopsies. Et il tient absolument à ce que tu sois là.

C'était l'heure des informations. Il y avait une *Breaking News* sur CNN concernant Dimitri Gregor. Il avait réussi à s'enfuir de la planque où l'avait placé Selfridge. Les caméras filmaient un hôtel près de l'aéroport de La Guardia où avait été caché Gregor sous protection. Un représentant de la police locale précisait qu'il avait profité d'une rotation d'équipes pour s'échapper *via* les escaliers de service. Un appel à témoin avec le portrait de Gregor promettait une large récompense. Les gars chargés de la surveillance n'avaient pas dû imaginer qu'il se mettrait en danger en mettant fin à leur protection, à moins qu'il n'ait eu l'appui d'une partie de la mafia russe pour y parvenir. En tout cas c'était un sacré pavé dans la mare de Selfridge.

Je pris une douche en repensant aux conséquences de cette fuite de Gregor et de son rôle dans cette affaire. Vu son casier judiciaire, il aurait pu être celui qui avait assassiné Samantha avec l'aide d'un complice pour rediriger O'Sullivan vers la sortie arrière. Je réfléchissais aussi aux possibles conséquences sur le deal passé avec O'Sullivan. Certes, il pouvait faire marche arrière, mais la preuve de l'achat du Matsushita restait une carte maîtresse dans ma main et il le savait parfaitement.

Nous arrivâmes au campus vers 21 heures. Le Seaview Hospital Campus était constitué de plusieurs bâtiments en briques rouges qui s'étendaient sur un vaste terrain boisé. Des édifices désaffectés recouverts de lierre et de végétation sauvage, lesquels accentuaient l'allure fantomatique de ce complexe construit au début du siècle précédent. Éclairés par une pleine lune, nous nous dirigeâmes vers la lumière d'une partie encore en service et suivîmes les panneaux indiquant la morgue.

— Thel, Michael Jackson va surgir d'une tombe ! Dans quoi nous entraînes-tu ?

Je ne répondis pas, ne le sachant pas moi-même. Mon fonctionnement était immuable : ne rien laisser au hasard pour ne jamais avoir de regrets.

Nous descendîmes au sous-sol. Les murs avaient été récemment peints en blanc et nos pas résonnaient sur le sol carrelé. L'atmosphère était réfrigérante. Au fur et à mesure que nous avancions parvenait à nos oreilles un air d'opéra. *La mamma morta* d'Umberto Giordano. Nous poussâmes une lourde porte. Provenant d'un *ghetto blaster* posé sur une petite table, la voix suppliante de Maria Callas nous happa subitement, tout autant que la lumière crue et l'odeur entre éther et formol. Des chariots en inox présentaient des batteries d'instruments stérilisés. Deux tables métalliques inclinables pour la récupération des fluides occupaient le centre de la pièce. Sur l'une d'elles, il y avait un corps sous un drap blanc. Sur l'autre, un cadavre nu allongé, devant lequel et dans un ballet virevoltant, un homme fin et de petite taille, vêtu d'une blouse blanche, une charlotte en nylon sur la tête et un masque de protection, pratiquait ses incisions. Sa main droite maniait le scalpel, la gauche suivait le rythme de la musique, singeant ainsi un chef d'orchestre en action.

Uzi Bonstein sentit notre présence et se tourna vers nous. Il posa un index sur sa bouche et un autre vers une de ses oreilles, nous incitant à un silence respectueux. D'un geste délicat, il indiqua deux tenues stériles pliées sur un tabouret. Puis il pivota et fit de nouveau tournoyer ses bras dans des gestes extatiques mus par le passage des violons.

Le spectacle dura une dizaine de minutes. Joséphine se moqua de mon allure avec la tenue stérile. Je lui mis les mains sur les yeux et me bouchai les oreilles au moment où il manipula la scie pour ouvrir le crâne et extraire le cerveau qu'il pesa. Bonstein coupa ensuite la musique, enleva son masque et ses gants en latex qu'il jeta dans une poubelle. Il couvrit le cadavre d'un drap blanc avec la précision d'un militaire qui fait son lit puis enregistra de mémoire le compte-rendu de son autopsie sur son portable. Il signa enfin un registre et s'approcha de nous.

— Ah, la grande musique… Je ne comprends toujours pas pourquoi elle n'est pas enseignée à l'école.

Il avait une voix douce et chaleureuse. Son regard vif émanait d'un faciès mat taillé comme une sculpture d'Alberto Giacometti. D'une façon générale, il était d'une grande finesse, avait de l'allure et portait élégamment la cinquantaine.

— Je suis plutôt jazz, répondis-je. Mais ce morceau est extraordinaire. Il me rappelle une scène dans le film *Philadelphia*…

— Effectivement, coupa-t-il. Lorsque Tom Hanks et Denzel Washington sont à la veille du procès. C'est un passage sublime, fit-il en accompagnant sa phrase d'un mouvement gracieux des mains et des épaules.

Il s'enquit de ce que nous voulions. Je résumai les raisons de notre présence, le rôle de chacun et les noms des personnes sur lesquelles nous cherchions des informations.

— C'est une enquête officielle ? demanda-t-il en croisant les bras, sur la défensive.

J'inspirai profondément et décidai de dire la vérité.

— Nous travaillons sur un *cold case* qui concerne au moins deux femmes assassinées. Dont celui de ma sœur unique. En l'état, nous aurons beaucoup de difficultés à obtenir un mandat.

Il jaugea la situation de longues secondes, démontrant qu'il hésitait. J'abattis une nouvelle carte.

— En fonction de ce que nous pourrions trouver, cela pourrait avoir des répercussions sur l'élection du procureur général.

Le plissement de ses lèvres démontra que j'avais touché un point sensible. Les légistes étaient un maillon indispensable de la chaîne de la justice et il y avait tout lieu de penser que leur intégrité pouvait être mise à mal avec les manips de Selfridge. Joséphine prit subitement la parole avec fougue :

— J'ai effectué des recherches avec un programme sur l'ordinateur de ma fac. Quelque chose a attiré notre attention : le dossier médical d'une des personnes, Siobhan Krieg, est très lourd. Ça signifie qu'elle a fait de nombreux passages dans des hôpitaux.

— Votre jeune acolyte est policière ? demanda-t-il en s'adressant à moi.

— Disons qu'elle apporte une touche de modernité à l'enquête, répondis-je en souriant.

Bonstein nous scrutait toujours, ne sachant sur quel pied danser. Son regard se posa sur moi. Il posa une question qui m'apparut comme un examen de passage.

— Quel est votre avis sur le message que veut faire passer le réalisateur de *Philadelphia* ?

— Ce qui m'a frappé, c'est le regard ébahi que porte Washington pendant l'explication enfiévrée de Hanks sur le passage de *La mamma morta*. Il est bluffé de constater autant de culture et de finesse, ce qu'il ne soupçonnait pas chez un homosexuel.

Bonstein me gratifia d'un large sourire de ses lèvres fines. Il nous invita alors à le suivre. Il alla chercher un sac à dos en cuir noir et se dirigea vers un bureau métallique tout en extirpant un ordinateur qu'il alluma après l'avoir posé.

— Je suis habilité à me connecter à toutes les bases de données médicales. Donnez-moi les informations.

Joséphine fouilla dans sa poche et lui tendit une feuille. Il rentra un code et se mit à pianoter sur son clavier. Nous attendîmes plusieurs minutes tandis qu'il étudiait les datas qui s'enchaînaient.

— Votre Siobhan Krieg a fait effectivement plusieurs passages au Penn Medicine de Philadelphie. Elle y a subi une intervention chirurgicale le 22 mai 1968, et a été suivie les années suivantes.

Je réalisai que cela s'était passé juste deux mois avant la mort de Laura. Totalement concentré, rien de ce qu'il disait ne m'échappait.

— C'était l'un des premiers centres de greffe du pays, renchérit-il. Vous avez de la chance car normalement tous les dossiers ne sont pas mis sur informatique. Mais ce qui concerne l'historique des greffes intéresse la médecine actuelle. Ce service était précurseur dans celles de moelle osseuse dès la fin des années 1950. Pour guérir des maladies graves comme la leucémie. Ils ont ensuite tâtonné pour améliorer les *process*. C'est toujours une opération complexe, mais de plus en plus maîtrisée.

Uzi Bonstein expliqua que les opérations s'avéraient être de sacrés paris dans ces années-là. Il n'y avait pas de liste de donneurs et deux transplantés sur trois n'y survivaient pas. C'est alors qu'il annonça que Siobhan avait reçu une greffe de moelle osseuse.

— Elle était atteinte de leucémie... Là, il est écrit que votre sœur Laura était aussi hospitalisée à cette date. Dans le même service... Laissez-moi voir.

Il pianota de plus belle. Je demeurai hébété de longues minutes.

— Laura était atteinte ?

— Non, pas du tout. Son dossier montre qu'elle était en parfaite santé, fit-il en pointant des résultats sur l'écran.

Je montrai la photo avec la cicatrice. Il se pencha et l'observa attentivement.

— Je suis presque certain qu'elle désigne une cicatrice de greffe. Le fait qu'elles se soient retrouvées ensemble au même moment laisserait supposer que votre sœur lui a fait un don de moelle osseuse. Ça tient presque du miracle que l'opération ait marché.

— Et le médecin qui a opéré ?

— Le Pr Cook. Laissez-moi voir... Il est décédé il y a cinq ans.

Je me levai pour digérer cette information capitale. Ma sœur avait sauvé Siobhan, laquelle était donc une survivante. Mais pourquoi Siobhan ne m'en avait-elle pas parlé, ni à aucune de ses amies ?

— Ma sœur aurait-elle pu avoir des complications ?

— Ce n'est pas ce que dit son dossier. En revanche, dès le mois d'après, votre Siobhan y est retournée. Plusieurs fois. Et seule.

Nous prîmes congé de lui en le remerciant. J'interrogeai Joséphine sur le trajet du retour.

— Je ne comprends toujours pas comment les deux cheveux posés sur le front de Samantha appartiennent à ma sœur ! J'ai un rendez-vous demain avec le patron du labo de la police scientifique grâce à mon ex-partenaire Alex. Aurais-tu un moyen de le savoir de ton côté ?

— Je peux essayer de programmer une recherche sur tout ce qui concerne des problématiques liées aux tests ADN, suggéra-t-elle. Je te tiendrai au courant.

Chapitre 19

Je me rendis au FID, le siège du laboratoire de la médecine légale, dans le quartier de Kips Bay, où j'avais rendez-vous à 9 heures. Les infos branchaient toujours leurs projecteurs sur la recherche active par les autorités de Dimitri Gregor et les supputations allaient bon train. Je me garai non loin du bâtiment moderne de taille moyenne, en verre et acier, qui respirait le sérieux. J'étais en avance. Je pris le temps de fumer une cigarette tout en relisant mes notes. Un ciel pommelé commençait à s'étendre, et avec lui de l'ombre bienvenue.

L'entrée était spacieuse avec un éclairage fluorescent. La climatisation ajoutait un coup de froid à la modeste décoration. Je me présentai à l'accueil et confiai mes papiers d'identité. Le building était hautement sécurisé par l'attribution de badges selon des zones d'accès.

Une femme vint me chercher quelques minutes plus tard pour m'accompagner à mon rendez-vous. Nous franchîmes plusieurs barrières électroniques et arrivâmes au sixième étage dans un environnement gris clair, minimaliste, d'une propreté incroyable. On se serait cru dans un film de Stanley Kubrick. Il y avait plusieurs postes de travail où se côtoyaient ordinateurs, microscopes, instruments de mesure dernier cri, batterie d'éprouvettes... Le tout organisé par spécialités : analyse ADN, toxicologie, analyse balistique. Une vingtaine de laborantins s'affairaient dans un ballet parfaitement réglé. L'hôtesse me conduisit dans un espace pour me changer, ce qui était un traitement exceptionnel car ce type de rendez-vous se déroulait plutôt dans un bureau classique. J'enfilai une combinaison stérile, un masque, des gants et une charlotte.

L'homme qui vint à ma rencontre était vif, de petite taille. Seuls étaient visibles son front et ses yeux bruns dans lesquels pétillaient vivacité et intelligence. Il se présenta, Mikael Little, responsable du laboratoire scientifique de la police criminelle, et m'invita à le suivre. Nous nous installâmes devant une table haute en céramique. J'attaquai bille en tête en lui rappelant que je me recommandais d'Alex Leonard. Il prit alors la peine de préciser qu'il se souvenait de moi.

— Vous aviez la réputation d'être un excellent enquêteur. Que puis-je faire pour vous ?

— Eh bien, m'aider à résoudre une énigme. En effet, et cela fait des années que je bute sur un fait inexplicable. Ainsi ma sœur Laura a été poignardée à mort il y a plus de cinquante ans. L'un des cheveux, teinté de jaune, retrouvé sur le front d'une amie récemment assassinée avec le même mode opératoire a été identifié comme portant l'ADN-Laura. Or, ce cheveu est entrelacé à un autre plus long mais gris dont je suis persuadé qu'il n'appartient pas à ma sœur, mais qui de façon étonnante a également son ADN ! Cela a été prouvé par un de vos laboratoires et corroboré par le légiste d'Upper East Side. Et j'y vois une signature.

Les rides de son front se creusèrent et sa réaction me surprit.

— Voilà une situation qui sort de l'ordinaire ! s'exclama-t-il en faisant de larges mouvements de bras. J'adore les énigmes ! Ça va me changer de toutes nos analyses classiques d'échantillons. Depuis peu, on parle de forensique pour désigner ce que nous faisons ici : médecine légale, balistique, criminologie, sciences sociologiques de l'acte criminel… Mais on passe essentiellement notre temps derrière des écrans à comparer des ADN.

Mikael Little mit les mains derrière la tête pour réfléchir. Je l'imaginai enfant s'amuser avec des Rubik's Cubes, des jeux à énigmes, voire à décortiquer des insectes sous son microscope.

— Hum, le cheveu teint de votre sœur a pu être conservé avec son bulbe dans un sachet cristal, à l'abri de l'humidité, puis avoir été déposé des années après sur une scène de crime. Ce ne serait pas le premier criminel fétichiste… Pour l'autre, le gris, êtes-vous bien certain qu'il ne lui appartient pas ?

— Pendant les dernières années de son existence elle avait les cheveux courts et celui-là est assez long. Mais surtout, il est gris et entrelacé à l'autre, comme une signature. Il n'y a aucune autre trace sur la scène de crime.

Il resta muet quelques secondes et s'anima d'un coup.

— Venez avec moi. Je vais vous montrer un cas qui pourrait vous aider dans votre réflexion.

Je lui emboîtai difficilement le pas car il marchait très vite. Il tira une chaise qu'il enfourcha comme si c'était un cheval, s'installa devant son ordinateur, rentra un code et se connecta sur un site du FBI.

— En préambule, et contrairement à certaines croyances, sachez que le placenta d'une femme enceinte ne constitue pas une poche hermétique. De nombreux échanges ont certes lieu *via* le cordon ombilical, mais aussi et surtout par la membrane du placenta. Dans un sens comme dans l'autre. Des cellules d'ADN migrent partout, notamment en provenance du chromosome Y des garçons, qui en produisant des molécules salvatrices réparent certaines maladies de la mère. On les appelle les cellules buissonnières. D'autre part, il y a également des échanges à l'intérieur même du placenta lors de la présence de jumeaux ou jumelles et, selon certaines données récentes, 10 à 30 % des grossesses uniques démarreraient en réalité avec deux embryons. Ces derniers peuvent fusionner très tôt, ou l'un des deux peut disparaître quelques jours plus tard tout en léguant des cellules au survivant. C'est ce qu'on appelle les jumeaux évanescents ou fantômes, difficiles à détecter en début de grossesse. On pense même au stade actuel des recherches qu'un enfant qui naît avant les autres peut laisser sa trace dans l'intimité de sa mère, et peut-être la transmettre aux enfants suivants. Bref, un nouveau monde sur la transmission génétique s'offre à nous.

— Ce que vous voulez dire, c'est que dans ces 10 à 30 % des cas de grossesse unique, une femme porterait deux embryons.

— Exactement, et avec dans certains cas deux profils génétiques ou si vous préférez deux lignées cellulaires distinctes.

— Quel est alors le pourcentage de transfert des cellules de cette jumelle ou de ce jumeau qui n'a vécu que quelques jours ?

— On en ignore encore le chiffre. Mais si transfert il y a, une femme peut ainsi produire à son stade adulte des ovules avec un ADN différent, comme dans le cas de Karen Keegan à Boston. Ça vous dit quelque chose ?

Je fis non de la tête.

— Cette femme avait besoin d'une greffe de rein. Ses médecins se sont d'abord naturellement tournés vers des donneurs compatibles en commençant par la famille : la mère, les deux frères, puis les trois fils de Karen, pour découvrir avec stupéfaction qu'un seul fils possédait les marqueurs génétiques de Karen Keegan alors que les trois enfants avaient le même père. Ils avaient découvert dans des échantillons deux populations distinctes de cellules : l'une parfaitement identique à ses cellules sanguines et à celles de son « vrai » fils, et l'autre qui possédait des marqueurs génétiques concordant avec les deux autres fils, soit deux identités génétiques réunies dans un seul corps. Et tout ça parce que Karen, lorsqu'elle a débuté sa vie sous forme d'ovule fécondé ou d'embryon, partageait le placenta de sa mère avec une sœur jumelle. Les deux ovules fécondés ont fusionné à un stade précoce du développement avant la disparition de sa jumelle, ce qui fait qu'aujourd'hui, à l'intérieur même des ovules de Karen, certains contiennent son profil génétique et d'autres celui de sa sœur évanescente. Elle peut donc accoucher de ses enfants… comme de ses neveux, des neveux dont la mère n'a en réalité que très peu existé.

Sentant mon scepticisme, il cliqua sur une touche du clavier et le visage d'une Afro-Américaine apparut à l'écran.

— Vous voyez cette femme ? Elle s'appelle Lydia Fairchild. Ça ne s'invente pas un nom de famille pareil en la circonstance[1]. Alors qu'elle était enceinte de son troisième, elle se présenta en 2002 pour obtenir une aide sociale pour subvenir à ses besoins et à ceux de ses deux premiers enfants. Jusque-là rien que de très normal. On lui demanda, c'est la procédure, un test de maternité pour

1. Enfant juste.

bien certifier que ses enfants étaient d'elle. Et là, patatras : les ADN des deux enfants ne correspondaient pas avec le sien ! Elle a alors été accusée d'avoir tenté d'arnaquer l'aide sociale avec deux enfants empruntés pour la circonstance, voire d'avoir joué le rôle de mère porteuse pour des tiers. La police s'en est mêlée. Elle a exhibé toutes les preuves possibles comme des photos d'elle enceinte des enfants mais rien n'y a fait. C'était sa parole contre l'implacable ADN. Le juge lui a alors retiré ses enfants et lui a imposé un témoin pour la naissance du troisième, un fils, et il s'avère qu'il n'était pas génétiquement parlant le sien non plus !

— Comment est-ce possible ?

— Ah, c'est là que c'est extraordinaire ! Comme quoi il faut toujours rester modestes et prudents dans nos conclusions.

Little pivota sur sa chaise pour me faire face.

— Un avocat, qui avait eu vent de l'affaire Keegan, a accepté d'aider Fairchild et a demandé des prélèvements ADN sur les membres de la famille élargie. La signature ADN des trois enfants admettait bien la mère de Lydia comme grand-mère. Si l'ADN des enfants ne correspondait pas aux échantillons prélevés sur la peau et les cheveux de Lydia, il était en revanche cohérent avec celui de son frottis vaginal. Lydia était donc elle aussi porteuse de deux ADN différents dont l'un en provenance de cellules qu'une sœur jumelle évanescente a transmises avant de disparaître, ce qui a disculpé Lydia. Vous imaginez les conséquences d'une telle découverte ?

Il venait définitivement de me convaincre. Je revenais à mon enquête.

— Il y a un autre fait : ma sœur aurait donné en 1968 de la moelle osseuse à une autre femme et…

— J'allais vous en parler, coupa-t-il. Comme je vous l'ai expliqué, ces migrations « internes » d'ADN proviennent également de l'extérieur. Notamment à la suite d'un certain type d'opérations, voire de transfusion sanguine, et surtout de greffe. Ces ADN « étrangers » contenus dans les cellules greffées se diffusent eux aussi dans différents endroits du corps des receveurs.

Je l'écoutai avec une attention accrue. Little tira sur le fil de ce qui devint l'une de mes plus belles leçons médicales. Il prit l'exemple d'une femme qui avait été violée : la police avait recueilli un peu de liquide séminal et un test ADN fut réalisé qui correspondit avec un ADN répertorié dans les bases de données. Mais l'homme porteur de cet ADN était déjà en prison au moment des faits. Ils découvrirent alors qu'il avait reçu, quelques années avant, une greffe de moelle osseuse de son frère, lequel s'avéra être le vrai coupable.

— L'ADN de ma sœur aurait-il pu pendant les vingt-deux ans après son don de moelle et au-delà s'être propagé chez la receveuse de greffe dans différents tissus ?

— Effectivement. Le corps médical estime que cela peut toucher jusqu'à environ 60 % du corps du receveur. Mais ce n'est pas instantané. Cela se fait de façon progressive au fil des années.

— Mais cela va révolutionner les enquêtes !

— C'est exact. Nous avons d'ailleurs reçu une demande du FBI d'y prêter attention dans nos recherches criminelles. On appelle ce phénomène le microchimérisme. Un individu peut avoir une population de cellules génétiquement distinctes dans des proportions variables ou être complètement envahi par un ADN étranger, à l'exception toutefois, selon les connaissances actuelles, de certains organes qui conservent pour toujours la signature ADN de leur naissance.

— Il y a eu un crime en 1992 dans le Bronx. Une certaine Maria Creedance. Tout incriminait la même personne qui a bénéficié de la greffe osseuse de ma sœur et qui l'aurait assassinée. Néanmoins, et après un test pour comparer son ADN salivaire avec un ADN retrouvé sur les sécrétions vaginales d'un godemiché, elle a été disculpée alors que son ADN était présent dans des taches de sang de la moquette de la chambre où a eu lieu le crime.

— Si elle a reçu une greffe de moelle osseuse, il y a de fortes chances qu'elle possède deux ADN différents, dont un disséminé dans certains endroits. Reste à savoir quelle partie de son corps comporte son ADN originel si je puis dire.

C'était peut-être là l'explication de l'ADN-INC68.

— La police de terrain a-t-elle été informée de ces possibles transferts ?

— Ça commence à se savoir. Vous voyez là, c'est une note reçue hier de l'ISHI, le Congrès international sur l'identification humaine. Elle évoque un nouveau cas de chimérisme à Palm Springs, où l'ADN du donneur se retrouve dans le sperme du receveur à la suite d'une greffe de moelle justement. Mais pour être clair, notre communication interne est plutôt un placenta fermé si je puis oser cette comparaison, entre ce que nous découvrons et le travail de la police au quotidien. Il y a bien des congrès de forensique pour expliquer les nouvelles découvertes, les cas étonnants comme celui-ci, lesquels sont suivis d'envois de rapports plus ou moins probants. Heureusement au niveau des laboratoires scientifiques de la police, ça commence à être connu.

— On peut donc supposer que l'assassin était au courant de cette possibilité de transfert…

— Pas à l'époque des faits que vous me décrivez. Mais si effectivement vous pensez qu'elle voulait laisser un message, elle a depuis pu effectuer des recherches poussées, lire des articles scientifiques qui en parlent, ou le découvrir elle-même *via* une opération par exemple ou même d'autres tests ADN effectués au cours de sa vie.

— Revenons à la greffe. Comment se fait-il que les légistes ne l'aient pas remarquée lors des deux autopsies de ma sœur ?

— Rien de plus normal. Il n'y avait que très peu de chirurgiens qui les pratiquaient. On en était encore aux balbutiements à l'époque, et même encore en 1990.

— Ils auraient dû réagir lorsqu'ils ont découvert une cicatrice chéloïde…

— Ils ont dû juger que c'était une marque comme une autre. Que votre sœur avait fait une chute sur la hanche, par exemple.

Son front se plissa et ses yeux se levèrent, donnant l'impression qu'il réfléchissait à ce qu'il fallait dire avec clarté.

— Une greffe nécessite un traitement très lourd, essentiellement pour le receveur, même maintenant. Alors imaginez à l'époque. Il fallait passer des semaines dans une pièce stérile à se faire bombarder de rayons pour tuer les cellules qui pourraient rejeter le greffon. Avec des conséquences tout au long de la vie sur le système digestif, des maladies cutanées… On appelle ça la GVHD, la « maladie du greffon contre l'hôte ».

— Que pensez-vous des implications psychologiques d'une greffe de moelle osseuse entre deux patientes très liées ?

Il inspira très fort du nez au point que son masque se colla à ses narines.

— Être redevable sans pouvoir rendre la pareille est une situation qui pèse sur la personne qui a reçu un don vital. C'est le tango névrotique entre l'offrande et la dépendance.

C'est shakespearien. Et puis, sauve-t-on la personne parce qu'on veut vraiment la sauver, ou pour se sauver de soi-même… Ou pour maintenir un lien éternel… C'est très complexe au niveau psychique. On peut parler de schizophrénie, de dédoublement de personnalité et j'en passe, conclut-il.

Tout devenait de plus en plus limpide. Avant de prendre congé de lui je posai une dernière question.

— Vous avez pu avancer sur les traces sur le godemiché et les éléments que vous a confiés Alex ?

— Les analyses sont en cours et je lui ai aussi donné les coordonnées d'une généalogiste pour votre test GED Match.

Chapitre 20

Je fis un détour pour rejoindre Phil Bradley qui prit note de nos dernières découvertes. Il annonça avoir rédigé les bases d'une série d'articles et m'en exposa les grandes lignes. Il alliait style et brio et je louai sa stratégie éditoriale.

Je le quittai une heure après et arrivai à la maison vers midi. Le garde du corps de Pendleworth attendait. Il vint vers moi en vitupérant et m'attrapa par le col. Je me dégageai d'un coup sec qui le surprit et me plaçai de profil, prêt à frapper. Il hésita. Il devait avoir gardé en mémoire mon arcade ensanglantée qui exprimait clairement que je ne me dégonflais pas. La tension redescendit d'un cran. Je lui dis de se calmer et de me suivre. Arrivé sur le palier du loft, j'indiquai la petite caméra.

— Regarde bien et souviens-toi ! Tu as été filmé en me remettant des documents confidentiels. De même, tu diras à ton boss qu'il l'a également été à Central Park depuis des drones. Alors, lâchez-moi les basques ou je raconte tout aux journalistes !

Pétrifié, il me dévisagea d'un air mauvais avec l'envie de me tabasser. Mes muscles se raidirent, prêts à l'affrontement.

Finalement il opéra un demi-tour en me lançant une bordée d'injures.

Joséphine s'affairait dans la cuisine où elle avait préparé un petit déjeuner constitué de muffins, salade de fruits, jus de pamplemousse, pain complet, miel. Je posai mes affaires et me servis un verre de scotch pour évacuer la pression.

— C'est le grand départ, *sweetie* ?

— Mon vol est ce soir.

— Tu vas beaucoup me manquer… Tu m'épates par ton tempérament, l'énergie que tu as mise pour m'aider, tes convictions, tes initiatives… Tu es une fille formidable. Tes parents ont beaucoup de chance de t'avoir.

Elle se leva et me serra dans ses bras. Nous demeurâmes un long moment l'un contre l'autre, émus.

— J'aurai du mal à me passer de tes habitudes de vieux célibataire ! Je suis à deux doigts de signer pour devenir responsable informatique dans une start-up qui offre des solutions IA. C'est presque fait. Mais je n'ai pas eu le temps de trouver un appartement pour la rentrée. Je me disais…

— Reviens vite et reste le temps qu'il te faut. Ce loft a besoin d'un peu de finesse… Ça te dirait que je t'accompagne à l'aéroport dans un carrosse où il n'y a pas un gramme d'électronique ?

Elle s'esclaffa.

— La classe, Thel ! Bien sûr. Mais sérieusement, j'ai constaté que tu étais parti plus tôt que moi ce matin. Je suis allée à la fac pour avoir la réponse à ta dernière question. L'IA m'a indiqué quelques pistes à approfondir dont une qui s'appelle le « microchimérisme ». Je suis rentrée rapidement pour t'en parler et voir avec toi ce dont il s'agit.

— Mettons-nous à table maintenant et je te raconte !

Elle eut droit, pendant que nous déjeunions, à un compte-rendu assez complet de mes découvertes.

— Mais c'est dingue, ce truc ! Nous ne sommes donc pas uniques en fait.

— Te concernant, cela ne faisait aucun doute avant même ces découvertes sur le microchimérisme !

— Alors tu as découvert la coupable ?

— Je te l'aurais dit, mais ça ne devrait plus tarder, *sweetie*.

— Tu as l'air très paisible…

Elle avait raison. Je l'étais et ne cherchais aucune explication à cela. C'était ainsi. Une sérénité s'était installée dans chaque parcelle de mon être.

— J'ai été animé par une haine immense pendant si longtemps… J'ai rêvé tellement souvent de massacrer son assassin… Je suis fatigué en fait, mais heureux d'avoir trouvé une réponse à ces questions lancinantes sur Laura, sur mes parents, et sur cette injustice qui nous avait frappés. Aujourd'hui, je souhaite tout simplement que la vérité éclate comme Laura l'aurait voulu. Je vais désormais savourer la disparition de mes obsessions qui m'ont empêché de vivre sereinement. Laura est là et continue de vivre au travers des combats nobles que des générations de femmes ont menés et mènent encore. Et que tu vas poursuivre. Je vais maintenant savourer le sentiment du travail bien fait, en espérant pouvoir me vider d'un coup de toutes ces larmes qui ne sortent pas. Puis passer à autre chose.

Mon portable émit un bip. C'était un texto d'Alex me demandant de passer à 14 h 30. Nous terminions à peine le déjeuner au moment où Dewayne appela.

— Je te savais excellent chanteur, mais pas sublime maître-chanteur, lança-t-il avec une pointe d'admiration. Je ne sais comment te remercier. C'est incroyable ! Quant à Rachel Washington, elle est aux anges ! Elle va vraiment pouvoir accélérer sa campagne avec tout le pognon donné par O'Sullivan.

— Je te remercie, mais si notre coopération s'est avérée fructueuse, c'est grâce aussi à toutes les informations que tu m'as fait parvenir. Donc félicitons-nous. J'ai lu le dernier programme de Washington qui reprend ce que Samantha avait initié. Je ne peux imaginer que tu puisses aider quelqu'un qui ne serait pas intègre. Et ce n'est pas fini. Prends connaissance de la presse demain.

— Il y a un débat ce soir avec les trois candidats. Je viens de passer trois heures avec Rachel et son équipe de campagne pour la préparer.

— Il ne servira à rien, mais ne lui dis rien pour ne pas la déconcentrer. Tu comprendras demain.

Je rejoignis ensuite Alex à son bureau. Il était face à une pile de dossiers qu'il épluchait, les yeux écarquillés, terminant ses notes. Il semblait avide de partager ses résultats.

Je lui fis un résumé de mes échanges avec Mikael Little et lui demandai s'il avait des informations sur l'évasion de Gregor. Il m'expliqua que toutes les unités étaient sur le gril pour le retrouver.

— Et toi, qu'as-tu découvert ?

— J'ai les résultats de Little. Ça n'a rien donné sur le godemiché et les vêtements ensanglantés de Suzan Delea et de Jane Garcia au niveau de la base Codis. Par contre…

Il se tortilla sur sa chaise et se fendit d'un large sourire.

— La réquisition en recherche de parentèle auprès de GED Match pour comparer l'ADN-INC68 dans leur base s'est avérée payante. Figure-toi qu'un certain M. Krieg, résidant à Durban en Australie, a effectué une recherche en parentèle il y a trois ans en envoyant un échantillon. Le résultat soutient fortement un lien de parenté entre ce monsieur et la personne ayant laissé une trace d'ADN sur le godemiché.

— Quel est son lien avec Siobhan ?

— C'est le neveu d'un de ses cousins. Et tu veux la meilleure ?

Il tapa des deux index sur son bureau en imitant un jingle d'attente de résultat.

— Selon la généalogiste qui a remonté l'arbre familial, Siobhan est la seule à avoir vécu à New York au moment des faits. L'ADN-INC68 retrouvé sur le godemiché est celui originel de Siobhan, de sa naissance et de sa vie jusqu'à la greffe.

Un sentiment de victoire m'envahit. Je me sentais de plus en plus léger. Je repensai au regard malicieux de Mikael Little. Il aurait probablement confirmé ce que je pensais : Siobhan Krieg était bien l'assassin de Laura.

Au cours de ce meurtre du 10 juillet 1968 qui avait laissé cette petite tache de sang sur les vêtements de ma sœur avec l'ADN-INC68, quelques mois donc après la greffe du 22 mai de la même année, les cellules de Siobhan n'avaient pas encore eu le temps d'être chimérisées par l'ADN de Laura, et cet ADN-INC68 était donc bien celui originel de Siobhan, mais que l'on ne retrouvait dans aucune base.

Lorsqu'elle avait été testée à ma demande en 1990 pour comparer son ADN salivaire avec l'ADN-INC68, cela n'avait pas matché et pour cause : sa bouche en 1990, tout comme son sang et ses cheveux avaient eu le temps d'être totalement chimérisés pendant vingt-deux ans par les cellules de Laura. Cet « ADN-Laura » salivaire qu'elle portait dorénavant ne pouvait donc correspondre avec l'ADN-INC68, l'ADN originel de Siobhan encore présent dans l'ensemble de son corps en 1968.

Concernant le meurtre de Maria Creedance en 1992, le test salivaire de Siobhan aux cellules chimérisées par celles de Laura matchait bien avec les traces de sang retrouvées puisque ses cellules sanguines avaient été chimérisées elles aussi, mais pas avec le godemiché. L'ADN retrouvé dessus était celui originel de Siobhan car son vagin avait gardé sa signature ADN de naissance et n'avait pas été chimérisé par les cellules de Laura.

En somme, chaque fois que Siobhan avait été testée pour un crime, hormis ceux de 1969 et 1970, elle présentait des tests salivaires avec l'ADN de Laura et non le sien originel. L'ADN-Laura passait ainsi sous le radar d'une base criminelle comme le Codis car, en tant que victime, il n'avait aucune raison d'y figurer.

Je me levai pesamment, totalement épuisé, vidé. Mes genoux craquèrent. Je marchai silencieusement, savourant chaque seconde, dans une plénitude rarement ressentie. La preuve formelle que Siobhan avait assassiné trois de ses amies, en commençant par ma sœur, était là, sous nos yeux. Et elle avait tué Maria Creedance en 1992. Elle rentrait dans les 17 % de femmes *serial killeuses* selon les dernières statistiques que j'avais consultées. Un chercheur avait même affirmé que les criminels hommes agissaient comme des chasseurs de victimes, et les femmes comme des cueilleuses. Et si dans un lointain passé ces tueuses préparaient minutieusement leurs actes en utilisant des armes laissant peu de traces visibles comme le poison, elles utilisaient de plus en plus la même violence que les hommes. Siobhan était ce que l'on appelait une « veuve noire », qui s'attaquait à des membres de sa propre famille ou à des relations personnelles. Au contraire des anges de la mort qui trucidaient souvent des personnes qui leur étaient confiées.

Il restait un point à éclaircir : le rôle de Johnny Greenwich. Alex prit les devants.

— J'ai cherché des éléments sur lui comme tu me l'avais demandé. C'était un drôle de type qui a pris sa retraite il y a huit ans et qui vit seul dans le Queens dans une somptueuse villa avec terrain de tennis privé. Or tu sais comme moi que ce n'est pas avec une solde d'inspecteur qu'on peut se payer ça. Il a commencé en 1966 à la NSA dans la section sécurité intérieure, basée à New York, puis il a été muté au service des mœurs, notamment dans la task force formée à l'époque pour nettoyer Times Square.

— Times Square ? Il a dû être en contact avec tout le milieu proxénète, voire avoir gardé des connexions de ses années NSA avec les surveillances des mouvements antiracistes et féministes de l'époque.

— Effectivement, il y est resté un long moment et, à ce qu'on dit, il était parfois borderline. Le gars agissait comme s'il avait les pleins pouvoirs et il aurait maquillé des preuves dans certains dossiers, ce qui lui aurait valu des réprimandes en haut lieu. Je ne sais pas à quelle occasion il a connu Selfridge, mais on raconte qu'il lui doit son ascension fulgurante jusqu'à devenir patron du département des mœurs en charge du proxénétisme et où il a fini sa carrière.

— C'était Selfridge qui tirait les ficelles. Greenwich devait être son âme damnée.

— J'ai repensé à un détail après notre visite aux archives, car tout comme toi je ne comprenais pas pourquoi il y était allé consulter le dossier de ta sœur en plein milieu de l'enquête Creedance-Krieg sur l'assassinat du motel. Comment a-t-il pu faire le lien ?

— Il a peut-être eu des doutes en interrogeant Siobhan et a voulu chercher des connexions dans d'autres affaires qui auraient pu l'incriminer. Peut-être a-t-il fait le rapprochement avec les assassinats de Delea et de Garcia car il avait entendu parler de La Sorellanza qui était très active. Sa position lui permettait d'avoir des ramifications dans de nombreux commissariats dans et autour de New York, et d'être mieux informé que les flics de l'époque, surtout après son passage à la NSA qui surveillait les groupuscules et les participants aux manifestations. Il a demandé à voir le dossier de ma sœur, ce que la préposée des archives nous a confirmé, mais peut-être en a-t-il consulté d'autres dans la foulée, et, comme on l'ignorait, nous ne pouvions vérifier ce point lorsque nous y étions. D'autant qu'avec ses réseaux d'informations, il aura même probablement appris la relation intime entre ma sœur et Siobhan.

Alex réfléchit de plus belle et m'emboîta le pas.

— Ça collait avec son affaire Creedance, et à chaque fois Siobhan y était mêlée, soit par sa seule présence, soit par sa proximité avec Delea, Garcia et ta sœur dans La Sorellanza. Même si Selfridge et lui n'ont pas dû comprendre cette histoire d'ADN correspondant avec le sang mais pas avec les sécrétions, il y avait largement de quoi incriminer Siobhan. Pourquoi ont-ils fait l'inverse ?

Le silence s'installa. Les paroles de Phil Bradley et la rumeur qui lui était parvenue concernant les mœurs sexuelles de Selfridge me revinrent en mémoire, et une hypothèse démoniaque se dessina.

— Comme c'était vraiment une jolie fille, ils voulaient la garder sous le coude…

— Pour la faire chanter, se servir d'elle !

Comme j'avais déjà pu le déceler lors de notre rencontre, le procureur général usait à la perfection de trois des quatre phases caractéristiques du pervers narcissique : la séduction, avec un bombardement de reconnaissance, une emprise avec ce qu'on appelle le « ferrage », et enfin la destruction. Les malheureuses proies avaient toujours un profil similaire : des gens généreux, solaires, naïfs, souvent vulnérables du fait d'événements de l'enfance. Je m'étais intéressé à cette pathologie et de récentes recherches d'imagerie médicale démontraient qu'il manquait à ces pervers des neurones miroirs, base de l'empathie. Dans le cas de Selfridge, il fallait maintenant rajouter la quatrième : le sadisme. Je vis sur le visage d'Alex qu'il imaginait la même chose.

— Et à mon avis, Siobhan n'est pas un cas isolé... Tu t'occupes de Greenwich et moi de Siobhan. Le premier qui a des infos appelle l'autre.

J'étais sur le point de partir quand il reçut un coup de téléphone. Alex s'affaissa un peu plus à chaque seconde. Il raccrocha au bout de quelques minutes et me fixa, une lueur étrange au fond des yeux.

— On a retrouvé Johnny Greenwich assassiné chez lui !

Je regagnai ma voiture. Il était temps d'en finir. Alex avait accepté de me laisser la primeur de l'arrestation et nous convînmes qu'il arriverait après.

J'étais prêt pour le dernier duel sur fond de soleil couchant. Je n'avais pas mon arme sur moi mais je m'en moquais. Une impression d'être indestructible m'habitait.

Deborah me contacta au moment où j'ouvrais la portière de la Mustang. Elle venait de recevoir un virement important de la part de Jimmy O'Sullivan et me remerciait.

Je cherchai ensuite l'adresse de Siobhan Krieg sur Internet avant de démarrer. C'est alors que je reçus un appel vidéo. Je coupai le moteur. Je décrochai et n'en crus pas mes yeux. Le sang se glaça dans mes veines. Je devins livide, le souffle coupé.

Joséphine était attachée sur une chaise, bâillonnée, tremblant de tous ses membres, le regard terrifié. L'écran tenu par une main pivota et le visage de Siobhan apparut. L'allure d'une folle, totalement illuminée, les traits déformés, un Matsushita à la main gauche.

— Je t'attends chez toi, mon petit Thel, je t'attends !

Et elle raccrocha.

Chapitre 21

La Mustang avalait le bitume. J'étais pied au plancher, la main frénétiquement appuyée sur le klaxon. Les longues lignes droites et les virages s'enchaînaient dans des crissements de pneus, à la limite de l'embardée. Ça sentait l'huile surchauffée dans l'habitacle. Le portable coincé contre l'oreille, je laissai un message à Alex. Je grillais les feux rouges et doublais quand je le pouvais en prenant un maximum de risques.

Le trajet me parut interminable. Je pilai une demi-heure après à quelques mètres de mon appartement. Je sortis précipitamment. Mes artères pulsaient un flot continu d'adrénaline. J'étais en sueur et je me forçai à faire retomber la pression. J'attrapai mon téléphone et tentai de me souvenir des instructions que Joséphine m'avait données pour me brancher sur les deux caméras que nous avions installées dans le loft. Gros blanc. Impossible de m'en rappeler. Je m'acharnai. Le téléphone tomba de mes mains moites. Je le ramassai en jurant. Mon regard scruta les environs. Les passants étaient rares. J'avisai un adolescent de type asiatique et je me ruai vers lui. Il me dévisagea d'abord comme si j'étais dingue. Je lui expliquai que j'étais flic et finalement ma détermination eut raison de sa méfiance. Je lui tendis mon portable et lui demandai fébrilement comment faire la manipulation pour me connecter à mes caméras et enregistrer. Tout en me jetant des regards inquiets, il s'exécuta en quelques minutes. Je pris à peine le temps de le remercier. J'arrivai à grandes enjambées au pied de mon immeuble et calmai mon stress avec quelques profondes respirations.

La caméra intérieure montrait Joséphine assise sur une chaise de la cuisine, ligotée avec des cordes serrées. Un bâillon lui mangeait la moitié du visage. J'évaluai la distance par rapport à l'entrée du loft et reportai mon regard sur Siobhan. Vêtue de noir de la tête aux pieds, tenant un couteau de sa main gauche, elle déambulait calmement autour de Joséphine. Je voyais ses lèvres s'agiter mais je n'entendais rien.

Je décidai de monter d'un pas assuré. La porte était entrouverte. Tout était calme à l'intérieur. Joséphine était sur la droite mais elle ne pouvait pas me voir. Siobhan m'aperçut et se rapprocha d'elle. Elle plaça son Matsushita sous la gorge de Joséphine.

— Je n'ai pas d'arme, Siobhan.

Joséphine sursauta et se mit à gémir en entendant ma voix.

— Je sais, j'ai trouvé ton colt dans le tiroir de ta chambre, répondit-elle en le montrant inséré dans sa ceinture.

Son regard halluciné me fit froid dans le dos.

— Laisse-la, elle n'y est pour rien…

— C'est moi qui décide, Thel.

— Pourquoi tout ce cirque ?

— Je t'ai toujours suivi, de près, de loin, car j'avais besoin d'un lien qui me rattachait à ta sœur. Pendant notre café, j'ai testé ton état d'esprit. Tu n'avais plus de haine. Quand je t'ai vu entrer dans l'immeuble de la forensique, j'ai compris que tu avais regroupé toutes les pièces du puzzle. Alors j'ai pris les devants, mais avec une monnaie d'échange… au cas où tu n'accepterais pas mon deal.

J'avançai à pas lents et me mis sur le côté afin que Joséphine puisse me voir et pour libérer l'accès au loft.

— Ne bouge pas !

Paumes ouvertes vers elle, je lui fis comprendre que j'allais obéir. J'attaquai sous l'angle de la compassion.

— Ta maladie ne devait pas être facile à vivre…

— Toute cette vie à bouffer des tonnes de médocs depuis qu'on m'avait découvert une myélodysplasie. Et ça continue. La guérir était une idée de ta sœur. C'est elle qui a effectué des recherches sur de possibles greffes. Elle voulait me sauver et il a fallu qu'on trouve un donneur. Ta sœur s'est proposée. On a sauté de joie quand on a appris notre compatibilité. Mais une fois qu'on m'a expliqué les risques et les conditions, je n'ai plus voulu. Je m'étais résignée… J'avais accepté mon sort… Mais elle a insisté et insisté afin que je puisse enfin être libérée de cette saloperie. Ce fut ensuite une période très difficile. Savoir si la greffe allait tenir ou pas… et en même temps la possibilité de cesser d'être une esclave, ce que j'ai été toute ma vie… Je ne voulais plus être soumise à quiconque.

— Comme avec ce putain de directeur de pension qui abusait de toi.

— Saleté de mecs ! Vous êtes des vrais salopards ! Regarde-toi, espèce de macho ! Il est où le fameux Finest ? Tu fais dans ton froc, hein ?

Je n'en revenais pas du calme qui m'habitait. J'éprouvais même de la compassion.

— Sans compter le rejet des homosexuelles…

— Des gouines à l'époque ? T'imagines même pas ! On habitait ensemble avec Laura mais on devait se cacher… On était toutes les deux bohèmes, on menait nos luttes. Elle prenait ses magnifiques photos et, moi, je me spécialisais en cuisine… Mais ensuite tout s'est compliqué. Elle me l'a fait payer, cette greffe ! Elle n'arrêtait pas de répéter que j'étais en vie grâce à elle. Tout le temps ! Tu as déjà été redevable à quelqu'un, Thel ? C'est insupportable ! Et j'avoue que j'étais jalouse du charisme de ta sœur, de son leadership sur La Sorellanza.

— C'est pour ces raisons que tu l'as tuée ?

— Ce n'était pas prémédité ! Ce fameux 10 juillet, je lui avais concocté un petit dîner romantique. Elle est arrivée pour m'annoncer que c'était fini entre nous. Que notre vie était devenue insupportable à cause de mon état mental depuis la greffe. Non mais, tu te rends compte ? Bien sûr que cette opération a changé mon psychisme, comme celui de ta sœur d'ailleurs… Mais qui avait poussé pour qu'on en arrive là ? Ça ne comptait pas non plus pour elle ce croisement définitif de nos vies ? Et mon combat pour survivre, qu'est-ce qu'elle en faisait ? Tous ces examens à l'hôpital et tous ces médocs qui me foutaient en l'air ? Ce n'était pas important ça ? Et ses promesses ? Elle était en moi, c'était pour la vie ! Un sacrement éternel. C'était le plus grand geste d'amour qu'on pouvait faire à quelqu'un et elle le reniait, comme ça ! dit-elle en claquant les doigts.

— Que s'est-il passé alors ?

— Elle est venue récupérer son appareil, ses photos en me disant qu'elle préférait dîner avec votre mère. Je l'ai suppliée de rester. Elle m'a redit que c'était fini. Elle m'a alors avoué qu'elle était tombée amoureuse de Suzan Delea. Une droguée qu'elle a voulu probablement sauver aussi. L'humiliation de trop. Moi qui voulais lui faire connaître l'amour inconditionnel. Sais-tu au moins ce que représente l'homosexualité féminine ? Les femmes sont perçues comme le second sexe et assumer cette relation surtout dans ces années-là rendait le lien encore plus fort dans la construction d'un couple qui échappait aux mâles dominants. Deux femmes comme nous qui se liaient d'amour tissaient un pacte, indéfectible, renforcé par le sentiment d'une plus grande transgression. Il y a une sensualité et une connexion immédiates. L'autre est ton corps miroir.

Il y a quelque chose de sacré car nous préservons notre ventre. Tu acceptes cette part de toi-même chez l'autre. C'est la même douceur, la même façon d'aborder le sexe, une autre temporalité… En contrepartie, la rupture est une souffrance incroyable. La trahison homme-femme est inscrite. Pas la nôtre. Avec Laura, on était femme à femme, sœur à sœur, et j'ai été doublement trahie : par Laura qui cassait ce pacte, et par cette même Laura qui jouait le rôle du mec. Tu es confrontée à la même chose qu'avec un mec, et c'est ça qui fait extrêmement mal.

— Tu devais avoir une sacrée rage. Quatre coups de couteau…

Elle secouait la tête négativement, le regard fou.

— Je lui ai demandé qu'elle accepte que je la raccompagne. J'ai pris l'un de mes couteaux de l'école de cuisine… Au pied du monte-charge de son immeuble, je lui ai demandé pardon et redemandé des explications. Elle m'a rejetée de nouveau… Ça a été plus fort que moi… On s'est battues, arraché les cheveux. Elle n'a pas souffert, Thel. Je me suis assise et j'ai posé sa tête sur mes genoux, raconta-t-elle d'une voix douce, presque enfantine. Je lui ai longuement caressé les cheveux… J'ai penché ma tête sur la sienne pour absorber son âme… Il y avait un peu de mousse sur la commissure de ses lèvres. J'en ai récupéré sur mes doigts pour les porter à ma bouche… C'est fascinant une vie qui s'enfuit. Voir ainsi un corps se convulser en perdant connaissance. Du pur érotisme. Ses jambes se sont mises à tressaillir… J'étais en pleine extase et tout à coup j'ai pris conscience qu'elle était morte.

Siobhan marqua un silence de quelques secondes, les yeux dans le vague. Puis elle reprit :

— J'étais terrifiée. Je me suis relevée en la posant délicatement et je lui ai parlé en lui demandant pardon. Finalement, je suis rentrée et je me suis fait un fix. J'ai conservé quelques cheveux arrachés en souvenir, sa boîte de clichés et son appareil… Sa moelle circulait en moi, comme un élixir. Laura m'appartenait pour toujours, et à personne d'autre, précisa-t-elle, le regard soudain fiévreux. Je suis Laura ! hurla-t-elle.

J'attendis qu'elle se calme.

— Je comprends mieux pourquoi Delea a été retrouvée assassinée. Et j'imagine que tu te méfiais de Jane Garcia ?

— Je… je devais aussi la faire disparaître. Et avec ce qu'il se passait à Times Square ces années-là, il y avait peu de chance qu'on me chope.

— Que s'est-il passé au motel avec Creedance ?

— J'ai eu une pulsion. J'ai rencontré des femmes. On allait faire l'amour dans ce motel du Bronx… Maria a débarqué dans ma vie. Elle ressemblait beaucoup à Laura. J'étais souvent malade à cause de la greffe. Maria ne supportait pas non plus mes changements d'humeur. Elle me rejetait petit à petit.

— Et Samantha ?

— Cela faisait des années que je m'étais calmée. Les médocs s'amélioraient et j'avais enfin reçu le bon dosage. J'étais moins irascible, moins sujette aux sautes d'humeur. Et… les maux sont revenus d'un coup. Je ne savais plus qui j'étais… Samantha n'était pas très cool avec moi. À faire tout le temps des remarques désobligeantes et j'ai senti qu'elle allait bientôt me larguer. Putain, Thel, c'est inimaginable comme c'est dur de vivre avec la peur du rejet. Celui de la greffe, celui des autres. Samantha a été un dommage collatéral, car c'était toi que je voulais atteindre.

Ses lèvres se mirent à trembler.

— Siobhan, je comprends, expliquai-je en m'appliquant à lui montrer toute ma sincérité. Johnny Greenwich était en cheville avec Selfridge. Ils ont découvert cette histoire d'ADN quand tu as assassiné Maria Creedance dans le motel.

— Putain, j'y suis allée en tremblant à ce test. Comme à celui que tu m'as fait faire en 1990. J'étais sûre que cette tache de sang laissée sur Laura me confondrait. Quelle n'a pas été ma surprise de constater que ce n'était pas mon ADN ni là ni sur le godemiché. Je n'en croyais pas mes yeux.

J'ignorai sa remarque et continuai à tirer le fil :

— Ils te savaient coupable mais ils t'ont sortie de là et t'ont fait chanter. Probablement pour des parties fines car Johnny Greenwich avait fait le lien avec le meurtre de Laura, et peut-être avec ceux de Delea et de Garcia.

— Parties fines… Un esclavage, oui ! J'étais un canon. Une belle fille qui ne demandait qu'à vivre tranquillement… Selfridge et Greenwich sont des potes d'enfance. Ils m'ont obligée à faire de ces trucs… Des grands malades. Des partouzes, faire la pute, baiser avec eux… des films pornos… Encore récemment, car les films X avec des femmes matures sont en plein boom. C'était ça ou ils me dénonçaient. Je suis sûre qu'ils exploitaient d'autres filles. Je n'en pouvais plus. Il fallait que ça cesse. Je leur ai demandé plusieurs fois de me lâcher. J'avais payé ma dette, bon sang. Autant pisser dans un violon ! J'étais totalement à leur merci car il n'y a pas de prescription pour les meurtres ici. Ils pouvaient m'envoyer en prison n'importe quand.

— Tu as appris mon amitié avec Samantha. Tu as tout fait pour te rapprocher d'elle *via* tes cours de cuisine. Vous avez eu une liaison. Comme on n'a retrouvé aucun de tes appels, tu lui avais probablement offert un portable réservé à vos échanges. Tu savais que les élections approchaient, qu'il y avait toujours un risque que Pendleworth passe devant Selfridge. Tu as alors vu l'opportunité de te sortir de leurs griffes en proposant un marché à Selfridge : je te débarrasse de Pendleworth *via* O'Sullivan, tu me laisses assouvir cette pulsion meurtrière et tu effaces ma dette. Selfridge pouvait compromettre Pendleworth ne serait-ce que par la présence d'O'Sullivan au domicile de Samantha pour tentative de corruption, mais ce n'était pas assez.

Il voulait assurer sa réélection. Il savait qu'il trouverait Samantha assassinée. C'est lui qui a passé ce coup de fil anonyme à O'Sullivan pour le prévenir que les flics allaient débarquer. Pour te laisser le champ libre et en même temps le confondre. Selfridge t'a probablement fourni une tenue de flic : tu as indiqué à O'Sullivan comment repartir, tu t'es précipitée chez Samantha qui t'a ouvert sans problème. Nous connaissons la suite. Tu as ensuite rapidement quitté les lieux, tu es restée planquée et tu as discrètement quitté les lieux le lendemain.

Elle me défiait du regard. Je ne me démontai pas.

— Ce que Selfridge ignorait, c'est que c'était un piège contre lui. Tu avais un doute sur le fait qu'il tiendrait sa promesse et tu voulais te venger pour tout ce que lui et ses amis t'avaient fait subir. D'où le choix du 10 juillet. Samantha avait dû te parler des menaces d'O'Sullivan et de ses demandes répétées de la rencontrer. Tu lui as conseillé de répondre favorablement et de choisir cette date. Selfridge en ignorait totalement l'incidence. Elle t'a alors confié que ce soir-là je serais chez elle. C'était encore mieux ! Même si cela était tombé un autre jour, tu savais que j'allais remuer ciel et terre pour élucider l'affaire, quels que soient les flics chargés de l'enquête. Tu as laissé d'autres indices comme les livres de recettes avec ton nom à l'intérieur, tes photos de cuisine sur la Toile, et bien sûr les cheveux entrelacés. Et tu as attendu sagement que je fasse tomber Selfridge.

— Il n'y avait que toi pour me sortir de là en me débarrassant définitivement de ces enfoirés.

— Mais pourquoi n'a-t-il acheté le Matsushita que le lendemain ?

— Je lui ai laissé croire que j'allais l'étrangler. C'est surtout là que je l'ai piégé. Il a dû tomber de sa chaise en découvrant les coups de poignard et il lui a fallu improviser. J'avais en mémoire comment j'avais frappé ta sœur. Je me suis entraînée sur un mannequin…

L'information provoqua un choc chez moi, rapidement balayé par un sentiment de fatalité. Joséphine demeurait figée. J'étais face à une machine et il fallait continuer à mettre des pièces. L'aider à vider ses abcès.

— Ça t'a interrogée, toutes ces absences de correspondances d'ADN sur les lieux de tes crimes. Tu as effectué des recherches sur les incidences des greffes osseuses et effectué des tests. Et tu en as déduit que tu portais l'ADN de Laura dans ta salive, tes cheveux et ton sang, sauf dans ton vagin.

Soudain sa voix changea. C'était comme si une autre personne me parlait. Et cette autre était Laura. Les mêmes intonations, le même vocabulaire. Je n'en croyais pas mes oreilles. Comme l'avait évoqué Mikael Little, à la schizophrénie pouvait s'ajouter un TDI, un trouble dissociatif de l'identité. Siobhan cochait aussi cette case, beaucoup plus rare que la schizophrénie : sa voix et son comportement se modifiaient et elle exprimait des identités différentes.

Contrairement aux idées reçues, ces maladies étaient différentes. La schizophrénie faisait souvent suite à une maladie ou à un facteur génétique. Le TDI prenait sa source dans la petite enfance suite à des traumas physiques ou sexuels. S'inventer une autre vie permettait de les surmonter.

— Ce n'est pas Siobhan qui a tué. C'est Laura ! L'impunité totale…

— Tu n'es pas Laura, fis-je, perturbé par cette voix revenue de mon enfance et en prenant encore plus conscience de sa folie.

— Mais si, Thel, tu es mon petit frère… Je te connais par cœur… Toutes ces années à chercher le coupable, petit frère… Je t'ai dit que je te sentais mieux, apaisé. C'est le bon moment. Il faut qu'on se retrouve, qu'on tire un trait, que je t'explique. Regarde la belle Laura que je suis, je suis bien vivante… Je vis… Laisse-moi vivre…

Je me sentais totalement démuni. Je repris mon calme en ravalant difficilement ma salive. Je rentrai alors dans son jeu et parlai de ma voix la plus douce :

— Laura, pose ce couteau. Laisse la petite partir. Elle n'est pas de notre famille… Calme-toi. Viens, lui dis-je en tendant les deux bras. Viens, tout va bien se passer. On va aller sur la tombe de nos parents à San Francisco. Viens…

Elle hésita quelques instants. Ses yeux roulaient dans tous les sens. Il y eut alors un revirement complet et elle serra le Matsushita.

— Ah, tu es en train de m'embobiner comme tous ces mecs ! Ça ne marche pas avec moi, Thel ! Putain, tu as failli m'avoir !

Elle se mit à s'agiter et à se tapoter la tempe de la main droite.

— Je n'en peux plus, Thel, je n'en peux plus. Ça cogne dans ma tête. Je fais des efforts surhumains depuis des années pour comprendre qui je suis. Soixante ans que je suis en survie…

Un gémissement angoissant sortit de sa gorge. Je tentai une autre approche.

— Tu prenais un sacré risque en me mettant sur la piste.

— Le risque que tu me tues par exemple ? Tu ne peux pas ! C'est ce que je t'ai dit l'autre fois… Tu ne peux pas tuer ta sœur !

Elle serra de nouveau le manche du Matsushita. Son œil droit fut secoué de tics nerveux.

— Ta sœur vit en moi ! hurla-t-elle. Si tu me tues, elle disparaîtra définitivement. Et je sais que tu as pardonné. Tu as pardonné, Thel, je le vois dans tes yeux. Tu ne veux plus de cette guerre. Tu as découvert plein de choses sur Laura grâce à moi ! Tu m'es redevable. Allez, trouvons une porte de sortie.

C'est alors qu'Alex surgit sur ma gauche, pistolet en main. Contre toute attente, Siobhan se baissa brusquement derrière Joséphine, pour qu'Alex ne l'ait plus dans sa ligne de mire. Elle appuya rapidement sur la gâchette de mon colt. J'entendis l'impact. Alex recula sur le coup, émit un gémissement et bascula de mon côté jusqu'à s'affaler totalement en lâchant son arme. Au moment où Siobhan se relevait, j'attrapai la pierre dans ma poche et la lui lançai au visage. Le haut de son corps bascula vers l'arrière et elle hurla. Elle lâcha mon pistolet qui tomba sur les genoux de Joséphine. Je bondis sur celui d'Alex qui était près de mes pieds. Je la mis instantanément en joue mais elle avait déjà eu le temps de coller son couteau sous la gorge de Joséphine. Un flot de sang coulait de son arcade gauche, lui couvrant pratiquement toute la moitié du visage. Joséphine était pétrifiée de terreur.

Nous nous jaugeâmes quelques secondes. Siobhan ressemblait désormais à une sorcière et avait pris quinze ans d'un coup. Un filet sombre qui s'écoulait de la blessure d'Alex dessina une ligne au milieu de nous. Comme une barrière infranchissable. Siobhan fixait mon pistolet sur les genoux de Joséphine. Je jetai un œil à Alex. Il n'y avait plus rien à faire.

— Tu vas devoir prendre des engagements si tu ne veux pas que je l'égorge. Hein ma belle, fit-elle en passant un doigt de sa main droite sous la gorge de Joséphine, juste au-dessus de la lame. L'autre con là est mort et il a emporté la vérité avec lui. Greenwich a eu son compte. Je me suis occupée de lui avant de venir. Avant de crever, il m'a révélé où il avait rangé les preuves qu'il détenait. Tu vas faire tomber Selfridge sur les circonstances de la mort de Samantha. Qui le croira une fois en taule ? O'Sullivan sera déclaré coupable. Quand bien même ils ressortiraient le cas de Maria, il y aura toujours un doute. Tu vas aussi fermer ta gueule sur mes crimes. Tu vas appeler ton pote journaliste. Vous seuls êtes au courant. Donne-moi tes calepins et l'ordinateur de la petite et on en reste là ! Il me reste de très belles années devant moi. Regarde l'allure que j'ai à 75 ans. Laura a encore bien dix bonnes années à vivre, certainement plus. Tu ne voudrais tout de même pas la priver de ça ?

Siobhan vivait dans un monde imaginaire, dans un délire absolu, irrationnel.

— Je ne veux pas te tuer, Siobhan. Tu as raison sur le fait que j'ai longtemps nourri cette vengeance. Mais c'est fini maintenant. Tu ne t'en sortiras pas. Arrête cette fuite en avant. Tu vois la petite caméra là ? Elle a tout enregistré. Directement sur un serveur sécurisé.

Elle leva la tête, affolée.

— Tu pourras l'effacer !

— Et que fais-tu de Joséphine ? Elle est au courant de tout…

— Il va falloir te résoudre à la sacrif…

Siobhan n'eut pas le temps de finir sa phrase. Alex releva légèrement un bras dans un spasme réflexe. Instinctivement, Siobhan détourna le regard et se décala de quelques centimètres sur le côté. J'appuyai sur la détente.

La balle se logea dans son cou. Sous l'impact, elle recula, lâcha le couteau et plaqua ses deux mains sur sa gorge. Elle continua à se mouvoir en arrière. Puis elle s'affala dans un râle. Des jets de sang sortaient de son cou et elle cessa de lutter.

Je m'accroupis près d'elle. Elle avait les yeux révulsés. Son corps était parcouru de légers soubresauts. Je m'approchai de son oreille droite et murmurai un message avant de récolter son dernier soupir.

Sachant qu'il était déjà trop tard pour Alex, je me précipitai sur Joséphine.

Épilogue

Nous étions dans le terminal 4 de JFK. Il y avait pas mal de va-et-vient de touristes dans un sympathique chahut. Les annonces de départs et d'arrivées se succédaient.

Alex avait été enterré ce matin. Après négociation avec l'un de ses collègues, j'avais récupéré au domicile de Siobhan le Leica de Laura et ses magnifiques clichés.

L'ensemble des médias reprenaient en boucle la nouvelle de l'arrestation par le FBI de Sherman Selfridge et de Richard Pendleworth le lendemain du débat.

Sept femmes avaient depuis porté plainte contre Selfridge pour proxénétisme. Jimmy O'Sullivan avait été quant à lui lavé de tout soupçon grâce aux documents que je lui avais fournis.

Les articles de Phil Bradley étaient repris en continu sur la foi des éléments en parallèle de la vidéo de toute la scène. Les événements faisaient également la une des réseaux sociaux. Plusieurs chroniqueurs et personnalités influentes s'épanchaient sur les failles actuelles du système juridique. Rachel Washington demeurait la seule à se présenter au poste de procureur général avec un programme novateur et juste. Les soutiens affluaient et l'élection approchait.

Dimitri Gregor avait été retrouvé avec deux balles dans la tête dans une voiture sur un parking du *Tropicana*, l'un des nombreux casinos d'Atlantic City. O'Sullivan avait la rancune tenace.

Joséphine faisait la queue pour s'enregistrer sur le vol pour Nice. Elle avait passé quatre jours accompagnée par une psychologue très compétente. Elle se sentait un peu mieux et allait se refaire une santé auprès de ses parents. Je repensai à la peur rétrospective qui m'avait accompagné ces derniers jours si j'avais dû annoncer à son père, Ron Rappineau, mon ex-coéquipier et ami, que Joséphine avait été assassinée par Siobhan.

Cette réflexion en enclencha une autre : comment aurait-il agi s'il avait appris que sa fille chérie avait été, comme Siobhan, violée enfant dans un pensionnat ? Le connaissant, il aurait collé deux balles dans la tête du coupable sans se poser de questions, et je ne pouvais le blâmer puisque cette loi du talion m'avait habité après la mort de Laura.

Ma psy avait beaucoup insisté sur le fait que ces drames étaient souvent perpétrés par des individus qui eux-mêmes avaient été abusés ou traumatisés. Des techniques d'accompagnement leur permettaient peu à peu de retrouver du sens à ce qui leur était arrivé, déjà en se reconnaissant comme victimes, en osant porter plainte, en participant à des groupes de parole, des thérapies de reconsolidation ou encore en pratiquant l'intégration neuro-émotionnelle par les mouvements oculaires, plus connue sous le nom d'EMDR, voire l'hypnose. Des clés pour reconsidérer ce qui leur était arrivé, l'accepter pour mieux le dépasser, et se construire un futur plus serein.

J'en arrivai à me demander si Siobhan serait devenue une criminelle s'il y avait eu à son époque de telles possibilités pour surmonter les viols qu'elle avait subis et les implications de sa greffe de moelle osseuse. Sa vie s'était inscrite dans un sillon de drames successifs, la conduisant jusqu'au meurtre. Elle avait beau avoir trucidé ma sœur et ma meilleure amie Samantha, je la considérais comme une victime d'une époque où la psychologie était placée au rang de gadget, et finalement je ne me réjouissais pas de sa mort. J'aurais préféré qu'elle trouve le soutien médical, juridique et psychologique qu'on apporte un peu mieux aujourd'hui aux victimes de violences, qu'elle puisse évacuer ses peurs et sa colère autrement que par cette succession de meurtres.

La vision de Joséphine qui se tenait devant moi me ramena au présent. Elle avait en main sa carte d'embarquement. Une question me brûlait les lèvres.

— Tu sais… enfin… le truc que je t'ai demandé de faire avec ton IA…

— Eh bien ?

— Je ne sais pas si ton père serait... enfin... très heureux de l'apprendre.

— C'est entre toi et moi, Thel. Et puis on ne fait pas d'omelettes sans casser des œufs. D'abord, tu as agi en n'étant plus flic, et j'estime que tu as comme papa suffisamment arrêté de criminels et sauvé de vies pour que quelque part tu aies droit à ce genre, disons... de bonus. Et je suis très heureuse d'avoir contribué à arrêter la source de tes tourments et cette dangereuse criminelle.

Elle changea de sujet pour que je ne m'attarde pas sur sa réponse :

— Toute l'attention des derniers jours était sur moi mais toi, comment tu te sens ?

J'hésitai à lui répondre. Perdre une ennemie en la personne de Siobhan était beaucoup plus déstabilisant que de perdre une amie. L'assassinat de ma sœur et mon acharnement à retrouver le coupable avaient contribué pendant plus de quarante ans à me mettre sur la brèche, à fourbir des armes et à demeurer sur le qui-vive. Siobhan m'avait permis de grandir face à l'adversité et je me retrouvai soudainement, faute d'adversaire, face au vide et à la solitude.

Je m'en sortis par une pirouette.

— Très bien puisque je vais pouvoir remanger des côtes de bœuf !

— Au fait, je n'en reviens pas que tu aies réussi à filmer toute la scène à distance... Une quiche comme toi...

— Tu veux la vérité ? C'est un jeune passant qui m'a donné un coup de main.

Elle pouffa et jeta un regard au tableau des départs.

— Bon, je dois y aller, fit-elle en agrippant son sac à dos.

Elle était habillée d'un jean dix fois trop grand pour elle et d'une chemise d'homme à col Mao sous un blouson vintage en cuir marron. Nous nous serrâmes dans une longue étreinte.

— OK, *sweetie*. Bon vol. N'oublie pas de continuer à choisir la vie que tu veux vivre. Et reste alignée sur tes valeurs. Voilà 100 dollars pour acheter une bouteille d'Old Crow au duty free. C'est le bourbon préféré de ton père. Embrasse tes parents et tiens-moi au courant de ton état.

Nous nous embrassâmes de nouveau. Je sentis alors qu'elle souhaitait poser une question.

— Dis-moi, Thel, excuse-moi de te demander cela mais je t'ai vu te pencher sur le corps de Siobhan après l'avoir abattue…

— Et… ?

— Tu lui as murmuré quelque chose à l'oreille… J'aimerais savoir quoi.

Je la fixai attentivement avec une moue complice aux lèvres.

— Tu te souviens, elle m'a fait le coup que Laura vivait en elle et que je ne pouvais pas la tuer de nouveau sinon elle disparaîtrait définitivement.

— Elle avait raison, non ? Ça a dû te faire un choc !

— Pas tout à fait, *sweetie*, pas tout à fait. C'est en quelque sorte ce que je lui ai chuchoté. Réfléchis-y et envoie un texto quand tu auras trouvé. Si je ne réponds pas, c'est que tu auras tout bon.

Je la regardai s'éloigner, le cœur serré. Je fis demi-tour et je me dirigeai vers le parking extérieur, le vague à l'âme, un peu déstabilisé. Voilà mon abandonnite et le rejet qui pointaient encore leur nez. L'image de Ruth me traversa l'esprit. Elle m'avait fait parvenir son article avec un joli portrait barré d'un « *love* » écrit au rouge à lèvres. Son silence commençait à peser mais je n'avais pas d'autre choix que de l'accepter.

Je payai le ticket. La Mustang attendait sagement. Je m'affalai sur le siège. Ma main droite effleura la bosse dans ma poche. La pierre de Samantha. Je me posai la question de la probabilité de sa présence, après tous ces milliards d'années, et du fait qu'elle m'avait sauvé la vie. Samantha avait probablement tiré les ficelles de là-haut pour me protéger.

Je baissai les deux vitres. Il faisait encore une chaleur de plomb à 20 heures. J'allumai une clope et branchai ma fréquence jazz. Elle diffusait *Laura*, un standard qui avait ses lettres de noblesse depuis le film éponyme d'Otto Preminger. Comme synchronicité, on ne faisait pas mieux. La mélodie rajouta une couche à ma mélancolie.

Je pris la photo des cinq amies que je plaçai devant le compteur de vitesse. Je caressai du pouce le visage de Laura. Sorellanza venait de *sorella*, qui signifiait « sœur » en italien. Je me fis alors la promesse de perpétuer son œuvre.

Le texto de Joséphine arriva au moment où je m'apprêtais à démarrer.

« Elle t'a dit que Laura mourrait une deuxième fois si tu la tuais. Mais tu es né après Laura. Si on en croit le microchimérisme, tu as probablement aussi hérité d'un peu d'ADN de ta sœur présent dans l'utérus de ta maman. Elle vit donc toujours en toi. C'est ça ce que tu lui as murmuré ! »

Je restai de longues minutes à le relire, une boule dans la gorge. Je mis ensuite le contact. L'horizon se brouilla subitement. Une humeur fine recouvrait le pare-brise.

La pluie.

Je branchai les essuie-glaces.

Mais rien n'y fit.

Ce n'était pas dehors qu'il pleuvait.

Remerciements

Ce livre n'aurait pu être aussi abouti sans la participation de :

- Clémence Béchu qui m'a offert un livre sur le microchimérisme ;
- Mikael Petit, colonel de la gendarmerie, expert en traces d'ADN et à l'imagination débordante ;
- Didier Gaultier, patron de l'IA chez Orange Business Digital Services, pour ses conseils sur l'IA au service de la recherche des criminels ;
- Sophie Aslanides, traductrice de romans américains, pour ses précieux conseils ;
- Bertrand Favreul, pour son aide et sa ténacité ;
- Simona Cappellini, pour son idée de La Sorellanza ;
- Nathalie Bonnet Degroote, pour ses remarques pertinentes ;
- Marie-Pierre Sangouard, pour son éternel et fidèle soutien ;
- Geneviève Lapeyre, Thierry Laborderie, Djenane Kareh Tager, Laurence Chabry, Christel Roels, Claire

Lemeur, Carlos Bejarano, pour leur relecture précieuse ; et Céline Buchart, pour ses remarques pertinentes.

Écrit Cité des Fleurs (Paris), Ghisoni (Haute-Corse), Valescure (Var), Filicudi (Sicile), Montpellier et Marine de Scalo/Pino (Cap Corse).

Composition et mise en pages
Nord Compo à Villeneuve-d'Ascq

Achevé d'imprimer en novembre 2025
sur les presses de la Nouvelle Imprimerie Laballery
58500 Clamecy
Dépôt légal : novembre 2025
N° d'impression : 510801

Imprimé en France